OMNIBUS

Gabriel García Márquez

IL GENERALE
NEL SUO LABIRINTO

Traduzione di
Angelo Morino

ARNOLDO MONDADORI EDITORE

ISBN 880431294-7

IL GENERALE NEL SUO LABIRINTO

Per Álvaro Mutis, che mi ha regalato l'idea di scrivere questo libro.

Sembra che il demonio guidi le cose della mia vita.
(Lettera a Santander, 4 agosto 1823)

José Palacios, il suo domestico più antico, lo trovò che galleggiava sulle acque depurative della vasca da bagno, nudo e con gli occhi aperti, e credette che fosse annegato. Sapeva che era uno dei suoi molti metodi per meditare, ma lo stato di estasi in cui giaceva alla deriva sembrava quello di chi non appartiene più a questo mondo. Non si azzardò ad avvicinarsi, ma lo chiamò con voce sorda secondo l'ordine di svegliarlo quando non fossero ancora le cinque per mettersi in marcia alle prime luci. Il generale emerse dalla malìa, e vide nella penombra gli occhi azzurri e diafani, i capelli crespi color scoiattolo, la maestà impavida del suo maggiordomo di tutti i giorni che reggeva in mano la ciotola dell'infuso di papavero con gomma arabica. Il generale strinse senza forza le anse della vasca da bagno, ed emerse dalle acque medicinali in uno slancio da delfino che non ci si sarebbe aspettati da un corpo così infiacchito.

«Andiamocene» disse. «Di fretta, che qui non ci vuole nessuno.»

José Palacios gliel'aveva udito dire così tante volte

e in circostanze così diverse, che non credette ancora che fosse vero, anche se le bestie da soma erano pronte nelle stalle e la comitiva ufficiale stava riunendosi. Lo aiutò ad asciugarsi alla bell'e meglio, e gli infilò il poncho degli altipiani sul corpo nudo, perché la tazza gli traballava per via del tremito delle mani. Qualche mese prima, mettendosi un paio di pantaloni di daino che non aveva più indossato dopo le notti babiloniche di Lima, lui aveva scoperto che a mano a mano che calava di peso diminuiva di statura. Persino la sua nudità era diversa, perché aveva il corpo pallido e la testa e le mani come abbrustolite dall'abuso delle intemperie. Aveva compiuto quarantasei anni il precedente mese di luglio, ma ormai i suoi aspri riccioli caraibici erano divenuti cinerognoli e aveva le ossa sconquassate dalla decrepitudine prematura, e lui tutto aveva un aspetto così smunto che non sembrava capace di durare fino al luglio successivo. Tuttavia, i suoi gesti risoluti sembravano di un'altra persona meno bistrattata dalla vita, e camminava senza tregua intorno a nulla Bevve la tisana in cinque sorsate brucianti che per poco non gli ustionarono la lingua, fuggendo dalle sue stesse tracce di acqua sulle stuoie sfilacciate sopra il pavimento, e fu come se avesse bevuto il filtro della resurrezione. Ma non disse una parola finché non risuonarono le cinque al campanile della vicina cattedrale.

«Sabato otto maggio dell'anno trenta, giorno della Santissima Vergine, mediatrice di tutte le grazie» annunciò il maggiordomo. «Sta piovendo dalle tre di notte.»

«Dalle tre di notte del secolo diciassettesimo» disse il generale con voce ancora turbata dal fiato acre dell'insonnia. E aggiunse con serietà: «Non ho udito i galli».

«Qui non ci sono galli» disse José Palacios.

«Non c'è nulla» disse il generale. «È terra di infedeli.»

Si trovavano a Santa Fe de Bogotá, a duemilaseicento metri sul livello del mare remoto, e l'enorme alcova dalle pareti aride, esposta ai venti gelidi che si insinuavano attraverso le finestre chiuse male, non era la più propizia per la salute di nessuno. José Palacios posò il bacile di schiuma sul marmo della toeletta, e l'astuccio di velluto rosso con gli strumenti per radersi, tutti di metallo dorato. Posò la bugia con la candela sopra un ripiano accanto allo specchio, affinché il generale avesse abbastanza luce, e avvicinò il braciere affinché gli si riscaldassero i piedi. Poi gli porse certi occhiali dalle lenti quadrate con una montatura di argento fino, che teneva sempre per lui nella tasca del panciotto. Il generale se li infilò e si rase guidando il rasoio con pari destrezza nella mano sinistra come nella destra, perché era di natura ambidestro, e con un dominio stupefacente dello stesso polso che qualche minuto prima gli era servito per reggere la tazza. Finì per radersi alla cieca senza smettere di aggirarsi attraverso la stanza, perché faceva in modo di vedersi allo specchio il meno possibile per non ritrovarsi nei propri occhi. Poi si tirò via a strappi i peli dal naso e dalle orecchie, si nettò i denti perfetti con polvere di carbone su uno spazzolino di seta dal manico di argento, si tagliò e si pulì le unghie delle mani e dei piedi, e infine si tolse il poncho e si versò addosso un flacone di acqua di colonia, massaggiandosi con entrambe le mani il corpo intero fino a rimanere esausto. In quell'alba officiava la messa quotidiana della pulizia con una crudeltà più frenetica del consueto, cercando di purificare il corpo e l'anima da vent'anni di guerre inutili e di disinganni del potere.

L'ultima visita che aveva ricevuto la sera prima era stata quella di Manuela Sáenz, l'agguerrita donna di Quito che lo amava, ma che non l'avrebbe seguito fino alla morte. Si limitava, come sempre, all'incombenza di tenere il generale ben informato su tutto quanto accadeva in sua assenza, perché da molto tempo lui si fidava ormai solo di lei. Le lasciava in custodia certe reliquie senz'altro valore che quello di esser state sue, così come certi suoi libri più pregiati e due bauli di archivi personali. Il giorno prima, durante il breve congedo formale, le aveva detto: «Ti amo molto, ma di più ti amerò se ora avrai più giudizio che mai». Lei l'intese come uno dei tanti omaggi che lui le aveva fatto in otto anni di amori febbrili. Fra tutti i suoi conoscenti lei era l'unica a credergli: questa volta era vero che se ne andava. Ma era pure l'unica che aveva almeno un motivo sicuro per sperare che ritornasse.

Non pensavano di rivedersi prima del viaggio. Tuttavia, la padrona di casa volle offrir loro il regalo di un ultimo addio furtivo, e fece entrare Manuela vestita da amazzone dal portone delle stalle beffandosi dei pregiudizi della bigotta comunità locale. Non perché fossero amanti clandestini, visto che lo erano in piena luce e con pubblico scandalo, ma per conservare a tutti i costi il buon nome della casa. Lui fu ancora più prudente, perché ordinò a José Palacios di non chiudere l'uscio della sala attigua, che era un punto di transito obbligato per la servitù domestica, e dove i decani di guardia giocarono a carte fino a molto dopo che la visita fu terminata.

Manuela gli lesse per due ore. Era stata giovane fino a poco tempo prima, quando le sue carni cominciarono a esser vinte dall'età. Fumava una pipa da marinaio, si profumava con acqua di verbena che era una lozione da militari, si vestiva da uomo e girava fra i soldati, ma la sua voce afona faceva sempre effetto nelle penombre dell'amore. Leggeva alla luce povera della candela, seduta su una poltrona che recava ancora lo stemma dell'ultimo viceré, e lui l'ascoltava disteso sul dorso sopra il letto, con gli abiti da borghese che indossava in casa e coperto dal poncho di vigogna. Solo dal ritmo del respiro si capiva che non era addormentato. Il libro si intitolava *Inventario di notizie e di voci che si diffusero a Lima nell'anno di grazia 1826*, del peruviano Noé Calzadillas, e lei lo leggeva con enfasi teatrale che si addiceva benissimo allo stile dell'autore.

Nell'ora successiva non si udì altro che la sua voce nella casa addormentata. Ma dopo l'ultima ronda esplose d'improvviso una risata unanime di molti uomini, che causò lo schiamazzo dei cani dell'isolato. Lui aprì gli occhi, più incuriosito che inquieto, e lei chiuse il libro contro il seno, segnando la pagina col pollice.

«Sono i suoi amici» gli disse.

«Non ho amici» disse lui. «E se ne rimane qualcuno sarà per breve tempo.»

«Ma sono lì fuori, che vegliano affinché non l'ammazzino» disse lei.

Fu così che il generale venne a sapere quanto tutta la città sapeva: non uno bensì parecchi attentati si stavano tramando contro di lui, e i suoi ultimi partigiani vigilavano in casa per tentare di sventarli. L'atrio e le verande intorno al giardino interno erano occupati dagli ussari e dai granatieri, tutti venezuelani, che l'avrebbero accompagnato fino al porto di Cartagena de Indias, dove sarebbe salito su un veliero per l'Europa. Due di questi avevano steso le loro stuoie per coricarsi dinanzi all'uscio principale dell'alcova, e i decani avrebbero continuato a giocare nel salotto attiguo quando Manuela Sáenz avesse finito di leggere, ma non erano tempi per esser sicuri di nulla in mezzo a tanta gente di truppa dall'origine incerta e di diversa indole. Senza scomporsi per le brutte notizie, con un cenno della mano lui ordinò a Manuela di continuare a leggere.

Aveva sempre considerato la morte un rischio professionale inevitabile. Aveva fatto tutte le sue guerre in prima linea, senza riportare neppure un graffio, e si muoveva in mezzo al fuoco nemico con una serenità così folle che persino i suoi ufficiali si erano abituati alla spiegazione facile secondo cui si credeva invulnerabile. Era uscito illeso da tutti gli attentati che avevano ordito contro di lui, e in parecchi si era salvato la vita perché non stava dormendo nel suo letto. Girava senza scorta, e mangiava e beveva senza preoccuparsi di quanto gli offrivano ovunque si trovasse. Solo Manuela sapeva che il suo disinteresse non era incoscienza né fatalismo, ma la certezza malinconica che sarebbe morto nel suo letto, povero e nudo, e senza il conforto della gratitudine pubblica.

L'unico mutamento notevole che inserì fra i riti dell'insonnia quella notte di vigilia, fu non fare il bagno caldo prima di mettersi a letto. José Palacios gliel'aveva preparato fin da presto con acqua di foglie medicinali per rinvigorire il corpo e facilitare l'espettorazione, e lo conservò a buona temperatura in previsione di quando lui l'avrebbe richiesto. Ma non lo richiese. Inghiottì due pillole lassative per la consueta stitichezza, e si accinse a dormicchiare ninnato dai pettegolezzi galanti di Lima. D'improvviso, senza motivo apparente, lo colse un accesso di tosse che sembrò scuotere le fondamenta della casa. Gli ufficiali che giocavano nel salotto attiguo rimasero col respiro mozzo. Uno di loro, l'irlandese Belford Hinton Wilson, si affacciò alla camera da letto nel caso che avessero avuto bisogno di lui, e vide il generale supino di traverso sul letto, che cercava di vomitare le budella. Manuela gli reggeva il capo sopra il catino. José Palacios, l'unico autorizzato a entrare nella camera senza bussare, rimase accanto al letto in stato di allarme finché la crisi non fu passata. Allora il generale respirò a fondo con gli occhi pieni di lacrime, e indicò la toeletta.

«È per via di quei fiori da sepolcro» disse.

Come sempre, perché sempre trovava qualche colpevole imprevisto delle sue disgrazie. Manuela, che lo conosceva meglio di chiunque, fece segno a José Palacios di portar via il vaso con le tuberose appassite del mattino. Il generale si stese di nuovo sul letto con gli occhi chiusi, e lei ricominciò la lettura con lo stesso tono di prima. Solo quando le sembrò che avesse preso sonno ripose il libro sul comodino, gli diede un bacio sulla fronte bruciante di febbre, e sussurrò a José Palacios che a partire dalle sei di mattina si sarebbe trovata per un ultimo commiato all'incrocio di Cuatro Esquinas, dove cominciava la strada reale di Honda.

Poi si avvolse in una mantella da campagna e uscì in punta di piedi dalla camera da letto. Allora il generale aprì gli occhi e disse con voce tenue a José Palacios: «Di' a Wilson che l'accompagni fino a casa.»

L'ordine fu osservato contro la volontà di Manuela, che si credeva capace di accompagnarsi da sola meglio che con un picchetto di lancieri. José Palacios la precedette con un candeliere fino alle stalle, attorno a un giardino interno con una fontana di pietra, dove cominciavano a schiudersi le prime tuberose dell'alba. La pioggia fece una pausa e il vento smise di fischiare tra gli alberi, ma non c'era neppure una stella nel cielo gelido. Il colonnello Belford Wilson ripeteva la parola d'ordine di quella notte per tranquillizzare le sentinelle distese sulle stuoie della veranda. Passando davanti alla finestra della sala principale, José Palacios vide il padrone di casa servire il caffè al gruppo di amici, militari e civili, che si accingevano a vegliare fino al momento della partenza.

Quando fu ritornato nell'alcova trovò il generale in preda al delirio. Lo udì pronunciare frasi sconnesse che si riassumevano in una sola: «Nessuno ha capito nulla». Il corpo ardeva nel falò della febbre, e mollava certe ventosità pietrose e fetide. Lo stesso generale non avrebbe saputo dire il giorno dopo se stava parlando da addormentato o se stava delirando da sveglio, né avrebbe potuto ricordarlo. Era quanto lui chiamava "le mie crisi di demenza". Che ormai non allarmavano nessuno, perché da oltre quattro anni ne soffriva, senza che nessun medico si fosse azzardato ad avanzare una qualche spiegazione scientifica, e il giorno dopo lo si vedeva risorgere dalle sue ceneri con la ragione intatta. José Palacios lo avvolse in una co-

16

perta, lasciò il lume acceso sul marmo della toeletta, e uscì dalla stanza senza chiudere l'uscio per continuar a vegliare nella sala attigua. Sapeva che lui si sarebbe ripreso a un'ora qualsiasi dell'alba, e che si sarebbe cacciato nelle acque rigide della vasca da bagno tentando di recuperare le forze smarrite nell'orrore degli incubi.

Era la fine di una giornata fragorosa. Una guarnigione di settecentottantanove ussari e granatieri si era ribellata, col pretesto di reclamare il pagamento di tre mesi di stipendi arretrati. Il motivo autentico fu un altro: la maggior parte di loro era del Venezuela, e molti avevano fatto le guerre di liberazione di quattro nazioni, ma durante le ultime settimane erano stati vittime di così tanti vituperi e di così tante provocazioni per le vie, che avevano motivo di temere per la loro sorte dopo che il generale se ne fosse andato dal Paese. Il conflitto si acquietò grazie al pagamento delle provvigioni e di mille pesos d'oro, invece dei settantamila che gli insorti chiedevano, e questi erano sfilati all'imbrunire verso la loro terra di origine, seguiti da una ressa di donne addette ai bagagli, con i bambini e gli animali domestici. Lo strepito delle grancasse e degli ottoni marziali non riuscì a zittire le folle che aizzavano cani contro di loro e tiravano sfilze di salterelli per far perdere ritmo al loro passo, come non avevano mai fatto con una truppa nemica. Undici anni prima, al termine di tre secoli lunghi di dominazione spagnola, il feroce viceré don Juan Sámano era fuggito lungo quelle stesse vie mascherato da pellegrino, ma con i suoi bauli colmi di idoli d'oro e di smeraldi ancora da sgrezzare, di tucani sacri, di teche raggianti di farfalle di Muzo, e non mancò gente che lo piangesse dai balconi e gli lanciasse un fiore e gli augurasse di tutto cuore un mare tranquillo e un felice viaggio.

Il generale aveva partecipato in segreto ai negoziati del conflitto, senza muoversi dalla casa che gli avevano imprestato e che apparteneva al ministro della guerra e della marina, e infine aveva mandato con la truppa ribelle il generale José Laurencio Silva, suo nipote di acquisto e aiutante di massima fiducia, come pegno che non ci sarebbero stati nuovi intralci sino alla frontiera col Venezuela. Non vide la sfilata sotto il suo balcone, ma aveva udito le chiarine e i tamburi, e l'assembramento della gente accalcata nella via, le cui grida non riuscì a capire. Vi attribuì così poca importanza, che nel frattempo controllò con i suoi amanuensi la corrispondenza in ritardo, e dettò una lettera per il Gran Maresciallo don Andrés de Santa Cruz, presidente della Bolivia, nella quale gli annunciava le sue dimissioni dal potere, ma non si mostrava troppo sicuro che il suo viaggio avrebbe avuto per meta l'estero. «Non scriverò più lettere nel resto della mia vita» disse quando l'ebbe finita. In seguito, mentre sudava la febbre della siesta, gli si cacciarono nel sonno i clamori di tumulti lontani, e si svegliò scosso da una scia di petardi che potevano essere sia di insorti sia di pirotecnici. Ma quando lo domandò gli risposero che era la festa. Proprio così: «È la festa, signor generale». Senza che nessuno, neppure lo stesso José Palacios, si arrischiasse a spiegargli di quale festa si trattava.

Solo quando Manuela glielo raccontò durante la visita di quella sera seppe che era la gente dei suoi nemici politici, quelli del partito demagogo, come lui diceva, che giravano per le vie spingendo contro di lui la

18

maestranze di artigiani, con la compiacenza della forza pubblica. Era venerdì, giorno di mercato, il che rese più facile il disordine nella piazza centrale. Una pioggia più fitta del solito, con lampi e tuoni, disperse i rivoltosi verso sera. Ma il danno era stato fatto. Gli studenti del collegio di San Bartolomé avevano preso di assalto gli uffici della corte suprema di giustizia per imporre un processo pubblico contro il generale, e avevano lacerato a colpi di baionetta e buttato giù dal balcone un suo ritratto a grandezza naturale, dipinto a olio da un antico portabandiera dell'esercito liberatore. Le folle ubriache di chicha avevano saccheggiato le botteghe di Calle Real e le bettole dei sobborghi che non chiusero in tempo, e fucilarono nella piazza centrale un generale fatto di cuscini di segatura che non aveva bisogno della giubba blu con i bottoni dorati perché tutti lo riconoscessero. Lo accusavano di essere il promotore occulto della disobbedienza militare, in un tardo tentativo di recuperare il potere che il congresso gli aveva tolto con voto unanime dopo dodici anni di esercizio continuo. Lo accusavano di star fingendo un viaggio all'estero, mentre in realtà si avviava verso la frontiera del Venezuela, da dove progettava di ritornare per prendersi il potere alla testa delle truppe insorte. I muri pubblici erano tappezzati da burlette, che era il termine popolare delle pasquinate oltraggiose che gli venivano stampate contro, e i suoi partigiani più noti rimasero nascosti in case altrui finché gli animi non si furono rappacificati. La stampa fedele al generale Francisco de Paula Santander, suo nemico principale, aveva fatto propria la voce secondo cui la sua malattia incerta pubblicizzata con tanta forza, e le dichiarazioni ostentate che stava per andar-

19

sene, erano semplici scaltrezze politiche affinché lo pregassero di rimanere. Quella notte, mentre Manuela Sáenz gli raccontava i dettagli della giornata burrascosa, i soldati del presidente interino tentavano di cancellare dal muro del palazzo arcivescovile una scritta a carbone: "Non se ne va né muore". Il generale cacciò un sospiro.

«Le cose debbono andare malissimo» disse, «e io peggio delle cose, se tutto questo è successo a un isolato di qui e mi hanno fatto credere che era una festa.»

La verità era che neppure i suoi amici più intimi credevano che se ne sarebbe andato, né dal potere né dal Paese. La città era troppo piccola e la sua gente troppo pettegola per non conoscere le due grosse crepe del suo viaggio incerto: che non aveva denaro sufficiente per arrivare in nessun posto con un seguito così numeroso, e che essendo stato presidente della repubblica non poteva uscire dal Paese prima di un anno senza un permesso del governo, e che non aveva neppure avuto l'astuzia di richiederlo. L'ordine di fare i bagagli, che lui impartì ostentatamente affinché venisse udito da chiunque, non fu inteso come prova decisiva neppure dallo stesso José Palacios, perché in altre circostanze si era spinto fino all'estremo di smobilitare una casa per fingere che se ne andava, e sempre fu una manovra politica abile. I suoi aiutanti militari sentivano che i sintomi del disincanto erano troppo evidenti nell'ultimo anno. Tuttavia, altre volte era accaduto, e il giorno più inatteso lo vedevano svegliarsi con un'energia nuova, e riprendere il filo della vita con più slancio di prima. José Palacios, che sempre seguì da vicino questi mutamenti imprevedibili, lo diceva a modo suo: «Quello che il mio padrone pensa, solo il mio padrone lo sa».

Le sue dimissioni ricorrenti facevano parte del canzoniere popolare, fin dalle più antiche, che annunciò con una frase ambigua nello stesso discorso in cui assunse la presidenza: «Il mio primo giorno di pace sarà l'ultimo del potere». Negli anni successivi si dimise così tante volte ancora, e in circostanze così dissimili, che mai più si seppe quando era sincero. La più clamorosa di tutte era stata due anni prima, la notte del 25 settembre, quando fuggì illeso da una congiura ordita per assassinarlo all'interno della stessa camera da letto del palazzo del governo. La commissione del congresso gli fece visita all'alba, dopo che lui aveva trascorso sei ore senza indumenti sotto un ponte, lo trovò avvolto in una coperta di lana e con i piedi in una bacinella di acqua calda, ma prostrato non tanto dalla febbre quanto dalla delusione. Annunciò loro che non si sarebbe indagato sulla congiura, che nessuno sarebbe stato processato, e che il congresso previsto per l'anno nuovo si sarebbe riunito per eleggere un altro presidente della repubblica.

«Dopodiché» concluse, «io abbandonerò la Colombia per sempre.»

Tuttavia, l'indagine venne svolta, furono processati i colpevoli con un codice di ferro, e quattordici furono fucilati nella piazza centrale. Il congresso costituente del 2 gennaio non si riunì fino a sedici mesi dopo, e nessuno parlò più delle dimissioni. Ma non ci furono in quel periodo visitatori stranieri, né commensali casuali né amici di passaggio cui non dicesse: «Me ne andrò là dove mi vorranno».

Neppure le notizie pubbliche secondo cui era ammalato di morte erano considerate come un indizio valido che se ne sarebbe andato. Nessuno dubitava dei suoi mali. Al contrario, dopo l'ultimo ritorno dalle guerre del Sud, chiunque lo vide passare sotto gli archi di fiori pensò esterrefatto che veniva solo per morire. Invece che su Palomo Blanco, il suo cavallo storico, era montato su una mula spelacchiata dalle gualdrappe di stuoie, con i capelli imbiancati e la fronte solcata da nuvole erranti, e aveva la giubba sporca e con una manica scucita. La gloria gli era uscita dal corpo. Durante la festa taciturna che gli offrirono quella sera nel palazzo del governo se ne rimase corazzato in se stesso, e mai si seppe se fu per perversità politica o per semplice sbadataggine che salutò uno dei suoi ministri col nome di un altro.

Non bastavano le sue arie postreme perché credessero che se ne andava, visto che da sei anni si diceva che stava morendo, e tuttavia conservava intera la sua disposizione al comando. La prima notizia l'aveva recata un ufficiale della marina britannica che l'aveva visto per caso nel deserto di Pitivilca, al nord di Lima, in piena guerra per la liberazione del Sud. L'aveva trovato disteso a terra in una capanna miseranda improvvisata come quartier generale, avvolto in un pastrano impermeabile e con uno straccio legato intorno alla testa, perché non sopportava il freddo delle ossa nell'inferno del mezzogiorno, e senza forza neppure per scacciare le galline che gli becchettavano intorno. Dopo una conversazione difficile, trafitta da raffiche di demenza, aveva congedato il visitatore con una drammaticità lacerante:

«Vada pure e racconti al mondo come mi ha visto

morire, scagazzato dalle galline su questa spiaggia inospitale» disse.

Si disse che il suo male era una dissenteria causata dai soli mercuriali del deserto. Si disse poi che stava agonizzando a Guayaquil, e in seguito a Quito, con una febbre gastrica il cui sintomo più allarmante era un disinteresse per il mondo e una quiete assoluta dello spirito. Nessuno seppe quali fondamenti scientifici avessero queste notizie, perché lui era sempre stato contrario alla scienza dei medici, e diagnosticava e curava se stesso basandosi su *La médecine à votre manière*, di Denostierre, un manuale francese di rimedi casalinghi che José Palacios gli portava ovunque, come un oracolo per capire e guarire qualsiasi disturbo del corpo e dell'anima.

Comunque, non ci fu mai agonia più fruttuosa della sua. Perché mentre si pensava che sarebbe morto a Pitivilca, ancora una volta attraversò le cime andine, vinse a Junín, completò la liberazione di tutta l'America spagnola con la vittoria finale di Ayacucho, creò la repubblica della Bolivia, e fu di nuovo felice a Lima come mai lo era stato né mai più lo sarebbe stato per l'ebbrezza della vittoria. Sicché gli annunci reiterati che se ne sarebbe infine andato dal potere e dal Paese visto che era infermo, e i documenti ufficiali che sembravano confermarlo, erano solo ripetizioni viziose di un dramma troppo visto per esser creduto.

Pochi giorni dopo il ritorno, al termine di un acrimonioso consiglio del governo, prese per un braccio il maresciallo Antonio José de Sucre. «Lei rimane con me» gli disse. Lo condusse nel suo ufficio privato, dove riceveva solo pochi eletti, e quasi lo costrinse a sedersi sulla sua poltrona personale.

«Questo posto è già più suo che mio» gli disse.

Il Gran Maresciallo di Ayacucho, suo amico amatissimo, conosceva a fondo le condizioni del Paese, ma il generale gliene fece un inventario dettagliato prima di arrivare al suo intento. Di lì a pochi giorni si sarebbe riunito il congresso costituente per eleggere il presidente della repubblica e approvare una nuova costituzione, in un tardo tentativo di salvare il sogno dorato dell'integrità continentale. Il Perù, in potere di un'aristocrazia regressiva, sembrava irrecuperabile. Il generale Andrés de Santa Cruz portava la Bolivia alla cavezza seguendo una sua strada. Il Venezuela, sotto il comando del generale José Antonio Páez, aveva appena proclamato la sua autonomia. Il generale Juan José Flores, prefetto generale del Sud, aveva unito Guayaquil e Quito per creare la epubblica indipendente dell'Ecuador. La repubblica della Colombia, primo embrione di una patria immensa e unanime, era ridotta all'antico vicereame della Nueva Granada. Sedici milioni di americani appena iniziati alla vita libera rimanevano preda dell'arbitrio dei loro capi locali.

«Insomma» concluse il generale, «tutto quanto abbiamo fatto con le mani stanno disfacendolo gli altri con i piedi.»

«È una beffa del destino» disse il maresciallo Sucre. «Si direbbe che abbiamo seminato così a fondo l'ideale dell'indipendenza, che questi popoli stanno adesso tentando di rendersi indipendenti gli uni dagli altri.»

Il generale reagì con grande vivacità.

«Non ripeta le mascalzonate del nemico» disse, «anche se sono vere come lo è questa.»

Il maresciallo Sucre si scusò. Era intelligente, ordinato, timido e superstizioso, e aveva una dolcezza nelle sembianze che le vecchie cicatrici del vaiolo non erano riuscite ad attenuare. Il generale, che tanto gli voleva bene, aveva detto di lui che fingeva di esser modesto pur non essendolo. Era stato eroe a Pichincha, a Tumusla, a Tarqui, e compiuti appena i ventinove anni aveva guidato la gloriosa battaglia di Ayacucho che aveva spazzato via gli ultimi contingenti spagnoli nell'America del Sud. Ma più che per questi meriti veniva additato per il suo buon cuore nella vittoria, e per il suo talento di statista. In quel momento aveva rinunciato a tutte le sue cariche, e si mostrava senza vanti militari di nessun tipo, con un soprabito di panno nero, lungo fino alle caviglie, e sempre col colletto sollevato per proteggersi meglio dalle coltellate dei venti glaciali delle alture vicine. Il suo unico impegno con la nazione, e l'ultimo, secondo i suoi desideri, era partecipare come deputato di Quito al congresso costituente. Aveva compiuto trentacinque anni, aveva una salute di ferro, ed era pazzo di amore per donna Mariana Carcelén, marchesa di Solanda, con cui si era sposato per procura due anni prima, e con cui aveva una figlia di sei mesi.

Il generale non poteva immaginare nessun altro meglio qualificato di lui per succedergli nella presidenza della repubblica. Sapeva che gli mancavano ancora cinque anni per l'età regolamentare, a causa di una limitazione costituzionale imposta dal generale Rafael Urdaneta per sbarrargli la strada. Tuttavia, il generale stava compiendo manovre confidenziali per emendare l'emendamento.

«Accetti» gli disse, «e io rimarrò in qualità di generalissimo, a far giri intorno al governo come un toro intorno a una mandria di vacche.»

Aveva un aspetto infiacchito, ma la sua determinazione era convincente. Tuttavia, il maresciallo sapeva da parecchio che mai sarebbe stata sua la poltrona su cui era seduto. Poco tempo addietro, allorché gli era stata prospettata per la prima volta l'eventualità di essere presidente, aveva detto che non avrebbe mai governato una nazione il cui sistema e la cui meta erano sempre più azzardati. Nella sua mente, il primo passo per la purificazione era allontanare dal potere i militari, e intendeva proporre al congresso che nessun generale potesse esser presidente nei successivi quattro anni, forse col proposito di sbarrare la strada a Urdaneta. Ma gli oppositori più forti di questo emendamento sarebbero stati i più forti: gli stessi generali.

«Io sono troppo stanco per lavorare senza bussola» disse Sucre. «Inoltre, Sua Eccellenza sa quanto me che qui non ci sarà bisogno di un presidente ma di un domatore di insurrezioni.»

Avrebbe preso parte al congresso costituente, ovvio, e avrebbe pure accettato l'onore di presiederlo se gliel'avessero offerto. Ma nulla di più. Quattordici anni di guerre gli avevano insegnato che non c'era vittoria maggiore che quella di essere vivo. La presidenza della Bolivia, il paese vasto e ignoto che aveva fondato e governato con mano saggia, gli aveva fatto capire l'inutilità della gloria. «Sicché no, Eccellenza» concluse. Il 13 giugno, giorno di sant'Antonio, doveva ricongiungersi a Quito con la moglie e la figlia, per festeggiare con loro non solo quell'onomastico ma anche tutti quelli che gli avrebbe riserbato l'avvenire. La sua decisione di vivere per loro, e solo per loro fra i diletti dell'amore, l'aveva presa fin dall'ultimo Natale.

«È tutto quanto voglio dalla vita» disse.

Il generale era livido. «Io pensavo che non avrei più potuto stupirmi di nulla» disse. E lo guardò negli occhi:

«È la sua ultima parola?»

«È la penultima» disse Sucre. «L'ultima è la mia eterna gratitudine per le bontà di Sua Eccellenza.»

Il generale si diede una pacca sulla coscia per svegliarsi da un sogno irredimibile.

«Bene» disse. «Lei ha preso per me la decisione ultima della mia vita.»

Quella notte redasse le sue dimissioni sotto l'effetto demoralizzante di un emetico che gli aveva prescritto un medico occasionale per tentare di calmargli la bile. Il 20 gennaio inaugurò il congresso costituente con un discorso di addii in cui elogiò il suo presidente, il maresciallo Sucre, come il più degno dei generali. L'elogio strappò un'ovazione al congresso, ma un deputato che stava accanto a Urdaneta gli mormorò all'orecchio: «Intende dire che c'è un generale più degno di lei». La frase del generale, e la perversità del deputato, si conficcarono come due chiodi arroventati nel cuore del generale Rafael Urdaneta.

Era giusto. Anche se Urdaneta non aveva gli immensi meriti militari di Sucre, né il suo grande potere di seduzione, non c'era motivo per pensare che ne fosse meno degno. La sua serenità e la sua costanza erano state esaltate dallo stesso generale, la sua fedeltà e il suo affetto per lui erano più che provati, ed era uno dei pochi uomini di questo mondo che osava cantargli ben chiare le verità che temeva di conoscere. Consapevole dello sgarbo, il generale tentò di correggerlo nelle bozze a stampa, e invece del "più degno dei generali", corresse di suo pugno: "uno dei più degni". Il rattoppo non mitigò il rancore.

Qualche giorno dopo, durante una riunione del generale con deputati amici, Urdaneta lo accusò di fingere che se ne andava, mentre tentava in segreto di farsi rieleggere. Tre anni prima, il generale José Antonio Páez aveva preso il potere con la forza nel dipartimento del Venezuela, in un primo tentativo di separarlo dalla Colombia. Il generale si recò allora a Caracas, si riconciliò con Páez in un abbraccio pubblico fra canti di giubilo e rintocchi di campane, e gli costruì su misura un regime di eccezione che gli permetteva di comandare come meglio credeva. «Lì è cominciato il disastro» disse Urdaneta. Quella compiacenza non solo aveva definitivamente avvelenato i rapporti con gli abitanti della Nueva Granada, ma li aveva pure contaminati col germe della separazione. Adesso, concluse Urdaneta, il miglior servizio che il generale poteva prestar alla patria era rinunciare senza ulteriori dilazioni al vizio di comandare, e andarsene dal paese. Il generale replicò con pari veemenza. Ma Urdaneta era un uomo integro, con una parola facile e ardente, e lasciò in tutti l'impressione di aver assistito al crollo di una grande e vecchia amicizia.

Il generale reiterò le sue dimissioni e designò don Domingo Caycedo come presidente interino finché il congresso non avesse scelto quello definitivo. Il 1° marzo abbandonò il palazzo del governo dalla porta di servizio per non incontrare gli invitati che stavano omaggiando il suo successore con una coppa di champagne, e se ne andò con una carrozza altrui alla villa

28

di Fucha, un ritiro idilliaco nei dintorni della città, che il presidente provvisorio gli aveva imprestato. La sola certezza di essere unicamente un cittadino fra i tanti aggravò i disastri dell'emetico. Chiese a José Palacios, sognando da sveglio, che gli preparasse l'occorrente per mettersi a scrivere le sue memorie. José Palacios gli portò inchiostro e carta sufficienti per quarant'anni di ricordi, e lui avvertì Fernando, suo nipote e scrivano, affinché gli prestasse i suoi buoni servigi a partire dal lunedì successivo alle quattro del mattino, che era la sua ora più propizia per pensare con i rancori in carne viva. Secondo quanto disse molte volte al nipote, voleva cominciare dal suo ricordo più antico, che era un sogno che aveva fatto nella fazenda di San Mateo, in Venezuela, poco dopo aver compiuto tre anni. Sognò che una mula nera con la dentatura d'oro si era cacciata in casa e l'aveva percorsa dal salone principale fino alle dispense, mangiandosi senza fretta tutto quanto aveva trovato sulla sua strada mentre la famiglia e gli schiavi facevano la siesta, finché non si mise a mangiare le tende, i tappeti, le lampade, i vasi, le stoviglie e le posate della sala da pranzo, i santi degli altari, gli armadi e i cassettoni con tutto quanto c'era dentro, le pentole delle cucine, le porte e le finestre con i cardini e i batacchi e tutti i mobili dall'atrio fino alle camere da letto, e l'unica cosa che lasciò intatta, a galleggiare nel suo spazio, fu l'ovale dello specchio della toeletta di sua madre.

Ma si sentì così bene nella casa di Fucha, e l'aria era così tenue sotto il cielo di nuvole veloci, che non riprese a parlare delle memorie, ma approfittava dell'alba per camminare lungo i sentieri profumati della savana. Coloro che gli fecero visita nei giorni successivi ebbero l'impressione che si fosse rimesso. Soprattutto i militari, suoi amici più fedeli, lo incitavano a rimanere alla presidenza sia pure a costo di un colpo di stato. Lui li scoraggiava affermando che il potere della forza era indegno della sua gloria, ma non sembrava scartare la speranza di essere confermato dalla decisione legittima del congresso. José Palacios ripeteva: «Quello che il mio padrone pensa, solo il mio padrone lo sa».

Manuela continuava a risiedere a pochi passi dal palazzo di San Carlos, che era la dimora dei presidenti, con l'orecchio attento alle voci della via. Arrivava a Fucha due o tre volte alla settimana, e di più se c'era qualcosa di urgente, carica di marzapani e di dolci caldi dei conventi, e tavolette di cioccolata con cannella per la merenda delle quattro. Di rado portava i giornali, perché il generale era diventato così suscettibile nei confronti delle critiche che qualsiasi osservazione banale poteva farlo uscire dai gangheri. Gli riferiva invece la cronaca minuta della politica, le perfidie di salotto, gli auguri dei bugiardi, e lui doveva ascoltarli con le budella ritorte anche se gli erano avversi, perché lei era l'unica persona cui permettesse la verità. Quando non avevano granché da dirsi sfogliavano la corrispondenza, oppure lei gli leggeva, o giocavano a carte con i decani, ma pranzavano sempre da soli.

Si erano conosciuti a Quito otto anni prima, durante il ballo di gala con cui fu festeggiata la liberazione, quando lei era ancora la moglie del dottor James Thorne, un gentiluomo inglese trapiantato nell'aristocrazia di Lima negli ultimi anni del vicereame. Oltre a essere l'ultima donna con cui intrattenne un amore continuo dopo la morte della moglie, ventisei anni prima, era pure la sua confidente, la custode dei suoi archivi e la sua lettrice più emotiva, ed era assimilata al suo stato maggiore col grado di colonnella. Erano lontani i tempi in cui lei era stata sul punto di staccargli un orecchio con un morso in una baruffa di gelosia, ma i loro dialoghi più volgari solevano culminare ancora con gli scoppi di odio e le capitolazioni tenere dei grandi amori. Manuela non si fermava a dormire. Se ne andava via in tempo per non essere sorpresa per strada dalla notte, soprattutto in quella stagione di tramonti fugaci.

Al contrario di quanto accadeva nella villa della Magdalena, a Lima, dove lui doveva inventarsi pretesti per tenerla lontana mentre se la spassava con dame di rango, e con altre che non lo erano affatto, nella villa di Fucha dava mostra di non poter vivere senza di lei. Se ne rimaneva a contemplare la strada da cui doveva arrivare, esasperava José Palacios domandandogli di continuo l'ora, chiedendogli che spostasse la poltrona, che attizzasse il caminetto, che lo spegnesse, che lo accendesse di nuovo, impaziente e di malumore, finché non vedeva apparire la carrozza da dietro le alture e gli si illuminava la vita. Ma dava mostra di pari ansia allorché la visita si protraeva più del previsto. All'ora della siesta si infilavano nel letto senza chiudere l'uscio, senza spogliarsi e senza dormire, e più di una volta incorsero nello sbaglio di tentare un ultimo amore, perché lui non aveva più abbastanza corpo per soddisfare la sua anima, e rifiutava di ammetterlo.

La sua insonnia tenace diede mostra di disordine in quei giorni. Si addormentava in qualsiasi momento a metà di una frase mentre dettava la corrispondenza, o durante una partita a carte, e lui stesso non sapeva bene se erano raffiche di sonno o deliqui fugaci, ma non appena si coricava si sentiva abbacinato da una crisi di lucidità. A stento riusciva a conciliare un sonno pantanoso all'alba, finché non lo risvegliava il vento della pace tra gli alberi. Allora non resisteva alla tentazione di rinviare la dettatura delle sue memorie alla mattina dopo, per far una passeggiata solitaria che talvolta si protraeva fino all'ora del pranzo.

Girava senza scorta, senza i due cani fedeli che talvolta l'avevano accompagnato fin nei campi di battaglia, senza nessuno dei suoi cavalli epici che erano ormai stati venduti al battaglione degli ussari per rimpinguare i fondi del viaggio. Andava sino al fiume vicino sopra la coltre di foglie marcite dei pioppeti interminabili, protetto dai venti gelidi della savana dal poncho di vigogna, con gli stivali imbottiti all'interno di lana grezza, e col berretto di seta verde che prima usava solo per dormire. Si sedeva a lungo a riflettere davanti al ponticello di assi distaccate, sotto l'ombra dei salici sconsolati, assorto nelle vie dell'acqua che talvolta paragonò al destino degli uomini, in un parallelismo retorico proprio del suo maestro di giovinezza, don Simón Rodríguez. Uno dei soldati di scorta lo seguiva senza farsi vedere, finché non ritornava fradicio di rugiada, e con un filo di fiato che gli bastava appena per la scalinata dell'atrio, macilento ed esterrefatto, ma con certi occhi da pazzo felice. Si sentiva così bene durante quelle passeggiate di evasione, che i guardiani nascosti lo udivano fra gli alberi cantare canzoni soldatesche come negli anni delle sue glorie leggendarie e delle sue sconfitte omeriche. Chi lo conosceva meglio si domandava il motivo del suo buon umore, se persino la stessa Manuela dubitava che venisse confermato ancora una volta alla presidenza della repubblica da un congresso costituente che lui per primo aveva qualificato ammirabile.

Il giorno dell'elezione, durante la passeggiata mattutina, vide un levriero senza padrone che ruzzava fra le siepi insieme alle pernici. Gli lanciò un fischio ruffianesco, e l'animale si fermò bruscamente, lo cercò con le orecchie dritte, e lo scoprì col poncho quasi a strasciconi e il berretto da pontefice fiorentino, abbandonato dalla mano di Dio fra le nuvole rade e la pianura immensa. Lo fiutò a fondo, mentre lui gli accarezzava il pelo con la punta delle dita, ma poi si scostò d'un tratto, lo guardò negli occhi con i suoi occhi d'oro, cacciò un ringhio di diffidenza e fuggì via spaventato. Inseguendolo lungo un sentiero sconosciuto, il generale si ritrovò smarrito in un suburbio di viuzze infangate e case di mattone crudo con tetti rossi, nei cui cortili si levava il vapore della mungitura. D'improvviso, udì il grido:

«Salamone!»

Non ebbe il tempo di schivare un escremento di vacca che gli tirarono da qualche stalla e che gli si spiaccicò in mezzo al petto, fino a schizzargli la faccia. Ma fu il grido, più che l'esplosione di sterco, a risvegliarlo dallo stupore in cui si trovava dopo che aveva abbandonato la dimora dei presidenti. Conosceva il soprannome che gli avevano messo gli abitanti della Nueva Granada, che era lo stesso di un matto che girava per strada, famoso per le sue uniformi arlecchinesche. Persino uno di quei senatori che si dicevano liberali l'aveva chiamato così al congresso, in sua assenza, e solo due si erano alzati per protestare. Ma non l'aveva mai sentito in carne viva. Si mise a ripulirsi la faccia col bordo del poncho, e non aveva finito che già il guardiano che lo seguiva senza farsi vedere emerse fra gli alberi con la spada sguainata per punire l'affronto. Lui lo acchiappò in un'esplosione di collera.

«E lei che cazzo ci fa qui?» gli domandò.

L'ufficiale si mise sull'attenti.

«Eseguo gli ordini, Eccellenza.»

«Io non sono la sua eccellenza» replicò lui.

Gli tolse ogni grado e ogni titolo con un accanimento tale, che l'ufficiale si considerò fortunato di non avere maggior potere per una rappresaglia più feroce. Persino a José Palacios, che tanto lo capiva, costò fatica capire il suo rigore.

Fu una brutta giornata. Trascorse la mattina girando per la casa con la stessa ansia con cui aspettava Manuela, però fu chiaro a tutti che questa volta non agonizzava per lei ma per le notizie del congresso. Tentava di calcolare minuto per minuto i dettagli della seduta. Allorché José Palacios gli rispose che erano le dieci, disse: «Per quanto vogliano ragliare i demagoghi debbono ormai aver cominciato la votazione». Poi, al termine di una lunga riflessione, si domandò ad alta voce: «Chi può sapere cosa pensa un uomo come Urdaneta?». José Palacios sapeva che il generale lo sapeva, perché Urdaneta non aveva smesso di ripetere ai quattro venti i motivi e le proporzioni del suo risentimento. In un momento in cui José Palacios passò di nuovo, il generale gli domandò come di sfuggita: «Per chi credi che voterà Sucre?». José Palacios sapeva quanto lui che il maresciallo Sucre non poteva votare, perché in quei giorni era partito per il Venezuela insieme al vescovo di Santa Marta, monsignor José María Estévez, in una missione del congresso per negoziare i termini della separazione. Sicché non si fermò per rispondere: «Lei lo sa meglio di chiunque, signore». Il generale sorrise per la prima volta da quando era ritornato dalla passeggiata abominevole.

Malgrado il suo appetito errabondo, quasi sempre si sedeva a tavola prima delle undici per mangiare un uovo tiepido con un bicchiere di porto, o per spilluzzicare la crosta del formaggio, ma quel giorno rimase a vigilare la strada dalla terrazza mentre gli altri pranzavano, e se ne stette così assorto che neppure José Palacios osò importunarlo. Passate le tre si raddrizzò d'un balzo, non appena colse il trotto delle mule prima ancora che apparisse da dietro le alture la carrozza di Manuela. Corse ad accoglierla, aprì la portiera per aiutarla a scendere, e dal momento in cui vide la sua faccia seppe la notizia. Don Joaquín Mosquera, primogenito di un casato illustre di Popayán, era stato eletto presidente della repubblica all'unanimità.

La sua reazione non fu di rabbia né di delusione, ma di stupore, perché lui stesso aveva suggerito al congresso il nome di Joaquín Mosquera, sicuro che non avrebbe accettato. Si immerse in una riflessione profonda, e non parlò più fino alla merenda. «Neppure un solo voto per me?» domandò. Neppure uno. Tuttavia, la delegazione ufficiale che si recò più tardi a visitarlo, composta da deputati fedeli, gli spiegò che i suoi partigiani si erano messi d'accordo affinché la votazione fosse all'unanimità, sicché lui non ci facesse la figura del perdente in una contesa accanita. Lui era così contrariato che non sembrò apprezzare la sottigliezza di quella manovra galante. Pensava, invece, che sarebbe stato più dignitoso per la sua gloria se avessero accettato le sue dimissioni quando le aveva presentate la prima volta.

«Per farla breve» sospirò, «i demagoghi hanno vinto di nuovo, e in doppia partita.»

Comunque, badò bene a non far notare lo stato di commozione in cui si trovava finché non li ebbe congedati nell'atrio. Ma le carrozze non si erano ancora perse di vista che cadde fulminato da una crisi di tosse che tenne la villa in stato di allarme fino all'imbrunire. Uno dei membri della comitiva ufficiale aveva detto che il congresso era stato prudente nella sua decisione, al punto da salvare la repubblica. Lui non ci aveva fatto caso. Ma quella notte, mentre Manuela lo costringeva a bere una tazza di brodo, le disse: «Nessun congresso ha mai salvato una repubblica». Prima di coricarsi riunì i suoi aiutanti e la servitù, e annunciò loro con la solennità consueta delle sue dimissioni sospette:

«Domani stesso me ne andrò dal Paese.»

Non se ne andò l'indomani stesso, ma fu quattro giorni dopo. Nel frattempo recuperò l'energia perduta, dettò un proclama di addio in cui non lasciava trasparire le piaghe del cuore, e ritornò in città per allestire il viaggio. Il generale Pedro Alcántara Herrán, ministro della guerra e della marina del nuovo governo, se lo portò nella sua casa in calle La Enseñanza, non tanto per offrirgli ospitalità, quanto per proteggerlo dalle minacce di morte che divenivano sempre più temibili.

Prima di andarsene da Santa Fe liquidò le poche cose di valore che gli rimanevano per rimpinguare le sue arche. Oltre ai cavalli vendette un servizio di argento dei tempi prodighi di Potosí, che la Casa de la Moneda aveva valutato per il semplice valore metallico senza mettere in conto la preziosità dell'artigianato né i pregi storici: duemilacinquecento pesos. Fatti gli ultimi conti, aveva diciassettemilaseicento pesos e sessanta centavos in liquidi, una lettera di credito di ottomila pesos del ministero del tesoro di Cartagena, una pensione vitalizia che gli aveva assegnato il congresso, e poco più di seicento once di oro suddivise in diversi bauli. Questo era il misero bilancio di una fortuna personale che fin dal giorno della sua nascita era considerata fra le più prospere delle Americhe.

Nel bagaglio che José Palacios sistemò senza fretta la mattina della partenza mentre lui finiva di vestirsi, c'erano solo due cambi di biancheria molto usata, due camicie da mettersi e da togliersi, la giubba di guerra con una doppia fila di bottoni che si sovrapponevano, forgiati con l'oro di Atahualpa, il berrettone di seta per dormire e un cappuccio rosso che il maresciallo Sucre gli aveva portato dalla Bolivia. Ai piedi non aveva altro da mettersi che le pantofole da casa e gli stivali di vernice che avrebbe calzato. Nei bauli personali di José Palacios, insieme alla valigetta dei medicinali e altre poche cose di valore, portava con sé il *Contratto sociale* di Rousseau e *L'arte militare* del generale italiano Raimondo Montecuccoli, due gioielli bibliografici che erano appartenuti a Napoleone Bonaparte e che gli erano stati regalati da sir Robert Wilson, padre del suo decano. Il resto era così poco, che il tutto stava incassato in uno zaino da soldato. Quando lui lo vide, pronto per uscire nella sala dove lo aspettava la comitiva ufficiale, disse:

«Non avremmo mai creduto, mio caro José, che tanta gloria stesse dentro una scarpa.»

Sulle sue sette mule da carico, tuttavia, viaggiavano altre casse con medaglie e posate d'oro e cose molteplici di un certo valore, dieci bauli di carte private, due di libri letti e almeno cinque di indumenti, e parecchie casse con ogni tipo di cose buone e cattive che nessuno aveva avuto la pazienza di inventariare. Ciò malgrado, il tutto non era neppure l'ombra del bagaglio con cui aveva fatto ritorno da Lima tre anni prima, investito del triplice potere di presidente della Bolivia e della Colombia e di dittatore del Perù: una fila di bestie con settantadue bauli e oltre quattrocento casse con cose innumerevoli il cui valore non era mai stato stabilito. In quella circostanza aveva lasciato a Quito oltre seicento libri che non cercò più di recuperare.

Erano quasi le sei. La pioviggine millenaria aveva fatto una pausa, ma il mondo era sempre fosco e freddo, e la casa occupata dalla truppa cominciava a emanare un tanfo da caserma. Gli ussari e i granatieri si levarono in gruppo non appena videro avvicinarsi dal fondo della veranda il generale taciturno fra i suoi decani, col poncho buttato sopra una spalla e un cappello dalla tesa ampia che rabbuiava ancora di più le ombre della sua faccia. Si copriva la bocca con un fazzoletto zuppo di acqua di colonia, secondo una vecchia superstizione andina, per proteggersi dalle arie grame per via dell'uscita brusca alle intemperie. Non portava nessuna insegna del suo rango né gli rimaneva il minimo indizio della sua immensa autorità di altri giorni, ma l'aureola magica del potere lo rendeva diverso in mezzo al rumoroso seguito di ufficiali. Si diresse verso la sala delle visite, camminando piano lungo la veranda tappezzata da stuoie che costeggiava il giardino interno, indifferente ai soldati di guardia che si mettevano sull'attenti al suo passaggio. Prima di entrare nella sala infilò il fazzoletto nel polsino della camicia, come ormai facevano solo i sacerdoti, e diede a uno dei decani il cappello che portava.

Oltre a quanti avevano vegliato in casa, altri civili e militari continuavano ad arrivare fin dalle prime luci. Stavano prendendo il caffè a gruppi sparsi, e i vestiti cupi e le voci imbavagliate avevano rarefatto l'ambiente con una solennità lugubre. La voce affilata di un diplomatico si levò d'improvviso sopra i sussurri:

«Sembra proprio un funerale.»

Aveva appena finito di dirlo, che colse dietro di sé il fiato di acqua di colonia che saturò l'aria della sala. Allora si girò con la tazza di caffè fumante sorretta fra il pollice e l'indice, e lo inquietò l'idea che il fantasma che era appena entrato avesse udito la sua impertinenza. Ma no: sebbene le ultime visite del generale in Europa avessero avuto luogo ventiquattro anni prima, quando era molto giovane, le nostalgie europee erano più durevoli dei suoi rancori. Sicché il diplomatico fu il primo verso cui si volse per salutarlo con la cortesia eccessiva che per lui meritavano gli inglesi.

«Spero che non ci sarà molta nebbia quest'autunno a Hyde Park» gli disse.

Il diplomatico ebbe un attimo di esitanza, perché negli ultimi giorni aveva udito dire che il generale stava partendo per tre posti diversi, e nessuno era Londra. Ma si riprese subito.

«Faremo sì che ci sia sole giorno e notte per Sua Eccellenza» disse.

Il nuovo presidente non era lì, perché il congresso l'aveva eletto in assenza e avrebbe avuto bisogno di oltre un mese per arrivare da Popayán. In suo nome e al suo posto c'era il generale Domingo Caycedo, eletto vicepresidente, di cui si era mormorato che qualsiasi carica della repubblica gli sarebbe andata stretta, perché aveva il portamento e la prestanza di un re. Il generale lo salutò con grande deferenza, e gli disse con tono beffardo:

«Lei sa che non ho il permesso per uscire dal Paese?»

La frase venne accolta con una sghignazzata di tutti, sebbene tutti sapessero che non era uno scherzo. Il generale Caycedo gli promise di spedire a Honda con la posta successiva un passaporto in regola.

La comitiva ufficiale era formata dall'arcivescovo della città, e da altri maggiorenti e funzionari di alto rango con le mogli. I civili portavano calzoni di pelle e i militari portavano stivali da cavallerizzo, perché si accingevano ad accompagnare per parecchie leghe il proscritto illustre. Il generale baciò l'anello dell'arcivescovo e le mani delle signore, e strinse senza effusione quelle dei gentiluomini, maestro assoluto del cerimoniale untuoso, ma completamente estraneo all'indole di quella città equivoca, di cui in più circostanze aveva detto: «Questo non è il mio palcoscenico». Li salutò tutti nell'ordine in cui se li trovò dinanzi facendo il giro della sala, e per ciascuno ebbe una frase deliberatamente imparata nei manuali di urbanità, ma non guardò nessuno negli occhi. La sua voce era metallica e con crepe di febbre, e il suo accento caraibico, che tanti anni di viaggi e di mutamenti di guerre non erano riusciti ad attenuare, risuonava più aspro in confronto alla dizione morbida degli andini.

Quando ebbe finito i saluti, ricevette dal presidente

interino un plico firmato da numerosi maggiorenti della Nueva Granada che gli esprimevano la riconoscenza del Paese per i tanti anni di servigi. Finse di leggerlo dinanzi al silenzio di tutti, come uno dei tanti tributi al formalismo locale, perché senza occhiali non sarebbe riuscito a decifrare neppure una grafia più grossa. Malgrado ciò, quando finse di aver finito rivolse al gruppo brevi parole di gratitudine, così pertinenti alla circostanza che nessuno avrebbe potuto dire che non aveva letto il documento. Infine fece con lo sguardo un'ispezione della sala, e domandò senza nascondere una certa ansia:

«Non è venuto Urdaneta?»

Il presidente interino lo informò che il generale Rafael Urdaneta era partito all'inseguimento delle truppe ribelli per appoggiare la missione preventiva del generale José Laurencio Silva. Qualcuno si fece allora udire al disopra delle altre voci:

«Non è venuto neppure Sucre.»

Lui non poteva trascurare la pesantezza di intenzione che c'era in quella notizia non richiesta. I suoi occhi, spenti e schivi fino ad allora, brillarono di un fulgore febbrile, e replicò senza sapere a chi:

«Il Gran Maresciallo di Ayacucho non è stato informato dell'ora della partenza per non disturbarlo.»

All'apparenza, ignorava allora che il maresciallo Sucre era ritornato due giorni prima dalla sua fallita impresa nel Venezuela, dove gli avevano proibito l'entrata nella sua stessa terra. Nessuno l'aveva informato che il generale se ne andava, forse perché a nessuno era venuto in mente che lui non fosse il primo a saperlo. José Palacios l'aveva saputo in un brutto momento, e poi l'aveva dimenticato nei tumulti delle ultime ore. Non scartò, ovviamente, l'idea che il maresciallo Sucre fosse offeso per non esser stato avvertito.

Nell'attigua sala da pranzo, la tavola era imbandita per la splendida colazione creola: pasticcio in pasta sfoglia, sanguinaccio con riso, uova strapazzate, una ricca varietà di pagnottine dolci con ricami di zucchero, e le chicchere di cioccolata bruciante e densa come colla di farina profumata. I padroni di casa avevano rinviato l'ora della colazione nel caso che lui accettasse di presiederla, pur sapendo che la mattina prendeva solo l'infuso di papavero con gomma arabica. Comunque, la padrona di casa lo invitò ad accomodarsi sulla poltrona che gli avevano riservato a capotavola, ma lui declinò l'onore e si rivolse a tutti con un sorriso formale:

«La mia strada è lunga» disse. «Buon appetito.»

Si raddrizzò per congedarsi dal presidente interino, e questi lo contraccambiò con un abbraccio enorme, che permise a tutti di constatare quant'era piccolo il corpo del generale, e che aspetto smarrito e inerme aveva nel momento degli addii. Poi strinse di nuovo le mani di tutti e baciò quelle delle signore. Qualcuno cercò di trattenerlo finché non avesse spiovuto, pur sapendo quanto lui che non avrebbe spiovuto per tutto il tempo che mancava al secolo. Inoltre, si notava talmente che desiderava andarsene al più presto, che tentar di farlo indugiare sembrò un'impertinenza. Il padrone di casa lo condusse fino alle stalle sotto la pioviggine invisibile del giardino. Aveva cercato di aiutarlo reggendogli un braccio con la punta delle dita, come se fosse stato di vetro, e lo stupì la tensione dell'energia che circolava sotto la pelle, come un torrente segreto senza nessun rapporto con l'indigenza

42

del corpo. Delegati del governo, della diplomazia e delle forze militari, col fango sino alle ginocchia e le mantelle fradicie di pioggia, lo aspettavano per accompagnarlo nella sua prima giornata. Nessuno sapeva di certo, tuttavia, chi lo accompagnava per amicizia, chi per proteggerlo, e chi per essere sicuro che davvero se ne andava.

La mula che gli era stata riservata era la migliore di un centinaio che un commerciante spagnolo aveva dato al governo in cambio della distruzione del suo incartamento di ladro di bestiame. Il generale aveva già uno stivale sulla staffa che gli aveva porto il palafreniere, quando il ministro della guerra e della marina lo chiamò: «Eccellenza». Lui rimase immobile, col piede sulla staffa, e aggrappato alla sella con entrambe le mani.

«Rimanga» gli disse il ministro, «e faccia un ultimo sacrificio per salvare la patria.»

«No, Herrán» replicò lui, «non ho più una patria per cui sacrificarmi.»

Era la fine. Il generale Simón José Antonio de la Santísima Trinidad Bolívar y Palacios se ne andava per sempre. Aveva sottratto al dominio spagnolo un impero cinque volte più vasto dell'Europa, aveva guidato venti anni di guerre per conservarlo libero e unito, e l'aveva governato con polso saldo fino alla settimana prima, ma nel momento di andarsene non si portava via neppure il conforto di essere creduto. L'unico che fu abbastanza lucido per capire che se ne andava davvero, e dove se ne andava, fu il diplomatico inglese che scrisse in un rapporto ufficiale al suo governo: "Il tempo che gli rimane gli basterà a stento per raggiungere la tomba".

La prima giornata era stata la più sgradevole, e così sarebbe stato anche per una persona meno ammalata di lui, perché aveva l'umore pervertito dall'ostilità larvata che colse lungo le vie di Santa Fe il mattino della partenza. Cominciava appena a far chiaro tra la pioviggine, e al suo passaggio incontrò solo qualche vacca smarrita, ma il rancore dei suoi nemici lo si sentiva nell'aria. Malgrado la previsione del governo, che aveva ordinato di guidarlo attraverso vie meno note, il generale riuscì a vedere alcune ingiurie dipinte sui muri dei conventi.

José Palacios gli cavalcava accanto, vestito come sempre, anche nel fragore delle battaglie, con la finanziera sacramentale, la spilla col topazio sulla cravatta di seta, i guanti di capretto, e il panciotto di broccato con le due catenelle incrociate dei suoi orologi gemelli. Le guarnizioni della sella erano di argento del Potosí, e gli speroni erano d'oro, motivo per cui l'avevano confuso col presidente in più di due villaggi sulle Ande. Tuttavia, la diligenza con cui soddisfaceva anche i minimi desideri del suo signore rendeva impensabile qualsiasi confusione. Lo conosceva e gli voleva così bene che soffriva nella sua stessa carne quell'addio da fuggiasco, in una città che soleva trasformare in feste nazionali il solo annuncio del suo arrivo. Appena tre anni prima, quando aveva fatto ritorno dalle aride guerre del Sud gravato dalla maggior quantità di gloria che nessun americano vivo o morto si fosse mai meritato, era stato oggetto di un'accoglienza spontanea che fece epoca. Erano ancora i tempi in cui la gente si aggrappava alla cavezza del suo cavallo e lo fermava nelle vie per lagnarsi dei servizi pubblici o dei tributi fiscali, o per chiedergli grazie, o solo per sentire da vicino lo splendore della grandezza. Lui prestava attenzione a quei reclami per strada quanto alle faccende più gravi del governo, con una conoscenza stupefacente dei problemi domestici di ciascuno, o delle condizioni dei suoi affari, o dei rischi della salute, e chiunque parlasse con lui rimaneva con l'impressione di aver spartito per un attimo i diletti del potere.

Nessuno avrebbe creduto che lui fosse lo stesso di allora, né che fosse la stessa quella città taciturna che abbandonava per sempre con cautela da bandito. In nessun luogo si era sentito forestiero come in quelle viuzze dure con case uguali dai tetti grigi e dai giardini interni con fiori odorosi, dove ribolliva a fuoco lento una comunità rurale, i cui modi affettati e il cui dialetto ladino servivano più per nascondere che per dire. E tuttavia, sebbene allora gli sembrasse una beffa dell'immaginazione, era la stessa città di foschie e di venti gelidi che lui aveva scelto fin prima di conoscerla per edificarvi la sua gloria, quella che aveva amato più di chiunque altra, e l'aveva idealizzata come centro e ragione della sua vita e come capitale di metà del mondo.

Nel momento dei conti conclusivi sembrava esser lui stesso il più stupito del suo discredito. Il governo aveva fatto appostare guardie invisibili anche nei punti di minor pericolo, e questo impedì che gli sbarrassero la strada le cricche furibonde che l'avevano giustiziato in effigie il pomeriggio prima, ma per tutto il tragitto si udì uno stesso grido distante: «Salamone!». L'unica anima che si impietosì di lui fu una donna della via che mentre passava gli disse:

«Va' con Dio, fantasma.»

Nessuno diede mostra di averla udita. Il generale si immerse in una riflessione cupa, e continuò a cavalcare, estraneo al mondo, finché non ebbero raggiunto la savana splendida. Alle Cuatro Esquinas, dove cominciava la strada acciottolata, Manuela Sáenz attese il passaggio del gruppo, sola e a cavallo, e da lontano fece al generale un ultimo addio con la mano. Lui le rispose nello stesso modo, e proseguì la marcia. Non si videro mai più.

La pioviggine cessò di lì a poco, il cielo divenne di un azzurro radioso, e due vulcani innevati rimasero immobili all'orizzonte per il resto della giornata. Ma questa volta lui non diede mostra della sua passione per la natura, né badò ai villaggi che attraversavano a trotto sostenuto, né ai saluti che facevano loro quando passavano senza riconoscerli. Malgrado ciò, ai suoi accompagnatori sembrò quanto mai insolito che non avesse neppure uno sguardo di tenerezza per le magnifiche mandrie di cavalli dei molti allevamenti della savana, che come aveva detto tante volte erano lo spettacolo che più amava al mondo.

Nel paesino di Facatativá, dove trascorsero la prima notte, il generale si congedò dagli accompagnatori spontanei e proseguì il viaggio col suo seguito. Erano in cinque, oltre a José Palacios: il generale José María Carreño, col braccio destro scorciato da una ferita di guerra; il suo decano irlandese, il colonnello Belford Hinton Wilson, figlio di sir Robert Wilson, un generale veterano di quasi tutte le guerre d'Europa; Fernando, suo nipote, decano e amanuense col grado di tenente, figlio del suo fratello maggiore, morto in un naufragio durante la prima repubblica; il suo parente e decano, il capitano Andrés Ibarra, col braccio destro paralizzato da un colpo di sciabola che aveva ricevuto due anni prima nell'assalto del 25 settembre, e il colonnello José de la Cruz Paredes, con esperienza di numerose campagne dell'indipendenza. La guardia d'onore era composta da cento ussari e granatieri scelti fra i migliori del contingente venezuelano.

José Palacios badava in modo particolare a due cani che erano stati presi come bottino di guerra nell'Alto Perù. Erano belli e coraggiosi, ed erano stati guardiani notturni del palazzo del governo di Santa Fe finché due dei loro compagni non erano stati ammazzati a coltellate la notte dell'attentato. Durante gli interminabili viaggi da Lima a Quito, da Quito a Santa Fe, da Santa Fe a Caracas, e poi di ritorno a Quito e a Guayaquil, i due cani avevano badato al carico camminando al passo delle bestie da soma. Nell'ultimo viaggio da Santa Fe a Cartagena avevano fatto lo stesso, anche se questa volta il carico non era così tanto, ed era vigilato dalla truppa.

Il generale si era svegliato di malumore a Facatativá, ma migliorò a mano a mano che scendevano dall'altopiano per un sentiero di colline ondeggianti, e il clima si mitigava e la luce diveniva meno tersa. Parecchie volte lo invitarono a riposare, preoccupati dalle condizioni del suo corpo, ma lui preferì proseguire senza pranzare fino alle terre calde. Diceva che il passo del cavallo era propizio al pensiero, e viaggiava giorni e notti cambiando più volte animale per non sfiancarlo. Aveva le gambe storte dei cavallerizzi vecchi e il modo di camminare di chi dorme con gli speroni addosso, e gli si era formato intorno all'ano un callo ruvido come la cinghia di cuoio di un barbiere, che gli era valso il soprannome onorevole di Culo di Ferro. Da quando erano cominciate le guerre di indipendenza aveva cavalcato per diciottomila leghe: più di due volte il giro del mondo. Nessuno smentì mai la leggenda che dormiva cavalcando.

Passato il mezzogiorno, quando ormai cominciavano a sentire il tanfo caldo che saliva dai canneti, si concessero una pausa per riposare nel chiostro di una missione. Li accudì la superiora in persona, e un gruppo di novizie indigene distribuì loro marzapani appena sfornati e un masato di mais granuloso e sul punto di fermentare. Vedendo l'avanzata dei militari sudati e vestiti senza nessun criterio, la superiora dovette pensare che il colonnello Wilson fosse l'ufficiale di grado più elevato, magari perché era gagliardo e biondo e aveva l'uniforme meglio guarnita, e si occupò solo di lui con una deferenza molto femminile che suscitò commenti malevoli.

José Palacios approfittò dell'equivoco affinché il suo signore riposasse all'ombra delle ceibe del chiostro, avvolto in una coperta di lana per fargli sudare la febbre. Così rimase senza mangiare e senza dormire, ascoltando tra foschie le canzoni di amore del repertorio creolo che le novizie cantarono accompagnate dall'arpa di una monaca loro maestra. Infine, una di queste percorse il chiostro con un cappello chiedendo elemosine per la missione. Mentre passava la monaca dell'arpa le disse: «Non chiedere nulla all'ammalato». Ma la novizia non le diede retta. Il generale, senza neppure guardarla, le disse con un sorriso amaro: «Sono io che ho bisogno di elemosine, figliola». Wilson ne diede una dalla sua borsa personale, con una prodigalità che gli valse le beffe del suo comandante: «Lo vede quanto costa la gloria, colonnello». Lo stesso Wilson manifestò più tardi il suo stupore che nessuno alla missione né lungo il resto del tragitto avesse riconosciuto l'uomo più conosciuto delle repubbliche nuove. Anche per quest'ultimo, senza dubbio, fu una lezione strana.

«Io non sono più io» disse.

La seconda notte la passarono in un'antica fattoria di tabacco trasformata in locanda per viandanti, vicino al villaggio di Guaduas, dove si fermarono ad aspettarli per una cerimonia di riparazione che lui non volle accettare. La casa era immensa e tenebrosa, e persino i dintorni suscitavano una strana angoscia, per via della vegetazione brutale e del fiume dalle acque nere e scoscese che straripavano fino alle piantagioni di banane delle terre calde con uno strepito da crollo. Il generale li conosceva, e già la prima volta che passò di lì aveva detto: «Se io dovessi tendere a qualcuno un'imboscata, sceglierei questo posto». L'aveva evitato in altre circostanze, solo perché gli ricordava Berruecos, un passo sinistro sulla strada di Quito che persino i viaggiatori più temerari preferivano evitare. Una volta si era accampato due leghe prima contrariamente al parere di tutti, perché non si credeva capace di sopportare tanta tristezza. Ma ora, nonostante la stanchezza e la febbre, gli sembrò comunque più sopportabile del banchetto di commiato con cui stavano aspettandolo i suoi sventurati amici di Guaduas.

Vedendolo arrivare in condizioni così penose, il padrone della locanda gli aveva suggerito di chiamare un indiano di una masseria vicina, cui per guarire bastava fiutare una camicia col sudore dell'ammalato, a qualsiasi distanza e pur non avendolo mai visto. Lui si burlò della sua creduloneria, e ordinò che nessuno dei suoi tentasse qualsiasi genere di contatto con l'indiano taumaturgo. Se non credeva ai medici, dei quali diceva che erano trafficanti del dolore altrui, tantomeno ci si poteva aspettare che affidasse la sua sorte allo spiritista di una masseria. Infine, come ennesima dimostrazione del disdegno per la scienza medica, rifiutò la bella camera da letto che gli avevano preparato come la più consona al suo grado, e si fece appendere l'amaca nella vasta veranda scoperta che dava sui canneti, dove avrebbe trascorso la notte esposto ai rischi delle intemperie.

Non aveva preso in tutto il giorno null'altro che l'infuso all'alba, ma si sedette a tavola solo per cortesia nei riguardi dei suoi ufficiali. Sebbene si abituasse meglio di tutti ai rigori della vita in campagna, e fosse poco meno che un asceta nel mangiare e nel bere, amava e conosceva le arti della cantina e della cucina come un europeo raffinato, e fin dal suo primo viaggio aveva appreso dai francesi l'abitudine di parlar di mangiare mentre mangiava. Quella sera bevve solo mezzo bicchiere di vino rosso e assaggiò per curiosità lo stufato di cervo, per constatare se era vero quanto diceva il padrone e confermarono i suoi ufficiali: che la carne fosforescente aveva un sapore di gelsomino. Non disse che due frasi durante la cena, né le disse con più fiato delle pochissime che aveva detto nel corso del viaggio, ma tutti apprezzarono il suo sforzo per raddolcire con un cucchiaino di buone maniere l'aceto delle sue disgrazie pubbliche e della sua cattiva salute. Non aveva più detto una parola di politica né aveva evocato nessuno degli incidenti del sabato, lui che era uomo da non riuscir a superare lo struggimento dell'odio molti anni dopo l'offesa.

Prima che avessero finito di mangiare chiese il permesso di alzarsi, si infilò la camicia da notte e il berretto per dormire rabbrividendo di febbre, e crollò sull'amaca. La notte era fresca, e un'enorme luna aranciata cominciava a levarsi fra i colli, ma lui non aveva voglia di vederla. I soldati della scorta, a pochi passi dalla veranda, si misero a cantare in coro canzoni popolari alla moda. Per un suo vecchio ordine si accampavano sempre vicino alla sua camera da letto, come le legioni di Giulio Cesare, affinché lui ne conoscesse i pensieri e gli stati d'animo attraverso le loro conversazioni notturne. Le sue camminate di insonne l'avevano spesso portato fino ai giacigli di campagna, e non di rado aveva visto l'alba cantando con i soldati canzoni da caserma con strofe di lode o di scherno improvvisate nel calore della festa. Ma quella notte non riuscì a sopportare i canti e ordinò che li facessero tacere. Lo sciacquio eterno del fiume fra le rocce, ingigantito dalla febbre, si incorporò al delirio.

«Cazzo!» gridò. «Se potessimo almeno fermarlo un minuto.»

Ma no: non poteva più fermare il corso dei fiumi. José Palacios tentò di calmarlo con uno dei tanti palliativi che recavano nella valigetta dei medicinali, ma lui lo rifiutò. Quella fu la prima volta in cui gli udì dire la sua frase ricorrente: «Ho appena rinunciato al potere a causa di un emetico mal prescritto, e non sono disposto a rinunciare pure alla vita». Anni prima aveva detto la stessa frase, allorché un altro medico gli aveva curato certe febbri terzane con un beveraggio arsenicale che per poco non lo ammazzò di dissenteria. Da allora, le uniche medicine che accettò furono le pillole purgative che prendeva senza reticenze più volte alla settimana per via della sua stitichezza cocciuta, e un clistere di senna per i ritardi più critici.

Poco dopo la mezzanotte, spossato dal delirio altrui, José Palacios si distese sui mattoni spelati del pavimento e si addormentò. Quando si svegliò, il generale non era nell'amaca, e aveva lasciato per terra la camicia da notte zuppa di sudore. Non era strano. Aveva l'abitudine di abbandonare il letto, e di passeggiar nudo fino all'alba per svagare l'insonnia quando non c'era più nessuno in casa. Ma quella notte c'erano fin troppi motivi per temere per la sua sorte, visto che aveva appena trascorso una giornata grama, e il tempo fresco e umido non era il migliore per girare alle intemperie. José Palacios lo cercò con una coperta nella casa illuminata dal verde lunare, e lo trovò coricato su una panca della veranda, come una statua giacente sopra un tumulo funerario. Il generale si volse con uno sguardo lucido in cui non rimaneva traccia della febbre.

«È di nuovo come la notte di San Juan de Payara» disse. «Senza Reina María Luisa, per sfortuna.»

José Palacios conosceva benissimo quella rimembranza. Si riferiva a una notte di gennaio del 1820, in una località venezuelana sperduta fra gli altipiani dell'Apure, dove era arrivato con duemila uomini di truppa. Aveva già liberato dal dominio spagnolo diciotto province. Con gli antichi territori del vicereame della Nueva Granada, la giurisdizione del Venezuela e la presidenza di Quito, aveva creato la repubblica della Colombia, ed era in quel periodo il suo primo presidente e il generale in capo dei suoi eserciti. La sua illusione finale era estendere la guerra verso il Sud, per render vero il sogno fantastico di creare la nazione più grande del mondo: un solo paese libero e unico dal Messico fino al Capo Horn.

Tuttavia, la sua situazione militare di quella notte non era la più propizia per sognare. Una pestilenza improvvisa che fulminava le bestie nel bel mezzo della marcia aveva lasciato sulla pianura una scia fetida di quattordici leghe di cavalli morti. Molti ufficiali demoralizzati si consolavano col saccheggio e si crogiolavano nella disobbedienza, e taluni si beffavano persino della minaccia che lui aveva espresso di fucilare i colpevoli. Duemila soldati cenciosi e scalzi, senza armi, senza cibo, senza coperte per sfidare gli altipiani, stanchi di guerre e molti di loro ammalati, avevano cominciato a disertare allo sbando. In mancanza di una soluzione razionale, lui aveva impartito l'ordine di premiare con due pesos le pattuglie che avessero catturato e consegnato un compagno disertore, e di fucilare quest'ultimo senza indagare sulle sue ragioni.

La vita gli aveva già fornito motivi sufficienti per sapere che nessuna disfatta era l'ultima. Solo due anni prima, sperduto con le sue truppe molto vicino a quei paraggi, nelle foreste dell'Orinoco, aveva dovuto ordinare che si mangiassero i cavalli, per timore che i soldati si mangiassero l'un l'altro. In quel periodo, secondo la testimonianza di un ufficiale della Legione Britannica, aveva l'aspetto stravagante del guerriero di una compagnia comica. Portava l'elmetto di un dragone russo, sandali da mulattiere, una giubba blu con alamari rossi e bottoni dorati, e una banderuola nera da corsaro issata su una lancia tipica delle pianure venezuelane, col teschio e le tibie incrociate sopra una scritta a caratteri di sangue: "Libertà o morte".

La notte di San Juan de Payara il suo abbigliamento era meno vagabondo, ma la sua situazione non era migliore. E non solo rifletteva allora le condizioni momentanee delle sue truppe, ma il dramma intero dell'esercito liberatore, che spesso risorgeva ingrandito dopo le peggiori disfatte e, comunque, era sul punto di soccombere sotto il peso delle sue tante vittorie. Invece, il generale spagnolo don Pablo Morillo, con ogni sorta di mezzi per soggiogare i patrioti e restaurare l'ordine coloniale, dominava ancora vasti settori dell'occidente del Venezuela e si era fatto forte sulle montagne.

Dinanzi a queste condizioni del mondo, il generale pascolava l'insonnia camminando nudo per le stanze deserte del vecchio casamento trasfigurato dallo splendore lunare. La maggioranza dei cavalli morti il giorno prima erano stati inceneriti lontano dalla fazenda, ma l'odore del marciume era sempre insopportabile. Le truppe non avevano ripreso a cantare dopo le giornate mortali dell'ultima settimana e lui stesso non si sentiva capace di impedire che le sentinelle si addormentassero per la fame. D'improvviso, in fondo a una veranda aperta sulle vaste pianure blu, vide Reina María Luisa seduta sul pavimento di mattoni. Una bella

54

mulatta nel fiore dell'età, con un profilo da idolo, avvolta fino ai piedi in uno scialle a fiori ricamati, che fumava un sigaro lungo un palmo. Si spaventò quando lo vide, e tese verso di lui l'indice e il pollice incrociati.

«Che tu venga da parte di Dio o del diavolo» disse, «cosa vuoi?»

«Te» disse lui.

Sorrise, e lei avrebbe ricordato il fulgore dei suoi denti alla luce della luna. L'abbracciò con tutte le sue forze, rendendole impossibile muoversi mentre la becchettava con baci teneri sulla fronte, sugli occhi, sulle guance, sul collo, finché non fu riuscito ad ammansirla. Allora le tolse lo scialle e gli si mozzò il fiato. Anche lei era nuda, perché la nonna che dormiva nella stessa stanza le toglieva gli abiti affinché non si alzasse a fumare, senza sapere che verso l'alba se ne fuggiva via avvolta nello scialle. Il generale se la portò in braccio sull'amaca, senza concederle tregua con i suoi baci balsamici, e lei non gli si concesse per desiderio né per amore, ma per paura. Era vergine. Solo quando recuperò il dominio del cuore, disse:

«Sono una schiava, signore.»

«Non più» disse lui. «L'amore ti ha resa libera.»

Quella mattina la comprò dal padrone della fazenda con cento pesos delle sue arche impoverite, e la liberò senza condizioni. Prima di partire non resistette alla tentazione di porle un dilemma pubblico. Era nel cortile in fondo alla casa, con un gruppo di ufficiali montatı alla bell'e meglio su bestie da soma, uniche sopravvissute alla moria. Un altro corpo di truppa stava riunito per salutarli, al comando del generale di divisione José Antonio Páez, che era arrivato la sera prima.

Il generale si congedò con un discorso breve, in cui raddolcì la drammaticità della situazione, e si accingeva a partire quando vide Reina María Luisa nella sua recente condizione di donna libera e soddisfatta. Si era appena lavata, era bella e raggiante sotto il cielo della pianura, tutta di bianco inamidato con le sottane di pizzo e la camicetta esigua delle schiave. Lui le domandò con garbo:

«Rimani o vieni con noi?»

Lei gli rispose con una risata ammaliante:

«Rimango, signore.»

La risposta fu seguita da una sghignazzata unanime. Allora il padrone di casa, che era uno spagnolo votato fin dagli inizi alla causa dell'indipendenza, e, inoltre, suo vecchio conoscente, gli lanciò morto dal ridere la scarsella di cuoio con i cento pesos. Lui l'acchiappò al volo.

«Li conservi per la causa, Eccellenza» gli disse il padrone. «Comunque, la ragazza rimane libera.»

Il generale José Antonio Páez, la cui espressione da fauno si intonava alla camicia tutta toppe colorate, se ne uscì in una risata espansiva.

«Lo vede, generale» disse. «Ecco cosa ci tocca per voler fare i liberatori.»

Lui approvò quanto detto, e si congedò da tutti con un ampio cerchio della mano. Infine fece a Reina María Luisa un saluto da buon perdente, e non seppe mai più nulla di lei. Fin dove José Palacios ricordava, non trascorreva un anno di lune piene prima che lui gli dicesse di aver rivissuto quella notte, senza l'apparizione prodigiosa di Reina María Luisa, purtroppo. E sempre fu una notte di disfatta.

Alle cinque, allorché José Palacios gli portò la prima tisana, lo trovò che riposava con gli occhi aperti. Ma tentò di alzarsi con tale slancio che fu sul punto di cadere bocconi, ed ebbe una forte crisi di tosse. Allora si mise a bere l'infuso fumante, e l'umore gli migliorò fin dal primo sorso.

«Tutta la notte ho sognato Cassandro» disse.

Era il nome con cui chiamava in segreto il generale della Nueva Granada, Francisco de Paula Santander, suo grande amico di altri tempi e suo maggior avversario di tutti i tempi, comandante del suo stato maggiore fin dall'inizio della guerra, e presidente incaricato della Colombia durante le dure campagne di liberazione di Quito e del Perù e della fondazione della Bolivia. Più per le urgenze storiche che per vocazione, era un militare efficace e coraggioso, con una strana tendenza alla crudeltà, ma furono le sue virtù civili e la sua eccellente formazione accademica a sorreggere la sua gloria. Fu senza dubbio il secondo uomo dell'indipendenza e il primo nell'ordinamento giuridico della repubblica, cui impose per sempre il sigillo del suo spirito formalista e conservatore.

Una delle tante volte in cui il generale pensò di dimettersi, aveva detto a Santander che se ne andava tranquillo quanto alla presidenza, perché «la lascio a lei, che è un altro me stesso, e forse migliore di me». In nessun uomo, per la ragione o per la forza dei fatti, aveva posto tanta fiducia. Fu lui a metterlo in luce col titolo di Uomo delle Leggi. Tuttavia, colui che si era meritato tutto si trovava da due anni esiliato a Parigi a causa della sua complicità mai provata in una congiura ordita per ucciderlo.

Così era stato. Mercoledì 25 settembre 1828, a mezzanotte precisa, dodici civili e ventisei militari forzarono il portone del palazzo del governo di Santa Fe, sgozzarono due dei segugi del presidente, ferirono diverse sentinelle, infersero un grave colpo di sciabola a un braccio al capitano Andrés Ibarra, uccisero con uno sparo il colonnello scozzese William Fergusson, membro della Legione Britannica e decano del presidente, del quale questi aveva detto che era coraggioso come un Cesare, e salirono fino alla camera da letto presidenziale gridando evviva alla libertà e abbasso al tiranno.

I faziosi avrebbero giustificato l'attentato per via dei poteri straordinari di chiaro spirito dittatoriale che il generale aveva assunto tre mesi prima, per contrarrestare la vittoria dei santanderisti alla Convenzione di Ocaña. La vicepresidenza della repubblica, che Santander aveva esercitato per sette anni, fu soppressa. Santander lo comunicò a un amico con una frase tipica del suo stile personale: «Ho avuto il piacere di ritrovarmi sotto le macerie della costituzione del 1821». Aveva allora trentasei anni. Era stato nominato ministro plenipotenziario a Washington, ma aveva rinviato il viaggio più volte, forse sperando nel trionfo della cospirazione.

Il generale e Manuela Sáenz iniziavano appena una notte di riconciliazione. Avevano trascorso il fine settimana nel villaggio di Soacha, a due leghe e mezza di lì, ed erano ritornati il lunedì in carrozze separate dopo una baruffa amorosa più virulenta delle solite, perché lui era sordo agli avvertimenti di una confabulazione per ucciderlo, di cui tutti parlavano e in cui solo lui non credeva. Lei aveva resistito in casa propria ai messaggi insistenti che lui le mandava dal palazzo di San Carlos, sul marciapiede di fronte, fino a quella sera alle nove, quando, dopo tre messaggi più pressanti, si era infilata certe pantofole impermeabili sopra le scarpe, si era coperta la testa con uno scialle, e aveva attraversato la via inondata dalla pioggia. Lo trovò che galleggiava supino sulle acque fragranti della vasca da bagno, senza l'assistenza di José Palacios, e se non credette che fosse morto fu perché spesso l'aveva visto meditare in quello stato di grazia. Lui la riconobbe dai passi e le parlò senza aprire gli occhi.

«Ci sarà un'insurrezione» disse.

Lei non nascose il rancore con l'ironia.

«Finalmente» disse. «Potrebbero essercene anche dieci, da come lei fa buona accoglienza agli avvertimenti.»

«Credo solo ai presagi» disse lui.

Si permetteva quel gioco perché il comandante del suo stato maggiore, che aveva già spiegato per filo e per segno ai congiurati qual era la notte in cui avrebbero potuto sopraffare la guardia del palazzo, gli aveva dato la sua parola che la cospirazione era fallita. Sicché emerse divertito dalla vasca da bagno.

«Non si preoccupi» disse, «sembra che a quei gran froci si sia rammollito l'uccello.»

Stavano iniziando a letto i ruzzi dell'amore, lui nudo e lei semispogliata, quando udirono le prime grida, i primi spari, e il tuono dei cannoni contro qualche caserma fedele. Manuela lo aiutò a vestirsi di gran fretta, gli infilò le pantofole impermeabili che lei si era messa sopra le scarpe, perché il generale aveva mandato a lucidare il suo unico paio di stivali, e lo aiutò a scappare dal balcone con una sciabola e una pistola, ma senza nessun riparo per la pioggia eterna. Non appena si ritrovò nella via prese di mira col grilletto sol-

levato un'ombra che gli si avvicinava: «Chi va là?».
Era il suo siniscalco che rincasava, addolorato per la
notizia secondo cui avevano ucciso il suo signore. Risoluto a spartirne la sorte sino alla fine, rimase nascosto con lui fra i cespugli del ponte del Carmen, lungo
il ruscello di San Agustín, finché le truppe fedeli non
ebbero represso il tumulto.

Con un'astuzia e un coraggio di cui aveva già dato
mostra in altre emergenze storiche, Manuela Sáenz ricevette gli aggressori che forzarono la porta della camera da letto. Le domandarono del presidente, e lei rispose che si trovava nella sala del consiglio. Le domandarono perché era aperta la porta del balcone in
una notte invernale, e lei disse che l'aveva aperta per
vedere cos'erano i rumori che si udivano nella via. Le
domandarono perché il letto era tiepido, e lei disse che
si era coricata senza spogliarsi in attesa del presidente.
Mentre guadagnava tempo con la parsimonia delle risposte, fumava con grossi sbuffi un sigaro da carrettiere dei più volgari, per coprire la scia fresca di acqua
di colonia che perdurava ancora nella camera.

Un tribunale presieduto dal generale Rafael Urdaneta aveva stabilito che la mente occulta della cospirazione era il generale Santander, e l'aveva condannato
a morte. I suoi nemici avrebbero detto che questa sentenza era più che meritata, non tanto per la colpa di
Santander nell'attentato, quanto per il cinismo nell'essere il primo a comparire nella piazza centrale per un
abbraccio di congratulazioni al presidente. Questi era
a cavallo sotto la pioviggine, senza camicia e con la
giubba lacera e fradicia, in mezzo alle ovazioni della
truppa e del popolino che accorreva in massa dai sobborghi reclamando la morte per gli assassini. "Tutti i

complici saranno più o meno puniti" disse il generale in una lettera al maresciallo Sucre. "Santander è il principale, ma è il più fortunato, perché la mia generosità lo difende." Infatti, accampando i suoi poteri assoluti, gli commutò la pena di morte in quella dell'esilio a Parigi. Invece, venne fucilato senza prove sufficienti l'ammiraglio José Prudencio Padilla, che era detenuto a Santa Fe per una rivolta fallita a Cartagena de las Indias.

José Palacios non sapeva quando erano reali e quando erano immaginari i sogni del suo signore in merito al generale Santander. Una volta, a Guayaquil, raccontò che l'aveva sognato con un libro aperto sulla pancia tonda, ma invece di leggerlo gli strappava le pagine e se le mangiava a una a una, dilettandosi nel masticarle con un rumore da capra. Un'altra volta, a Cúcuta, sognò che l'aveva visto tutto coperto di scarafaggi. Un'altra volta ancora si svegliò gridando nella villa campestre di Monserrate, a Santa Fe, perché aveva sognato che il generale Santander, mentre pranzava da solo con lui, si era tolto le biglie degli occhi perché lo disturbavano mentre mangiava, e le aveva posate sulla tavola. Sicché all'alba nei pressi di Guaduas, quando il generale disse che ancora una volta aveva sognato Santander, José Palacios non gli domandò neppure l'argomento del sogno, ma tentò di consolarlo con la realtà.

«Fra lui e noi c'è tutto il mare di mezzo» disse.

Ma lui lo fermò subito con uno sguardo vivace.

«Non più» disse. «Sono sicuro che quello stronzo di Joaquín Mosquera lo lascerà ritornare.»

Quell'idea lo tormentava fin dal suo ultimo ritorno nel Paese, quando l'abbandono definitivo del potere gli si era posto come una questione di onore. «Preferisco l'esilio o la morte, al disonore di lasciare la mia gloria in mano al collegio di San Bartolomé» aveva detto a José Palacios. Tuttavia, l'antidoto recava in sé il suo stesso veleno, perché via via che si avvicinava alla decisione ultima, cresceva la sua certezza che non appena lui se ne fosse andato, sarebbe stato richiamato dall'esilio il generale Santander, il graduato più eminente di quel covo di legulei.

«Quello lì sì che è un volpone.»

La febbre era calata del tutto, e si sentiva così energico che chiese penna e carta a José Palacios, si mise gli occhiali, e scrisse di suo pugno una lettera di sei righe a Manuela Sáenz. La cosa doveva sembrare strana anche a una persona abituata ai suoi gesti impulsivi come José Palacios, e la si poteva intendere solo come un presagio o uno slancio di ispirazione intollerabile. Perché non solo contraddiceva la sua determinazione del venerdì precedente di non scrivere più una lettera nel resto della sua vita, ma andava pure contro la consuetudine di svegliare i suoi amanuensi a qualsiasi ora per sbrigare la corrispondenza in ritardo, o per dettar loro un proclama o per riordinare le idee vaghe che gli passavano per la mente durante le ore dell'insonnia. Più strano ancora doveva sembrare se la lettera non era dettata dall'urgenza, e solo aggiungeva al suo consiglio del commiato una frase piuttosto criptica: "Attenzione a quello che fai, perché altrimenti ci perderesti entrambi perdendo te stessa". La scrisse nella sua maniera trasandata, come se non ci pensasse, e infine continuò a dondolarsi sull'amaca, assorto, con la lettera in mano.

«Il grande potere sta nella forza irresistibile dell'amore» sospirò d'improvviso. «Chi l'ha detto?»

«Nessuno» disse José Palacios.

Non sapeva leggere né scrivere, e si era rifiutato di imparare adducendo il semplice argomento che non c'era sapienza maggiore di quella degli asini. Ma era capace di ricordare qualsiasi frase avesse udito per caso, e quella non la ricordava.

«Allora l'ho detto io» disse il generale, «ma diciamo che è del maresciallo Sucre.»

Nessuno più opportuno di Fernando in quel periodo di crisi. Fu il più servizievole dei molti scrivani che ebbe il generale, sebbene non il più brillante, e quello che sopportò con stoicismo l'arbitrarietà degli orari o l'esasperazione delle insonnie. Lo svegliava a qualsiasi ora per fargli leggere un libro senza interesse, o per prendere qualche appunto su improvvisazioni che il giorno dopo all'alba erano già nell'immondizia. Il generale non ebbe figli nelle sue innumerevoli notti di amore (sebbene dicesse di aver la prova di non essere sterile) e alla morte di suo fratello si prese carico di Fernando. L'aveva mandato con lettere di raccomandazione all'Accademia Militare di Georgetown, dove il generale Lafayette gli espresse i sentimenti di stima e di rispetto che gli ispirava suo zio. Andò poi al collegio Jefferson, a Charlotteville, e all'Università della Virginia. Non fu l'erede che forse il generale sognava, perché Fernando si annoiava alle lezioni accademiche e con grande piacere le sostituiva con la vita all'aria aperta e con le arti sedentarie del giardinaggio. Il generale lo chiamò a Santa Fe non appena ebbe terminato gli studi, e ne scoprì subito le virtù di amanuense, non solo per la sua bella calligrafia e per il suo dominio dell'inglese parlato e scritto, ma anche perché era unico nell'inventare tecniche da romanzo di appendice

63

che tenevano all'erta l'interesse del lettore, e quando leggeva ad alta voce improvvisava al volo episodi audaci per condire i paragrafi soporiferi. Come chiunque fu al servizio del generale, Fernando ebbe il suo momento di disgrazia allorché attribuì a Cicerone una frase di Demostene che suo zio citò poi in un discorso. Questi fu molto più severo con lui che con gli altri, visto chi era, ma lo perdonò già prima che fosse finita la penitenza.

Il generale Joaquín Posada Gutiérrez, governatore della provincia, aveva preceduto di due giorni la comitiva per annunciarne l'arrivo nei luoghi dove bisognava passare la notte, e per prevenire le autorità sulle gravi condizioni di salute del generale. Ma chi lo vide arrivare a Guaduas la sera del lunedì considerò vera la voce ostinata secondo cui le cattive notizie del governatore, e il viaggio stesso, erano solo una scaltrezza politica.

Ancora una volta il generale fu insuperabile. Entrò dalla via principale, col petto scavato e con un cencio da zingaro legato intorno al capo per assorbire il sudore, salutando col cappello in mezzo alle grida e ai mortaretti e alla campana della chiesa che non lasciavano udire la musica, e montato su una mula che trotterellava allegra e finì per sottrarre alla sfilata qualsiasi pretesa di solennità. L'unica casa le cui finestre rimasero chiuse fu il collegio delle monache, e quella sera si sarebbe sparsa la voce che alle alunne avevano proibito di partecipare all'accoglienza, ma lui consigliò a chi glielo andò a raccontare di non prestar fede a pettegolezzi di convento.

La notte prima, José Palacios aveva mandato a lavare la camicia in cui il generale aveva sudato la febbre. Un aiutante di campo l'affidò ai soldati che scesero all'alba a lavare nel fiume, ma al momento della partenza nessuno riuscì a trovarla. Durante il viaggio fino a Guaduas, e anche mentre si svolgeva la festa, José Palacios era riuscito a chiarire che il padrone della locanda si era impadronito della camicia ancora da lavare affinché l'indiano taumaturgo desse una dimostrazione dei suoi poteri. Sicché quando il generale fu rincasato, José Palacios lo mise al corrente dell'abuso del locandiere, avvertendolo che gli rimaneva solo la camicia che aveva addosso. Lui la prese con una certa fatalità filosofica.

«Le superstizioni sono più accanite dell'amore» disse.

«Il fatto strano è che da ieri notte non abbiamo più avuto febbre» disse José Palacios. «E se il medicone avesse davvero poteri magici?»

Lui non trovò una risposta immediata, e si lasciò andare a una riflessione profonda, dondolandosi sull'amaca al ritmo dei suoi pensieri. «A dire il vero, non ho più sentito il mal di testa» disse. «Né ho più la bocca amara né mi sento come se stessi cadendo da una torre.» Ma infine si diede una pacca sulle ginocchia e si raddrizzò con uno slancio risoluto.

«Non farmi più confusione nella testa» disse.

Due domestici portarono nella camera da letto una grossa pentola di acqua bollente con foglie aromatiche, e José Palacios preparò il bagno serale fiducioso che lui si sarebbe coricato presto per via della stanchezza della giornata. Ma il bagno si raffreddò mentre dettava una lettera a Gabriel Camacho, marito di sua nipote Valentina Palacios e suo procuratore a Caracas per la vendita delle miniere di Aroa, un giacimento di rame che aveva ereditato dai suoi avi. Lui stesso non sembrava avere un'idea chiara sul suo destino, perché in una riga diceva che si dirigeva a Curaçao finché non si fossero concluse le gestioni di Camacho, e in un'altra chiedeva a questi di scrivergli a Londra presso sir Robert Wilson, con una copia all'indirizzo del signor Maxwell Hyslop in Giamaica per esser sicuro di riceverne una anche se l'altra si perdeva.

Per molti, e soprattutto per segretari e amanuensi, le miniere di Aroa erano un delirio delle sue febbri. Vi aveva sempre dimostrato così scarso interesse, che per anni erano rimaste in potere di sfruttatori casuali. Se ne ricordò alla fine dei suoi giorni, quando il denaro cominciò a scarseggiargli, ma non riuscì a venderle a una compagnia inglese per mancanza di chiarezza nei suoi documenti. Fu quello l'inizio di un garbuglio giuridico leggendario, che si sarebbe protratto fino a due anni dopo la sua morte. Nel mezzo di guerre, contese politiche, odii personali, nessuno si sbagliava quando il generale diceva "la mia causa". Per lui non ce n'era altra se non quella delle miniere di Aroa. La lettera che dettò a Guaduas per don Gabriel Camacho lasciò a suo nipote Fernando l'impressione equivoca che non se ne sarebbero andati in Europa finché non si fosse deciso il processo, e Fernando ne parlò più tardi giocando a carte con altri ufficiali.

«Allora non ce ne andremo mai» disse il colonnello Wilson. «Mio padre si domanda addirittura se quel rame esiste nella vita reale.»

«Il fatto che nessuno le abbia viste non vuol dire che le miniere non esistano» replicò il capitano Andrés Ibarra.

«Esistono» disse il generale Carreño. «Nel dipartimento del Venezuela.»

Wilson replicò tediato:

«A questo punto mi domando addirittura se esiste il Venezuela.»

Non riusciva a nascondere la sua contrarietà. Wilson era giunto a credere che il generale non l'amava, e che lo teneva fra il suo seguito solo in considerazione di suo padre, cui era rimasto sempre riconoscente per la difesa che aveva fatto dell'emancipazione americana al parlamento inglese. Per malanimo di un antico decano francese sapeva che il generale aveva detto: «Wilson avrebbe bisogno di passare qualche tempo alla scuola delle disavventure, e così pure delle contrarietà e della miseria». Il colonnello Wilson non aveva potuto verificare se era vero che l'aveva detto, comunque riteneva che gli sarebbe bastata una sola delle sue battaglie per sentirsi laureato a tutt'e tre le scuole. Aveva ventisei anni, e da otto suo padre l'aveva inviato al servizio del generale, dopo che aveva concluso gli studi a Westminster e a Sandhurst. Era stato decano del generale alla battaglia di Junín, ed era stato lui a portare le note della Costituzione della Bolivia a dorso di mulo lungo un cornicione di trecentosessanta leghe a partire da Chuquisaca. Accomiatandosi, il generale gli aveva detto che doveva essere a La Paz al più tardi in ventun giorni. Wilson si mise sull'attenti: «Ci sarò in venti, Eccellenza». Ci fu in diciannove.

Aveva deciso di ritornare in Europa insieme al generale, ma ogni giorno cresceva la sua certezza che questi avrebbe sempre avuto un nuovo motivo per differire il viaggio. Il fatto che avesse di nuovo parlato delle miniere di Aroa, che non gli erano più servite da pretesto da oltre due anni, era per Wilson un indizio scoraggiante.

José Palacios aveva fatto riscaldare il bagno dopo la dettatura della lettera, ma il generale non vi si immerse, bensì continuò a camminare senza meta, recitando al completo la poesia della bimba dalla voce che risuonava in tutta la casa. Proseguì con poesie scritte da lui che solo José Palacios conosceva. Negli andirivieni passò più volte per la veranda dove i suoi ufficiali stavano giocando a ropilla, nome creolo della cascarela galiziana, cui pure lui soleva giocare in altri tempi. Si fermava un momento a guardare il gioco da sopra le spalle di ciascuno, traeva le sue conclusioni sul punto della partita, e proseguiva la camminata.

«Non capisco come facciano a perdere il tempo con un gioco così noioso» diceva.

Tuttavia, in uno dei tanti andirivieni non riuscì a resistere alla tentazione di chiedere al capitano Ibarra di permettergli di sostituirlo al tavolo. Non aveva la pazienza dei bravi giocatori, ed era aggressivo e un cattivo perdente, ma era anche astuto e rapido e sapeva porsi all'altezza dei suoi subalterni. In quella circostanza, accoppiato al generale Carreño, giocò sei partite e le perse tutte. Buttò la carta sul tavolo.

«Questo è un gioco di merda» disse. «Vediamo chi si azzarda a terziglio.»

Giocarono. Lui vinse tre partite l'una dopo l'altra, gli migliorò l'umore, e cercò di mettere in ridicolo il colonnello Wilson per il modo in cui giocava a terziglio. Wilson la prese bene, ma approfittò del suo entusiasmo per prendere vantaggio, e non perse più. Il generale divenne teso, le sue labbra si fecero rigide e pallide, e gli occhi incavati sotto le sopracciglia arruffate recuperarono il fulgore selvaggio di altri tempi. Non parlò più, e una tosse perniciosa gli impediva di concentrarsi. Trascorsa la mezzanotte interruppe il gioco.

«Ho avuto il vento contro per tutta la sera» disse.

Portarono il tavolo in un luogo più protetto, ma lui continuò a perdere. Ordinò che facessero tacere i pifferi che si udivano lì nei pressi, in qualche festa vagante, ma i pifferi continuarono al disopra dello schiamazzo dei grilli. Si fece cambiar di posto, si fece mettere un cuscino sulla seggiola per stare più alto e più comodo, bevve un infuso di fiori di tiglio che gli acquietò la tosse, giocò parecchie partite camminando da un'estremità all'altra della veranda, ma continuò a perdere. Wilson gli tenne fissi addosso i limpidi occhi accaniti, ma lui non si degnò di affrontarlo con i suoi.

«Questo mazzo è segnato» disse.

«È suo, generale» disse Wilson.

Era uno dei suoi mazzi, infatti, ma lo esaminò comunque, carta per carta, e infine lo fece cambiare. Wilson non gli concesse tregua. I grilli si spensero, ci fu un silenzio lungo scosso da una brezza umida che recò fin sulla veranda i primi odori delle vallate ardenti, e un gallo cantò tre volte. «È un gallo matto» disse Ibarra. «Sono solo le due.» Senza scostare lo sguardo dalle carte, il generale ordinò con tono aspro:

«Di qui nessuno si muove, cazzo!»

Nessuno fiatò. Il generale Carreño, che seguiva il gioco con più ansia che interesse, ricordò la notte più lunga della sua vita, due anni prima, quando aspettavano a Bucaramanga i risultati della Convenzione di Ocaña. Avevano cominciato a giocare alle nove di sera, e avevano finito alle undici del mattino dopo, quando i suoi compagni di gioco si erano messi d'accordo che lui vincesse tre partite l'una dopo l'altra. Temendo una nuova prova di forza quella notte a Guaduas, il generale Carreño fece cenno al colonnello

Wilson che cominciasse a perdere. Wilson non gli diede retta. Poi, quando questi chiese una tregua di cinque minuti, lo seguì lungo la terrazza e lo trovò che sciacquava i suoi rancori ammoniacali sui testi dei gerani.

«Colonnello Wilson» gli ordinò il generale Carreño. «Sull'attenti!»

Wilson gli replicò senza volgere il capo:

«Aspetti che finisca.»

Finì con tutta calma, e si girò serrandosi la fusciacca.

«Cominci a perdere» gli disse il generale Carreño. «Sia pure come un gesto di stima nei confronti di un amico in disgrazia.»

«Rifiuto di fare a chiunque un simile affronto» disse Wilson con una punta di ironia.

«È un ordine!» disse Carreño.

Wilson, sull'attenti, lo guardò dalla sua altezza con sprezzo imperiale. Poi ritornò al tavolo, e cominciò a perdere. Il generale se ne rese conto.

«Non è necessario che lo faccia così male, mio caro Wilson» disse. «In fin dei conti è giusto che ce ne andiamo a dormire.»

Si congedò da tutti con una forte stretta di mani, come sempre faceva alzandosi dal tavolo per indicare che il gioco non aveva leso gli affetti, e ritornò nella camera da letto. José Palacios si era addormentato per terra, ma si raddrizzò vedendolo entrare. Lui si spogliò di gran fretta, e prese a dondolarsi nudo sull'amaca, col pensiero impennato, e il suo respiro si faceva sempre più rumoroso e aspro a mano a mano che più pensava. Quando si immerse nella vasca da bagno stava tremando fino al midollo, ma allora non erano febbre né freddo, bensì rabbia.

«Wilson è un mascalzone» disse.

Passò una delle sue notti peggiori. Malgrado i suoi ordini, José Palacios avvertì gli ufficiali nel caso che bisognasse chiamare un medico, e lo tenne avvolto in lenzuola affinché sudasse la febbre. Ne lasciò parecchie fradicie, con tregue momentanee che poi lo facevano precipitare in una crisi di miraggi. Gridò più volte: «Fate tacere quei pifferi, cazzo!». Ma questa volta nessuno riuscì ad aiutarlo perché i pifferi avevano taciuto fin dalla mezzanotte. Più tardi trovò il colpevole della sua prostrazione.

«Mi sentivo benissimo» disse, «finché non mi hanno suggestionato con quello stronzo di indiano della camicia.»

L'ultima tappa fino a Honda si svolse attraverso un cornicione da brividi, con un'aria di vetro liquido che solo una resistenza fisica e una volontà come le sue avrebbero potuto sopportare dopo una notte di agonia. Fin dalle prime leghe era rimasto indietro rispetto alla sua posizione consueta, per cavalcare accanto al colonnello Wilson. Questi seppe interpretare il gesto come un invito a dimenticare le offese al tavolo da gioco, e gli offrì il braccio in posizione da falconiere affinché lui vi appoggiasse la mano. In tal modo percorsero insieme la discesa, il colonnello Wilson commosso dalla sua condiscendenza, e lui respirando male con le ultime forze, ma invitto sulla cavalcatura. Quando fu finito il tratto più scosceso, domandò con voce di altro secolo:

«Come sarà Londra?»

Il colonnello Wilson guardò il sole, quasi in mezzo al cielo, e disse:

«Brutta, generale.»

Lui non si stupì, ma domandò di nuovo con la stessa voce:

«E come mai?»

«Perché là sono le sei del pomeriggio, che è l'ora peggiore di Londra» disse Wilson. «Inoltre, starà cadendo una pioggia sporca e morta, come acqua da rospi, perché la primavera è la nostra stagione sinistra.»

«Non mi dica che ha sconfitto la nostalgia» disse lui.

«Al contrario: la nostalgia ha sconfitto me» disse Wilson. «Non le oppongo più la minima resistenza.»

«Allora, vuole o non vuole ritornare?»

«Io non so nulla, signor generale» disse Wilson. «Sono in balìa di un destino che non è il mio.»

Lui lo guardò dritto negli occhi, e disse esterrefatto:

«È quello che dovrei dire io.»

Allorché riprese a parlare, la sua voce e il suo umore erano mutati. «Non si preoccupi» disse. «Qualsiasi cosa succeda ce ne andremo in Europa, sia pure solo per non privare suo padre del piacere di vederla.» Poi, al termine di una lenta riflessione, concluse:

«E mi permetta di dirle un'ultima cosa, mio caro Wilson: di lei potrebbero dire qualsiasi cosa, ma non che è un mascalzone.»

Il colonnello Wilson gli si arrese ancora una volta, abituato alle sue penitenze gagliarde, soprattutto dopo una burrasca a carte o una vittoria in guerra. Continuò a cavalcare piano, con la mano febbrile dell'ammalato più glorioso delle Americhe stretta al suo avambraccio come un falco da caccia, mentre l'aria cominciava a bollire, e dovevano scacciare come se fossero stati mosche certi uccelli funebri che svolazzavano sulle loro teste.

Sul tratto più difficile della china si imbatterono in una fila di indiani che portavano un gruppo di viaggiatori europei sopra seggiole sorrette sulle spalle. D'improvviso, poco prima che finisse la discesa, un cavaliere impazzito passò al gran galoppo nella loro stessa direzione. Portava un cappuccio rosso che quasi gli nascondeva il viso, ed era tale il disordine della sua fretta che la mula del capitano Ibarra fu sul punto di precipitare per lo spavento. Il generale riuscì a gridargli: «Stia attento a dove va, cazzo!». Lo seguì fino a perderlo di vista alla prima curva, ma gli stette appresso ogni volta che ricompariva alle curve più basse del cornicione.

Alle due del pomeriggio coronarono l'ultima collina, e l'orizzonte si aprì in una pianura sfolgorante, in fondo alla quale giaceva nel sopore la molto celebre città di Honda, col suo ponte di pietra castigliana sopra il grande fiume pantanoso, con le sue muraglie in rovina e il campanile della chiesa sconvolto da un terremoto. Il generale contemplò la valle ardente, ma non lasciò trasparire nessuna emozione, se non a causa del cavallerizzo dal cappuccio rosso che in quel momento attraversava il ponte col suo galoppo interminabile. Allora gli si riaccese la luce del sogno.

«Dio dei poveri» disse. «L'unica cosa che potrebbe spiegare una simile premura è che porti una lettera per Cassandro con la notizia che ormai ce ne siamo andati.»

Malgrado l'avvertimento che non ci fossero manifestazioni pubbliche al suo arrivo, un'allegra cavalcata uscì a riceverlo al porto, e il governatore Posada Gutiérrez preparò una banda di musicanti e fuochi artificiali per tre giorni. Ma la pioggia sbaragliò la festa prima che il gruppo arrivasse nelle vie delle botteghe. Fu un acquazzone prematuro di una violenza dirompente, che svelse i ciottoli delle vie e fece dilagare le acque nei quartieri poveri, ma il caldo rimase imperturbabile. Nella confusione dei saluti qualcuno formulò ancora l'eterna battuta: «Qui fa così caldo che le galline depongono le uova fritte». Questo disastro consueto si ripeté senza nessuna variazione nei tre giorni successivi. Nel letargo della siesta, una nuvola nera che calava dalla cordigliera si piantava sopra la città, e si squarciava in un diluvio istantaneo. Poi brillava di nuovo il sole in un cielo diafano con la stessa inclemenza di prima, mentre le brigate civiche spazzavano dalle vie i residui della piena, e cominciava a concentrarsi sulle creste delle alture la nuvola nera del mattino. A qualsiasi ora del giorno o della notte, dentro o fuori, si udiva il caldo ansimare.

Prostrato dalla febbre, il generale sopportò a stento il benvenuto ufficiale. L'aria bolliva a fiotti nella sala del municipio, ma lui se la cavò con un discorsetto da vescovo cauto che pronunciò molto piano e con la voce strascicata, senza alzarsi dalla poltrona. Una bambina di dieci anni con le ali da angelo e un vestito a falpalà di organza recitò a memoria, strozzandosi nella fretta, un'ode alle glorie del generale. Ma si sbagliò, la riprese da dove non era arrivata, si impappinò definitivamente, e senza saper cosa fare fissò su di lui i suoi occhioni di panico. Il generale le fece un sorriso di complicità e le rammentò i versi a bassa voce:

Il brillar della sua spada
è il vivo riflesso della sua gloria.

Nei primi anni del suo potere, il generale non perdeva un'occasione per fare banchetti accalcati e splendidi, e incitava gli invitati a mangiare e a bere fino all'ubriachezza. Di quel passato magnifico gli rimanevano le posate personali col suo monogramma inciso, che José Palacios gli portava durante gli inviti. Al ricevimento di Honda accettò di occupare il posto d'onore, ma bevve solo un bicchiere di porto, e assaggiò appena la zuppa di tartaruga di fiume che gli lasciò un sapore sventurato.

Si ritirò presto nel santuario che gli aveva preparato il colonnello Posada Gutiérrez, ma la notizia che il giorno dopo aspettavano la posta di Santa Fe gli turbò il poco sonno che gli rimaneva. In preda all'inquietudine ripensò alla sua disgrazia dopo la tregua di tre giorni, e riprese a tormentare José Palacios con domande viziose. Voleva sapere cos'era successo dopo che lui se n'era andato, com'era la città con un governo diverso dal suo, com'era la vita senza di lui. In qualche momento di angoscia aveva detto: «L'America è un mezzo globo che è diventato matto». Quella prima notte di Honda avrebbe avuto più motivo per crederci.

La trascorse incerto, crocefisso dalle zanzare, perché rifiutava di dormire con la zanzariera. Talvolta si girava e si rigirava parlando da solo nella camera, talaltra si dondolava con vaste oscillazioni sull'amaca, talaltra ancora si arrotolava nella coperta e soccombeva alla febbre, delirando quasi a grida in un pantano di sudore. José Palacios vegliò con lui, rispondendo alle sue domande, dicendogli l'ora di continuo con i minuti precisi, senza bisogno di consultare i due orologi da taschino che teneva attaccati agli occhielli del panciotto. Gli ninnò l'amaca quando lui non ebbe più forza per spingersi da solo, e scacciò le zanzare con uno straccio finché non riuscì a farlo dormire per più di un'ora. Ma si svegliò d'un balzo poco prima dell'alba, quando udì rumore di muli e voci di uomini nel cortile, e uscì in camicia da notte per ricevere la posta.

Con le stesse bestie arrivò il giovane capitano Agustín de Iturbide, suo decano messicano, rimasto indietro a Santa Fe per un intralcio all'ultimo momento. Recava una lettera del maresciallo Sucre, che era un lamento sviscerato per non essere giunto in tempo al commiato. Con la posta arrivò pure una lettera scritta due giorni prima dal presidente Caycedo. Il governatore Posada Gutiérrez entrò di lì a poco nella camera da letto con i ritagli dei quotidiani domenicali, e il ge-

76

nerale gli chiese di leggergli le lettere, perché la luce era ancora esigua per i suoi occhi.

La novità era che a Santa Fe quella domenica aveva spiovuto, e numerose famiglie con i loro bambini invasero i prati con canestri di porcellino arrosto, pancetta al forno, sanguinaccio con riso, patate cosparse di formaggio fuso, e pranzarono sedute sull'erba sotto un sole raggiante che non si era visto in città dai tempi del rumore. Questo miracolo di maggio aveva dissipato il nervosismo del sabato. Gli alunni del collegio di San Bartolomé avevano fatto ritorno nella via con la farsa troppo vista delle esecuzioni allegoriche, ma non avevano riscosso nessun successo. Si erano dispersi tediati prima dell'imbrunire, e la domenica scambiarono gli schioppi con i chitarrini e li si vide cantare bambucos, pezzi di musica popolare, in mezzo alla gente che si riscaldava al sole nei prati, finché non riprese a piovere senza nessun preavviso alle cinque del pomeriggio, e finì la festa.

Posada Gutiérrez interruppe la lettura della lettera.

«Più nulla di questo mondo può infangare la vostra gloria» disse al generale. «Qualsiasi cosa dicano, Sua Eccellenza sarà sempre il più grande dei colombiani fino ai confini del pianeta.»

«Non ne dubito» disse il generale, «è bastato che me ne andassi perché il sole brillasse di nuovo.»

L'unico passo della lettera che lo indignò fu che lo stesso incaricato della repubblica fosse incorso nell'abuso di chiamare liberali i partigiani di Santander, come se fosse stato un termine ufficiale. «Non capisco come i demagoghi si arroghino il diritto di chiamarsi liberali» disse. «Hanno rubato la parola, né più né meno, come rubano tutto quanto finisce tra le loro mani.» Balzò giù dall'amaca, e continuò a sfogarsi col governatore mentre percorreva la camera da un'estremità all'altra con le sue falcate da soldato.

«Il fatto è che qui non ci sono più partiti se non quello di chi è dalla mia e di chi mi è contro, e lei lo sa meglio di chiunque» concluse. «E per quanto non ci credano, nessuno è più liberale di me.»

Un emissario personale del governatore portò più tardi il messaggio verbale che Manuela Sáenz non gli aveva scritto perché le poste avevano precise istruzioni di non accettare le sue lettere. L'aveva mandato la stessa Manuela, che nella stessa data indirizzò al presidente incaricato una lettera di protesta per il divieto, e questa fu l'origine di una serie di provocazioni avanti e indietro che sarebbe per lei finita con l'esilio e con l'oblio. Tuttavia, al contrario di quanto si aspettava Posada Gutiérrez, che conosceva da vicino gli infortuni di quell'amore tormentato, il generale sorrise della brutta notizia.

«Questi conflitti sono la condizione naturale della mia adorabile matta» disse.

José Palacios non nascose il suo dispiacere per la mancanza di considerazione con cui furono programmati i tre giorni di Honda. L'invito più sorprendente fu una gita alle miniere d'argento di Santa Ana, a sei leghe di lì, ma più sorprendente fu che il generale l'accettasse, e più sorprendente ancora che scendesse in un tunnel sotterraneo. Peggio: durante il tragitto di ritorno, malgrado avesse la febbre alta e la testa sul punto di scoppiare per l'emicrania, si mise a nuotare in una gora del fiume. Erano lontani i giorni in cui scommetteva di attraversare un torrente della pianura con una mano legata, e pur così vincere il nuotatore più abile. Questa volta, comunque, nuotò senza fatica per mezz'ora, ma chi vide le sue costole da cane e le sue gambe rachitiche non riuscì a capire come potesse essere ancora vivo con così poco corpo.

L'ultima sera il municipio gli offrì un ballo di gala, cui si scusò di non presenziare per la stanchezza della gita. Recluso nella camera da letto dalle cinque del pomeriggio, dettò a Fernando la risposta per il generale Domingo Caycedo, e si fece leggere parecchie altre pagine degli episodi galanti di Lima, di taluni dei quali era stato protagonista. Poi fece il bagno tiepido e rimase immobile sull'amaca, ad ascoltare nella brezza le raffiche di musica del ballo in suo onore. José Palacios lo credeva addormentato quando lo udì dire:

«Ti ricordi quel valzer?»

Fischiettò diverse battute per far rivivere la musica nella memoria del maggiordomo, ma questi non lo riconobbe. «È stato il valzer più suonato la notte in cui siamo arrivati a Lima da Chuquisaca» disse il generale. José Palacios non lo ricordava, ma non avrebbe mai dimenticato la notte di gloria dell'8 febbraio 1826. Lima aveva offerto loro un'accoglienza imperiale quel mattino, che il generale contraccambiò con una frase che ripeteva senza tregua a ogni brindisi: «Nella vasta estensione del Perù non rimane un solo spagnolo». Quel giorno era stata sigillata l'indipendenza del continente immenso che lui intendeva trasformare, secondo le sue stesse parole, nella lega di nazioni più vasta, o più straordinaria, o più forte che fosse mai comparsa fino a quel giorno sulla terra. Le emozioni della festa rimasero per lui associate al valzer che aveva fatto ripetere tutte le volte che fu necessario, finché neppure una delle dame di Lima non l'avesse ballato con lui. I suoi ufficiali, con le uniformi più abbaglianti che si fossero viste in città, assecondarono il suo esempio fin quando bastarono loro le forze, perché tutti erano ammirevoli ballerini di valzer, il cui ricordo perdurava nel cuore delle dame assai più che le glorie della guerra.

L'ultima notte di Honda aprirono la festa col valzer della vittoria, e lui attese sull'amaca che lo ripetessero. Ma visto che non lo ripetevano si alzò d'un balzo, si infilò gli stessi abiti da cavallerizzo che aveva usato durante l'escursione alle miniere, e si presentò al ballo senza essere annunciato. Ballò quasi tre ore, facendo ripetere il pezzo ogni volta che cambiava dama, tentando forse di ricostruire lo splendore di un tempo con le ceneri delle sue nostalgie. Erano lontani gli anni illusori in cui tutti cadevano spossati, e solo lui continuava a ballare fino all'alba con l'ultima dama nella sala deserta. Il ballo era per lui una passione così dominante, che danzava senza dama quando non l'aveva, o danzava solo la musica che lui fischiettava, ed esprimeva i suoi grandi giubili salendo a danzare sulla tavola della sala da pranzo. L'ultima notte di Honda aveva ormai le forze così svigorite, che doveva riprender fiato negli intermezzi aspirando i vapori del fazzoletto inzuppato di acqua di colonia, ma ballò con tanto entusiasmo e con destrezza così giovanile, che senza esserselo proposto scombussolò le versioni secondo cui era ammalato di morte.

Poco dopo la mezzanotte, quando fu rincasato, gli annunciarono che una donna lo aspettava nella sala delle visite. Era elegante e altera, ed emanava una fragranza primaverile. Era vestita di velluto, con maniche fino ai polsi e stivali da amazzone del marocchino più fine, e portava un cappello da dama medievale con un velo di seta. Il generale le fece una riverenza compita, incuriosito dal modo e dall'ora della visita. Senza dire una parola, lei levò all'altezza dei suoi occhi un reliquiario che le pendeva al collo da una lunga catena, e lui lo riconobbe esterrefatto.

«Miranda Lyndsay!» disse.

«Sono io» disse lei, «sebbene non più la stessa.»

La voce greve e calda, come di violoncello, appena turbata da una lieve traccia del suo inglese materno, dovette ravvivare in lui ricordi irripetibili. Fece allontanare con un cenno della mano la sentinella di turno che lo sorvegliava dall'uscio, e si sedette dinanzi a lei, così vicino a lei che quasi si toccavano le ginocchia, e le prese le mani.

Si erano conosciuti quindici anni prima a Kingston, dove lui sopravviveva al suo secondo esilio, durante un pranzo casuale in casa del commerciante inglese Maxwell Hyslop. Lei era la figlia unica di sir London Lyndsay, un diplomatico inglese in pensione in una fabbrica di zucchero della Giamaica per scrivere certe memorie in sei tomi che nessuno lesse. Malgrado la bellezza indiscutibile di Miranda, e il cuore facile del giovane proscritto, quest'ultimo era allora troppo immerso nei suoi sogni, e troppo affezionato a un'altra per badare a chiunque.

Lei l'avrebbe sempre ricordato come un uomo che sembrava molto più anziano dei suoi trentadue anni, ossuto e pallido, con basette e baffi ispidi da mulatto, e la chioma lunga fino alle spalle. Era vestito all'inglese, come i giovanotti dell'aristocrazia creola, con cravatta bianca e una giubba troppo pesante per il clima, e la gardenia dei romantici all'occhiello. Vestito così, in una notte libertina del 1810, una puttana galante l'aveva confuso con un pederasta greco in un bordello di Londra.

La cosa più memorabile di lui, nel bene e nel male, erano gli occhi allucinati e la parlantina inesauribile e spossante con una voce irta da uccello da preda. La cosa più strana era che teneva lo sguardo basso e che catturava l'attenzione dei suoi commensali senza osservarli di fronte. Parlava con la cadenza e con la dizione delle isole Canarie, e con le forme colte del dialetto di Madrid, alternato quel giorno a un inglese elementare ma comprensibile, in onore di due invitati che non capivano lo spagnolo.

Durante il pranzo prestò attenzione solo ai propri fantasmi. Parlò senza tregua, con stile dotto e declamatorio, cacciando sentenze profetiche ancora da maturare, molte delle quali avrebbero figurato in un proclama epico pubblicato di lì a qualche giorno in un quotidiano di Kingston, e che la storia avrebbe consacrato come *La Lettera dalla Giamaica*. «Non sono gli spagnoli ma la nostra stessa disunione ad averci di nuovo portati alla schiavitù» disse. Parlando della grandezza, delle risorse e delle capacità dell'America, ripeté più volte: «Siamo un piccolo genere umano». Di ritorno a casa, il padre domandò a Miranda com'era il cospiratore che tanto inquietava gli agenti spagnoli dell'isola, e lei lo ridusse a una frase: «*He feels he's Bonaparte*».

Qualche giorno dopo lui ricevette un messaggio insolito, con istruzioni minuziose affinché si incontrasse con lei il sabato successivo alle nove della sera, solo e a piedi, in un luogo disabitato. Quella sfida metteva in pericolo non solo la sua vita, ma anche la sorte delle Americhe, perché lui era allora l'ultimo sopravvissuto a un'insurrezione spazzata via. Dopo cinque anni di un'indipendenza fortunosa, la Spagna aveva appena riconquistato i territori del vicereame della Nueva Granada e la giurisdizione generale del Venezuela, che non avevano resistito all'assalto feroce del generale Pablo Morillo, chiamato El Pacificador. Il comando supremo dei patrioti era stato eliminato col semplice metodo di impiccare chiunque sapesse leggere e scrivere.

Della generazione di creoli illuminati che avevano sparso il seme dell'indipendenza dal Messico fino al Río de la Plata, lui era il più convinto, il più tenace, il più chiaroveggente, e quello che meglio conciliava il talento per la politica con l'intuizione per la guerra. Risiedeva in una casa in affitto di due stanze, con i suoi attendenti militari, con due antichi schiavi adolescenti che continuavano a servirlo dopo esser stati liberati, e con José Palacios. Scapparsene a piedi per un appuntamento incerto, di notte e senza scorta, era non solo un rischio inutile ma anche una stupidaggine storica. Ma per quanto lui apprezzasse la sua vita e la sua causa, qualsiasi cosa gli sembrava meno tentatrice dell'enigma di una donna bella.

Miranda lo attese a cavallo nel luogo previsto, anche lei sola, e lo condusse in groppa lungo un sentiero invisibile. C'erano minacce di pioggia con lampi e tuoni remoti sul mare. Una frotta di cani scuri si avviluppava fra le zampe del cavallo, latrando nelle tenebre, ma lei li teneva a bada con richiami teneri che mormorava in inglese. Passarono molto vicino alla raffineria di zucchero dove sir London Lyndsay scriveva i ricordi che solo lui avrebbe ricordato, guadaro-

no un ruscello di sassi e penetrarono dall'altra parte
di un bosco di pini, in fondo al quale c'era un romitaggio abbandonato. Lì smontarono, e lei lo condusse
per mano attraverso l'oratorio buio fino alla sacrestia
in rovina, illuminata appena da una torcia piantata
nel muro, e senza altri mobili che due tronchi scolpiti
a colpi di scure. Solo allora si videro in faccia. Lui era
in maniche di camicia, con i capelli legati alla nuca da
un nastro come una coda di cavallo, e Miranda lo trovò più giovanile e attraente che durante il pranzo.

Lui non prese nessuna iniziativa, perché il suo metodo di seduzione non obbediva a nessuna norma, visto che ogni caso era diverso, e soprattutto il primo
passo. «Nei preamboli dell'amore nessuno sbaglio è
correggibile» aveva detto. In quella circostanza dovette avanzare convinto che tutti gli ostacoli erano stati
previamente soppressi, se la decisione era stata di lei.

Si sbagliò. Oltre alla sua bellezza, Miranda aveva
una dignità difficile da ignorare, sicché trascorse un
bel pezzo prima che lui capisse che anche questa volta
doveva prendere l'iniziativa. Lei l'aveva invitato a sedersi, e lo fecero così come l'avrebbero fatto a Honda
quindici anni dopo, l'uno di fronte all'altra sui tronchi incisi, e così vicini che quasi si toccavano le ginocchia. Lui le prese le mani, l'attrasse a sé, e cercò di
baciarla. Lei lo lasciò avvicinarsi fino a sentire il calore del suo fiato, e scostò il viso.

«Tutto verrà a suo tempo» disse.

La stessa frase mise termine ai reiterati tentativi che
lui cominciò in seguito. A mezzanotte, quando la
pioggia iniziò a insinuarsi attraverso gli spiragli del
soffitto, erano sempre seduti l'uno di fronte all'altra,
con le mani strette, mentre lui recitava una poesia sua

che in quei giorni stava componendo a mente. Erano ottave reali ben misurate e ben rimate, nelle quali si mescolavano galanterie di amore e fanfare di guerra. Lei si commosse, e citò tre nomi tentando di indovinare quello dell'autore.

«È di un militare» disse lui.

«Militare di guerra o militare di salotto?» domandò lei.

«Di entrambe le cose» disse lui. «Il più grande e il più solitario che sia mai esistito.»

Lei rammentò quanto aveva detto a suo padre dopo il pranzo del signor Hyslop.

«Allora è di Bonaparte.»

«Quasi» disse il generale, «ma la differenza morale è enorme, perché l'autore della poesia non ha permesso che lo incoronassero.»

Col passare degli anni, a mano a mano che gli arrivavano sue ulteriori notizie, lei si sarebbe domandata ogni volta con maggior stupore se lui era stato consapevole che quell'arguzia della sua intelligenza era la prefigurazione della sua stessa vita. Ma quella notte neppure lo sospettò, dedita all'impresa quasi impossibile di trattenerlo senza che se ne risentisse, e senza che lei capitolasse ai suoi assalti, sempre più pressanti a mano a mano che si avvicinava l'alba. Si spinse fino a permettergli qualche bacio casuale, ma null'altro.

«Tutto verrà a suo tempo» gli diceva.

«Alle tre del pomeriggio me ne vado per sempre col piroscafo di Haiti» disse lui.

Lei sconfisse quell'astuzia con una risata affascinante.

«In primo luogo, il piroscafo non parte fino a venerdì» disse. «E poi, la torta che lei ha ordinato ieri alla signora Turner deve portarla questa sera alla sua cena con la donna che più mi odia in questo mondo.»

La donna che più la odiava in questo mondo si chiamava Julia Cobier, una dominicana bella e ricca, pure lei esiliata in Giamaica, nella cui casa, secondo quanto dicevano, lui si era fermato a dormire più di una volta. Quella sera avrebbero festeggiato da soli il compleanno di lei.

«Lei è meglio informata delle mie spie» disse lui.

«E perché non pensare piuttosto che sono una delle sue spie?» disse lei.

Lui non la capì fino alle sei del mattino, quando rincasò e trovò il suo amico Félix Amestoy, morto e dissanguato sull'amaca dove avrebbe dovuto esserci lui se non si fosse recato a quel falso appuntamento di amore. L'aveva vinto il sonno mentre aspettava che lui ritornasse per comunicargli un messaggio urgente, e uno dei servi liberati, pagato dagli spagnoli, lo uccise con undici pugnalate credendo che fosse lui. Miranda aveva conosciuto i piani dell'attentato e non le era venuto in mente null'altro di più discreto per impedirlo. Lui tentò di ringraziarla di persona, ma lei non rispose ai suoi messaggi. Prima di andarsene a Port-au-Prince su una goletta corsara, le mandò tramite José Palacios il prezioso reliquiario che aveva ereditato da sua madre, insieme a un biglietto con un solo rigo senza firma:

"Sono condannato a un destino da teatro."

Miranda non dimenticò né riuscì mai a capire quella frase ermetica del giovane guerriero che negli anni successivi ritornò nella sua terra con l'aiuto del presidente della repubblica libera di Haiti, il generale Alexandre Pétion, attraversò le Ande con una combriccola di gente scalza della pianura, sconfisse le armate del re sul ponte di Boyacá, e liberò per la seconda volta e per sempre la Nueva Granada, poi il Venezuela, sua terra natia, e infine gli scoscesi territori del Sud fino ai limiti con l'impero del Brasile. Lei seguì le sue tracce, soprattutto attraverso i racconti di viaggiatori che non si stancavano di narrare le sue imprese. Dopo l'indipendenza delle antiche colonie spagnole, Miranda si sposò con un agrimensore inglese che cambiò mestiere e si installò nella Nueva Granada per piantare nella valle di Honda la canna da zucchero della Giamaica. Lì si trovava il giorno prima, allorché udì dire che il suo vecchio conoscente, il proscritto di Kingston, si trovava a solo tre leghe da casa sua. Ma arrivò alla miniera quando il generale aveva già intrapreso il suo ritorno a Honda, e dovette cavalcare più di mezza giornata per raggiungerlo.

Non l'avrebbe riconosciuto per strada senza le basette né i baffi giovanili e con i capelli bianchi e radi, e quell'aspetto di disordine ultimo che le suscitò l'impressione sconvolgente di star parlando con un morto. Miranda aveva l'intenzione di togliersi il velo per parlare con lui, una volta evitato il rischio di essere riconosciuta per strada, ma glielo impedì l'orrore che pure lui scoprisse sul suo viso le devastazioni del tempo. Non appena terminate le formalità iniziali, lei mirò dritto alle sue faccende:

«Vengo a implorarle un favore.»

«Sono ai suoi ordini» disse lui.

«Il padre dei miei cinque figli sconta una lunga condanna per aver ucciso un uomo» disse lei.

«Con onore?»

«In libero duello» disse lei, e spiegò subito: «Per gelosia».

«Infondata, naturalmente» disse lui.

«Fondata» disse lei.

Ma ora tutto apparteneva al passato, persino lui, e l'unica cosa che lei gli chiedeva per carità era che intervenisse col suo potere e mettesse fine alla prigionia del marito. Lui riuscì a dire solo la verità:

«Sono infermo e malandato, come lei può vedere, ma non c'è nulla al mondo che io non sia capace di fare per lei.»

Fece entrare il capitano Ibarra affinché prendesse buona nota del caso, e promise tutto quanto sarebbe stato alla portata del suo potere in calo per ottenere l'indulto. Quella stessa sera si consultò col generale Posada Gutiérrez, in assoluta riservatezza e senza lasciar nulla di scritto, ma tutto rimase in sospeso finché non si fosse conosciuta la natura del nuovo governo. Accompagnò Miranda fino al portone di casa dove l'aspettava una scorta di sei liberti, e la congedò con un bacio sulla mano.

«È stata una notte felice» disse lei.

Lui non resistette alla tentazione:

«Questa o quell'altra?»

«Tutt'e due» disse lei.

Montò su un cavallo fresco, di buona razza e sellato come quello di un viceré, e se ne andò al gran galoppo senza voltarsi a guardarlo. Lui rimase davanti al portone finché non smise di vederla in fondo alla via, ma continuava a vederla in sogno quando José Palacios lo svegliò all'alba per intraprendere il viaggio lungo il fiume.

Erano sette anni che lui aveva concesso un privilegio speciale al commodoro tedesco Juan B. Elbers, affinché inaugurasse la navigazione a vapore. Lui stesso si era recato su uno dei suoi battelli da Barranca Nueva fino a Puerto Real, passando per Ocaña, e aveva ammesso che era un modo di viaggiare comodo e sicuro. Tuttavia, il commodoro Elbers riteneva che l'affare non valeva la pena se non fosse stato rafforzato da un privilegio esclusivo, e il generale Santander glielo concesse senza condizioni mentre era incaricato della presidenza. Due anni dopo, investito di poteri assoluti dal congresso nazionale, il generale mandò all'aria l'accordo con una delle sue frasi profetiche: «Se lasciamo il monopolio ai tedeschi finiranno per passarlo agli Stati Uniti». In seguito dichiarò la completa libertà della navigazione fluviale in tutto il Paese. Sicché quando volle trovare un battello a vapore nel caso che si fosse deciso a mettersi in viaggio, si scontrò con lungaggini e circonlocuzioni che assomigliavano troppo alla vendetta, e nel momento di andarsene dovette accontentarsi delle solite chiatte.

Il porto era pieno fin dalle cinque del mattino di gente a cavallo e a piedi, reclutata in gran fretta dal governatore nei villaggi vicini per fingere un commiato come quelli di altri tempi. Parecchie canoe vagavano all'ormeggio, cariche di donne allegre che gridando provocavano i soldati della guardia, e questi rispondevano con complimenti osceni. Il generale arrivò alle sei con la comitiva ufficiale. Era uscito a piedi dalla casa del governatore, molto piano e con la bocca nascosta da un fazzoletto zuppo di acqua di colonia.

Si annunciava una giornata rannuvolata. Le botteghe della via commerciale erano aperte fin dall'alba, e talune funzionavano quasi alle intemperie fra le rovine delle case ancora distrutte da un terremoto di vent'anni prima. Il generale rispondeva col fazzoletto a chi lo salutava dalle finestre, ma erano pochi, perché quasi tutti lo guardavano passare in silenzio, stupiti dalle sue cattive condizioni. Era in maniche di camicia, con i suoi unici stivali Wellington e un cappello di paglia bianca. Nell'atrio della chiesa il parroco era salito su una seggiola per fargli un discorso, ma il generale Carreño glielo impedì. Lui si avvicinò, e gli strinse la mano.

Girato l'angolo gli sarebbe bastato uno sguardo per rendersi conto che non avrebbe retto alla china, ma cominciò a salirla stringendosi al braccio del generale Carreño, finché non fu evidente che non ce la faceva più. Allora tentarono di convincerlo a usare una sedia da passeggio che Posada Gutiérrez aveva preparato qualora ce ne fosse stato bisogno.

«No, generale, la supplico» disse lui, trepidante. «Mi eviti questa umiliazione.»

Giunse in cima alla china, più con la forza della volontà che con quella del corpo, e gli rimase ancora energia per scendere senza aiuto fino all'ormeggio. Lì si congedò con una frase cortese da ciascuno dei membri della comitiva ufficiale. E lo fece con un sorriso finto affinché non si notasse che in quel 15 maggio di rose ineluttabili stava intraprendendo il viaggio di ritorno al nulla. Al governatore Posada Gutiérrez lasciò in ricordo una medaglia d'oro col suo profilo inciso, lo ringraziò per le sue bontà con una voce abbastanza forte per esser udita da tutti, e lo abbracciò con un'emozione autentica. Poi comparve a poppa della chiatta a salutare col cappello, senza guardare nessuno fra i gruppi che gli facevano segni dalla riva, senza vedere il disordine delle canoe intorno alle chiatte né i bambini nudi che nuotavano sott'acqua come salacche. Continuò ad agitare il cappello verso uno stesso punto con un'espressione estranea, finché non si vide più che il moncone del campanile della chiesa sopra le mura crollate. Allora si infilò sotto la tettoia della chiatta, si sedette sull'amaca e tese le gambe, affinché José Palacios lo aiutasse a togliersi gli stivali.

«Vediamo un po' se ora ci credono che ce ne siamo andati» disse.

La flotta era composta da otto chiatte di diversa grandezza, e una speciale per lui e per il suo seguito, con un timoniere a poppa e otto vogatori che la spingevano con pertiche di guayacán. A differenza delle chiatte normali, che avevano nel mezzo una tettoia di foglie di palma per il carico, a questa avevano messo una capannuccia di tela affinché potesse appendersi un'amaca all'ombra, dentro l'avevano rivestita di olona e tappezzata con stuoie, e le avevano aperto quattro finestre per aumentare la ventilazione e la luce. Gli avevano messo un tavolino per scrivere o per giocare a carte, uno scaffale per i libri, e un orcio con un filtro di pietra. Il responsabile della flotta, scelto fra i migliori del fiume, si chiamava Casildo Santos, ed era un antico capitano del battaglione Tiratori della Guardia, con una voce tonante e una toppa da pirata sull'occhio sinistro, e un'idea piuttosto intrepida dell'ordine affidatogli.

Maggio era il primo dei mesi buoni per i battelli del commodoro Elbers, ma i mesi buoni non erano i migliori per le chiatte. Il caldo mortale, le tempeste bibliche, le correnti traditrici, le minacce delle fiere e degli animali nocivi durante la notte, tutto sembrava tramare contro il benessere dei passeggeri. Un tormento in più per chi era sensibilizzato dalla cattiva salute era il fetore delle filze di carne salata e dei pesci bocachicos affumicati che per trascuratezza pendevano dalla tettoia della chiatta presidenziale, e che lui ordinò di togliere non appena li ebbe fiutati imbarcandosi. Appreso così che non poteva sopportare neppure l'odore delle cose da mangiare, il capitano Santos fece disporre all'ultimo posto della flotta la chiatta di approvvigionamento, su cui c'erano recinti con galline e maiali vivi. Tuttavia, fin dal primo giorno di navigazione, dopo essersi mangiato con gran diletto due piatti di zuppa di mais tenero l'uno dopo l'altro, fu chiaro che lui non avrebbe mangiato nulla di diverso durante il viaggio.

«Questa zuppa sembra fatta dalla mano magica di Fernanda Séptima» disse.

Così era. La sua cuoca personale degli ultimi anni, Fernanda Barriga, di Quito, che lui chiamava Fernanda Séptima quando lo costringeva a mangiare qualcosa che non voleva, si trovava a bordo senza che lui lo sapesse. Era un'indiana placida, grassa, ciarliera, la cui maggior virtù non era l'esperienza in cucina ma l'istinto nel soddisfare il generale a tavola. Lui aveva deciso che rimanesse a Santa Fe con Manuela Sáenz, che l'aveva aggregata alla sua servitù, ma il generale Carreño la chiamò di urgenza da Guaduas, quando José Palacios gli annunciò allarmato che il generale non aveva fatto un pasto completo dalla vigilia del viaggio. Era arrivata a Honda all'alba, e la imbarcarono di nascosto sulla chiatta delle provviste in attesa di una circostanza propizia. La quale si presentò molto prima del previsto per via del piacere che lui provò con la zuppa di mais tenero, che era il suo piatto preferito dopo che la sua salute aveva cominciato a peggiorare.

Il primo giorno di navigazione avrebbe potuto essere l'ultimo. Si fece scuro alle due del pomeriggio, si incresparono le acque, i tuoni e i fulmini fecero rabbrividire la terra e i rematori sembrarono incapaci di impedire che le imbarcazioni si sbriciolassero contro le rocce. Il generale osservò dalla tettoia la manovra di salvataggio diretta a grida dal capitano Santos, la cui destrezza navale non sembrava sufficiente per un simile sconvolgimento. La osservò dapprima con curiosità e poi con un'ansia indomabile, e nel momento culminante del pericolo si rese conto che il capitano aveva impartito un ordine errato. Allora si lasciò trascinare dall'istinto, si fece strada fra il vento e la pioggia, e corresse l'ordine del capitano sull'orlo dell'abisso.

«Non di lì!» gridò. «A destra, a destra, cazzo!»

I rematori reagirono dinanzi alla voce scortecciata ma ancora colma di un'autorità irresistibile, e lui si prese carico del comando senza rendersene conto, finché la crisi non fu superata. José Palacios si affrettò a buttargli addosso una coperta. Wilson e Ibarra lo tennero saldo al suo posto. Il capitano Santos si fece di lato, consapevole ancora una volta di aver confuso babordo con tribordo, e attese con umiltà di soldato finché lui non lo cercò e lo trovò con uno sguardo tremulo.

«Lei mi deve scusare, capitano» gli disse.

Ma non rimase in pace con se stesso. Quella sera, intorno ai fuochi che accesero sulla spiaggia dove si rifugiarono per passare la prima notte, raccontò storie di emergenze navali indimenticabili. Raccontò che suo fratello Juan Vicente, il padre di Fernando, era morto annegato in un naufragio mentre ritornava dall'acquisto a Washington di un carico di armi e di munizioni per la prima repubblica. Raccontò che lui era stato sul punto di subire la stessa sorte quando il cavallo gli era morto fra le gambe mentre attraversava l'Arauca in piena, e l'aveva trascinato fra uno scossone e l'altro con lo stivale incastrato nella staffa, finché la sua guida non era riuscita a tagliare le corregge. Raccontò che sulla strada per Angostura, poco dopo aver assicurato l'indipendenza della Nueva Granada, si ritrovò con una scialuppa rovesciata nelle rapide dell'Orinoco, e vide un ufficiale sconosciuto che nuotava verso la riva. Gli dissero che era il generale Sucre. Lui replicò indignato: «Non esiste nessun generale Sucre». Era Antonio José de Sucre, infatti, che era stato promosso poco prima generale dell'esercito liberatore, e con cui da allora lui intrattenne un'amicizia viscerale.

«Io sapevo di quell'incontro» disse il generale Carreño, «ma senza il dettaglio del naufragio.»

«Può darsi che stia confondendolo col primo naufragio che ha avuto Sucre quando è scappato da Cartagena inseguito da Morillo, ed è rimasto a galla lo sa Iddio come per quasi ventiquattro ore» disse lui. E aggiunse, un po' alla deriva: «Quello che voglio è che il capitano Santos capisca in qualche modo la mia impertinenza di oggi pomeriggio».

All'alba, mentre tutti dormivano, la foresta intera rabbrividì per una canzone senza accompagnamento che poteva solo uscire dall'anima. Il generale si scosse sull'amaca. «È Iturbide» mormorò José Palacios nella penombra. L'aveva appena detto che una voce di comando brutale interruppe la canzone.

Agustín de Iturbide era il figlio maggiore di un generale messicano della guerra di indipendenza, che si era proclamato imperatore del suo Paese e che non era riuscito a esserlo per oltre un anno. Il generale nutriva un affetto diverso per lui fin da quando l'aveva visto la prima volta, sull'attenti, rabbrividente e incapace di dominare il tremito delle mani per via del turbamento di ritrovarsi davanti all'idolo della sua infanzia. Allora aveva ventidue anni. Non ne aveva ancora compiuti diciassette quando suo padre fu fucilato in un villaggio polveroso e ardente della provincia messicana, poche ore dopo esser ritornato dall'esilio senza sapere che era stato processato in sua assenza e condannato a morte per alto tradimento.

Tre cose commossero il generale fin dai primi giorni. L'una fu che Agustín aveva l'orologio d'oro e pietre preziose che il padre gli aveva mandato dal muro della fucilazione, e lo portava appeso al collo affinché nessuno dubitasse che lo considerava un onore. L'altra era la semplicità con cui aveva raccontato che suo padre, vestito da povero per non essere riconosciuto dalla guardia del porto, era stato tradito dall'eleganza con cui montava a cavallo. La terza era stata il suo modo di cantare.

Il governo messicano aveva frapposto ogni tipo di ostacoli al suo ingresso nell'esercito della Colombia, convinto che il suo addestramento alle arti della guerra faceva parte di una congiura monarchica, patrocinata dal generale, per incoronarlo imperatore del Messico col preteso diritto di principe ereditario. Il generale corse il rischio di un incidente diplomatico grave, non solo per ammettere il giovane Agustín con i suoi titoli militari, ma per farlo suo decano. Agustín fu degno della sua fiducia, sebbene non avesse avuto neppure una giornata felice, e solo la sua consuetudine di cantare gli permise di sopravvivere all'incertezza.

Sicché quando qualcuno lo fece tacere nelle foreste del Magdalena, il generale si levò dall'amaca avvolto in una coperta, attraversò l'accampamento illuminato dai bivacchi della guardia, e andò a raggiungerlo. Lo trovò seduto sulla riva a guardar scorrere il fiume.

«Continui a cantare, capitano» gli disse.

Si sedette accanto a lui, e quando conosceva il testo della canzone lo accompagnava con la sua voce scarsa. Non aveva mai udito cantare nessuno con tanto amore, né ricordava nessuno così triste che comunque attirasse tanta felicità intorno a sé. Con Fernando e Andrés, che erano stati condiscepoli alla scuola militare di Georgetown, Iturbide aveva fatto un trio che aveva introdotto una brezza giovanile nel seguito del generale, così impoverito dall'aridità tipica delle caserme.

Agustín e il generale continuarono a cantare finché lo schiamazzo degli animali della foresta non spaventò i caimani addormentati sulla riva, e le viscere dell'acqua si scossero come in un cataclisma. Il generale rimase ancora seduto per terra, stordito dal terribile risvegliarsi della natura intera, finché non comparve una frangia aranciata all'orizzonte, e si fece la luce. Allora si appoggiò a una spalla di Iturbide per sollevarsi.

«Grazie, capitano» gli disse. «Con dieci uomini che cantino come lei, salveremmo il mondo.»

«Ah, generale» sospirò Iturbide. «Cosa non darei perché lo udisse mia madre!»

Il secondo giorno videro fazende ben curate con praterie blu e bei cavalli che correvano in libertà, ma poi iniziò la foresta e tutto divenne immediato e uguale. Fin da prima avevano cominciato a lasciarsi indietro certe zattere fatte con enormi tronchi di alberi, che i boscaioli della sponda portavano a vendere a Cartagena de las Indias. Erano così lente che sembravano immobili sull'acqua, e famiglie intere con bambini e animali viaggiavano con loro, malamente protette dal sole da rade tettoie di foglie di palma. In qualche anfratto della foresta si notavano già le prime devastazioni fatte dagli equipaggi dei battelli a vapore per alimentare le caldaie.

«I pesci dovranno imparare a camminare sulla terra perché le acque finiranno» disse lui.

Il caldo era insopportabile durante il giorno, e gli strilli delle scimmie e degli uccelli facevano impazzire, ma le notti erano silenziose e fresche. I caimani rimanevano immobili per ore e ore sulle spiagge, con le fauci aperte per cacciare farfalle. Accanto ai casali deserti si vedevano i seminati di mais con cani in ossa vive che latravano al passaggio delle imbarcazioni, e anche nelle terre disabitate c'erano trappole per cacciare tapiri e reti per la pesca che si asciugavano al sole, ma non si vedeva nessun essere umano.

Al termine di tanti anni di guerra, di governi amari, di amori insipidi, l'ozio lo si sentiva come un dolore. La scarsa vita con cui il generale si svegliava svaniva nelle sue meditazioni sull'amaca. La sua corrispondenza si era fermata il giorno della risposta immediata al presidente Caycedo, ma passava il tempo dettando lettere di distrazione. Nei primi giorni, Fernando finì di leggergli le cronache pettegole di Lima, e non riuscì a far sì che si concentrasse su null'altro.

Fu il suo ultimo libro completo. Era stato un lettore di una voracità imperturbabile, nelle tregue delle battaglie come nel riposo degli amori, ma senza ordine né metodo. Leggeva di continuo, con quanta luce c'era, talvolta passeggiando sotto gli alberi, talaltra a cavallo sotto i soli equatoriali, talaltra ancora nella penombra delle carrozze tremolanti per via degli acciottolati di pietra, o infine dondolandosi sull'amaca mentre dettava una lettera. Un libraio di Lima si era stupito dell'abbondanza e della varietà delle opere che aveva scelto da un catalogo generale in cui figuravano dai filosofi greci a un trattato di chiromanzia. Nella sua giovinezza aveva letto i romantici per influenza del suo maestro Simón Rodríguez, e continuò a divorarli come se leggesse se stesso col suo temperamento idealista ed esaltato. Furono letture appassionate che lo segnarono per il resto della vita. Alla fine aveva letto tutto quanto gli era finito fra le mani, e non ebbe un autore preferito, ma molti che lo furono nei suoi diversi periodi. Gli scaffali delle svariate case dove abitò furono sempre sul punto di esplodere, e le camere da letto e le verande si trasformarono in strettoie di libri ammucchiati, e montagne di documenti erranti che proliferavano al suo passaggio e lo inseguivano senza misericordia cercando la pace degli archivi. Non riuscì mai a leggere tutti quelli che aveva. Quando cambiava città li affidava agli amici più intimi, sebbene non venisse più a saperne nulla, e la vita di guerra lo costrinse a lasciar una traccia di oltre quattrocento leghe di libri e di carte dalla Bolivia fino al Venezuela.

Prima che cominciasse a perdere la vista si faceva leggere dai suoi amanuensi, e finì per non leggere altrimenti a causa del fastidio che gli causavano gli occhiali. Ma il suo interesse per quanto leggeva diminuì contemporaneamente, e lo attribuì, come sempre, a un motivo estraneo al suo dominio.

«Il fatto è che ci sono sempre meno libri buoni» diceva.

José Palacios era l'unico che non dava mostra di tedio nel sopore del viaggio, e il caldo e la scomodità non coinvolgevano affatto le sue buone maniere e il suo vestire ammodo, né peggioravano i suoi servigi. Era di sei anni minore del generale, nella cui casa era nato schiavo per l'inciampo di un'africana con uno spagnolo, e da questi aveva ereditato i capelli di carota, le lentiggini sul viso e sulle mani, e gli occhi celesti. Contrariamente alla sua sobrietà naturale, aveva il guardaroba più svariato e costoso del seguito. Aveva trascorso tutta la vita col generale, i suoi due esili, le campagne complete e tutte le battaglie in prima linea, sempre in borghese, perché mai accettò il diritto di indossare abiti militari.

Il peggio del viaggio era l'immobilità coatta. Un pomeriggio, il generale era così disperato a forza di aggirarsi nello spazio angusto della capannuccia di tela, che fece fermar la chiatta per camminare. Nel fango indurito videro tracce che sembravano di un uccello grosso come uno struzzo e pesante almeno come un bue, ma ai rematori sembrò normale, perché dicevano che in quei paraggi desolati si aggiravano uomini dalla corpulenza di una ceiba, e con creste e zampe da gallo. Lui si beffò della leggenda, come si beffava di tutto quanto avesse una qualche apparenza sovrannaturale, ma durante la passeggiata indugiò più del previsto, e infine dovettero accamparsi lì, contro il parere del capitano e pure dei suoi attendenti, che ritenevano il luogo pericoloso e malsano. Trascorse la notte in bianco, torturato dal caldo e dalle raffiche di zanzare che sembravano trafiggere la tela della zanzariera soffocante, e attento al ruggito sconvolgente del puma, che li tenne tutta la notte in stato di allarme. Verso le due del mattino andò a chiacchierare con i gruppi che vegliavano intorno ai bivacchi. Solo all'alba, mentre contemplava le vaste paludi dorate dai primi soli, rinunciò all'illusione che l'aveva tenuto insonne.

«Bene» disse, «dovremo andarcene senza aver conosciuto gli amici dalle zampe di gallo.»

Nel momento in cui salpavano, balzò dentro la chiatta un cane randagio, scabbioso e squallido, e con una zampa pietrificata. I due cani del generale lo aggredirono, ma l'invalido si difese con una ferocia suicida, e non si arrese neppure bagnato di sangue e col collo lacerato. Il generale diede ordine di tenerlo da una parte, e José Palacios se ne incaricò, così come spesso aveva fatto con tanti cani randagi.

Nella stessa giornata raccolsero un tedesco che era stato abbandonato in un'isola di sabbia per aver maltrattato a colpi di bastone uno dei suoi rematori. Non appena salì a bordo si presentò come astronomo e botanico, ma durante la conversazione fu chiaro che non sapeva nulla dell'una né dell'altra cosa. Aveva invece visto con i suoi occhi gli uomini dalle zampe di gallo, ed era deciso a catturarne uno vivo per esibirlo in Europa in una gabbia, in quanto fenomeno paragonabile solo alla donna ragno delle Americhe che tanto scompiglio aveva provocato un secolo prima nei porti dell'Andalusia.

«Porti me» gli disse il generale, «le assicuro che guadagnerà più denaro mostrandomi in una gabbia come la maggior scempiaggine della storia.»

Fin dall'inizio gli era sembrato un commediante simpatico, ma cambiò parere allorché il germanico si mise a raccontare barzellette indecenti sulla pederastia vergognosa del barone Alexander von Humboldt. «Avremmo dovuto lasciarlo di nuovo sulla spiaggia» disse a José Palacios. Verso sera si imbatterono nella scialuppa della posta, che saliva indietro, e il generale ricorse alle sue arti di seduzione affinché l'agente aprisse i sacchi della corrispondenza ufficiale e gli consegnasse le sue lettere. Infine gli chiese il favore di portare il tedesco fino al porto di Nare, e l'agente accettò, nonostante la scialuppa fosse sovraccarica. Quella sera, mentre Fernando gli leggeva le lettere, il generale brontolò:

«Quel gran figlio di puttana non vale neppure un capello di Humboldt.»

Aveva pensato spesso al barone già da prima che raccogliessero il tedesco, perché non riusciva a immaginare come fosse sopravvissuto in quella natura indomita. L'aveva conosciuto nei suoi anni a Parigi, quando Humboldt era di ritorno dal viaggio nei paesi equinoziali, e la sua intelligenza e la sua saggezza l'avevano stupito quanto lo splendore della sua bellezza, quale mai aveva visto in una donna. Invece, a non averlo convinto era la sua sicurezza che le colonie spagnole dell'America fossero mature per l'indipendenza. L'aveva detto così, senza un tremito nella voce, mentre a lui non era mai passato per la mente neppure come una fantasia domenicale.

«L'unica cosa che manca è l'uomo» gli disse Humboldt.

Il generale lo raccontò parecchi anni dopo a José Palacios, al Cuzco, vedendo forse se stesso al disopra del mondo, mentre la storia stava dimostrando che quell'uomo era lui. Non lo ripeté a nessuno, ma ogni volta che si parlava del barone, ne approfittava per rendere un tributo alla sua chiaroveggenza:

«Humboldt mi ha aperto gli occhi.»

Era la quarta volta che viaggiava lungo il Magdalena e non riuscì a sottrarsi all'impressione di star ripercorrendo i passi della sua vita. L'aveva seguito la prima volta nel 1813, quando era un colonnello di milizia sconfitto nel suo Paese, arrivato a Cartagena de las Indias dal suo esilio a Curaçao in cerca di mezzi per continuare la guerra. La Nueva Granada era suddivisa in frazioni autonome, la causa dell'indipendenza perdeva energia popolare dinanzi alla repressione feroce degli spagnoli, e la vittoria finale sembrava sempre meno sicura. Durante il terzo viaggio, a bordo della scialuppa a vapore, come lui la chiamava, l'opera di emancipazione era ormai conclusa, ma il suo sogno quasi maniacale dell'integrazione continentale cominciava a cascare a pezzi. Durante quello, il suo ultimo viaggio, il sogno era ormai stato spazzato via, ma sopravviveva riassunto in una sola frase che lui ripeteva senza stancarsi: «I nostri nemici godranno di tutti i vantaggi finché non avremo unificato il governo dell'America».

Fra i tanti ricordi spartiti con José Palacios, uno dei più emozionanti era quello del primo viaggio, quando avevano fatto la guerra di liberazione del fiume. Alla testa di duecento uomini armati alla bell'e meglio, e in una ventina di giorni, non lasciarono nella conca del Magdalena un solo spagnolo monarchico. Di quanto fossero cambiate le cose se ne rese conto lo stesso José Palacios il quarto giorno di viaggio, quando cominciarono a vedere sulle rive dei villaggi le file di donne che aspettavano il passaggio delle chiatte. «Ecco le vedove» disse. Il generale si affacciò e le vide, vestite di nero, allineate sulla riva come corvi pensosi sotto il sole scottante, in attesa sia pure di un saluto di carità. Il generale Diego Ibarra, fratello di Andrés, soleva dire che il generale non aveva mai avuto un figlio, ma che era il padre e la madre di tutte le vedove della nazione. Lo seguivano ovunque, e lui le teneva in vita con parole indimenticabili che erano autentici proclami di consolazione. Tuttavia, il suo pensiero si occupava più di se stesso che di loro quando vide le file di donne funebri nei villaggi del fiume.

«Ora le vedove siamo noi» disse. «Siamo gli orfani, i mutilati, i paria dell'indipendenza.»

Non si fermarono in nessun paese prima di Mompox, a parte Puerto Real, che era l'uscita di Ocaña sul fiume Magdalena. Lì incontrarono il generale venezuelano José Laurencio Silva, che aveva portato a termine la missione di scortare i ribelli della Nueva Granada fino alla frontiera del loro paese, e veniva ad aggregarsi al seguito.

Il generale rimase a bordo fino a sera, quando sbarcò per dormire in un accampamento improvvisato. Nel frattempo, ricevette sulla chiatta le file di vedove, i mutilati, gli scampati a tutte le guerre che volevano vederlo. Lui li ricordava quasi tutti con una lucidità stupefacente. Quelli che rimanevano lì agonizzavano di miseria, altri se n'erano andati in cerca di nuove guerre per sopravvivere, o giravano come briganti di strada, come innumerevoli dimessi dell'esercito liberatore su tutto il territorio nazionale. Uno di loro riassunse in una frase il sentire di tutti: «Adesso che abbiamo l'indipendenza, generale, ci dica cosa dobbiamo farcene». Nell'euforia del trionfo lui aveva insegnato loro a parlargli così, con la verità sulle labbra. Ma ora la verità aveva mutato padrone.

«L'indipendenza era una semplice questione di vincere la guerra» diceva lui. «I grandi sacrifici verranno poi, per far di questi paesi una sola patria.»

«Sacrifici sono l'unica cosa che abbiamo fatto, generale» dicevano loro.

Lui non cedeva di un passo:

«Ne mancano ancora» diceva. «L'unità non ha prezzo.»

Quella notte, mentre girava nella baracca dove gli avevano appeso l'amaca per dormire, aveva visto una donna che si era voltata a guardarlo mentre passava, e lui si era stupito che lei non si fosse meravigliata della sua nudità. Udì persino le parole della canzone che stava sussurrando: «*Dimmi che non è mai tardi per morir d'amore*». Il guardiano del seguito era sveglio sotto la tettoia.

«C'è qualche donna qui?» gli domandò il generale. L'uomo era sicuro.

«Degna di Sua Eccellenza, nessuna» disse.

«E indegna della mia eccellenza?»

«Neppure» disse il guardiano. «Non c'è nessuna donna a meno di una lega.»

Il generale era così sicuro di averla vista, che la cercò per tutta la casa fino a molto tardi. Insistette che controllassero pure i suoi decani, e il giorno dopo ritardò la partenza di oltre un'ora finché non lo sconfisse la stessa risposta: non ce n'era nessuna. Non se ne parlò più. Ma durante il resto del viaggio, ogni volta che se ne rammentava, insisteva ancora. José Palacios gli sarebbe sopravvissuto molti anni, e avrebbe avuto tempo a sufficienza per ripercorrere la sua vita con lui, al punto che neppure il dettaglio più insignificante sarebbe rimasto nell'ombra. L'unica cosa che non chiarì mai fu se la visione di quella notte a Puerto Real era stata un sogno, un delirio o un'apparizione.

Nessuno si ricordò più del cane che avevano raccolto nel villaggio e che girava lì intorno, riprendendosi dai suoi massacri, finché l'attendente preposto ai pasti non si rese conto che non aveva nome. L'avevano lavato e profumato con borotalco da neonato, ma neppure così erano riusciti a togliergli il sembiante negletto e la malattia della scabbia. Il generale stava prendendo il fresco a prua quando José Palacios glielo portò a strasciconi.

«Che nome gli mettiamo?» gli domandò.

Il generale non ci pensò neppure.

«Bolívar» disse.

Una lancia cannoniera che era ormeggiata al porto si mise in moto non appena ebbe notizia che si avvicinava la flotta di chiatte. José Palacios l'avvistò dalle finestre della capannuccia, e si chinò sull'amaca dove giaceva il generale con gli occhi chiusi.

«Signore» disse, «siamo a Mompox.»

«Terra di Dio» disse il generale senza aprire gli occhi.

A mano a mano che scendevano, il fiume si era fatto più vasto e più solenne, come una palude senza sponde, e il caldo fu così denso che lo si poteva toccare con le mani. Il generale fece a meno senza amarezza delle albe istantanee e dei crepuscoli lacerati, che nei primi giorni lo facevano indugiare a prua della chiatta, e soccombette alla disperanza. Non dettò più lettere né più lesse, né più fece ai suoi accompagnatori nessuna domanda che permettesse di scorgere un certo interesse per la vita. Anche nelle sieste più accaldate si buttava la coperta addosso, e rimaneva nell'amaca con gli occhi chiusi. Temendo che non l'avesse udito, José Palacios ripeté la frase, e lui replicò di nuovo senza aprire gli occhi.

«Mompox non esiste» disse. «Talvolta la sogniamo, ma non esiste.»

«Posso almeno testimoniare che esiste il campanile di Santa Bárbara» disse José Palacios. «Da qui lo vedo.»

Il generale aprì gli occhi tormentati, si levò sull'amaca, e vide nella luce di alluminio del mezzogiorno i primi tetti della molto antica e afflitta città di Mompox, rovinata dalla guerra, squassata dal disordine della repubblica, decimata dal vaiolo. In quel periodo il fiume cominciava a mutare corso, con uno sdegno incorreggibile che prima della fine del secolo sarebbe stato un completo abbandono. Della diga di pietra che i sindaci coloniali si affrettavano a ricostruire con una cocciutaggine peninsulare dopo le devastazioni di ogni piena, rimanevano solo le macerie disparse su una spiaggia di ciottoli.

La nave da guerra si avvicinò alle chiatte, e un ufficiale negro, ancora con l'antica uniforme della polizia vicereale, li prese di mira col cannone. Il capitano Casildo Santos riuscì a gridargli:

«Non fare il cretino, negro!»

I rematori si fermarono bruscamente e le chiatte rimasero alla mercé della corrente. I granatieri della scorta, in attesa di ordini, puntarono i fucili contro la cannoniera. L'ufficiale rimase imperturbabile.

«Passaporti» gridò. «In nome della legge.»

Solo allora vide l'anima in pena che emerse dalla capannuccia, e vide la sua mano esausta, ma greve di un'autorità inesorabile, che ordinò ai soldati di abbassare le armi. Poi disse all'ufficiale con voce tenue:

«Lei potrà anche non crederci, capitano, ma non ho passaporto.»

L'ufficiale non sapeva chi era. Ma quando Fernando glielo disse si buttò in acqua con le armi, e si fece avanti di corsa lungo la riva per annunciare al villaggio la buona novella. La lancia, con la campana a distesa, scortò le chiatte fino al porto. Prima che si riuscisse a scorgere tutta la città all'ultima curva del fiume, stavano suonando a stormo le campane delle sue otto chiese.

Santa Cruz de Mompox era stata durante la colonia il ponte di commercio fra la costa caraibica e l'interno del paese, e questa era stata l'origine della sua opulenza. Quando aveva cominciato a soffiare il vento della libertà, quella cittadella dell'aristocrazia creola era stata la prima a proclamarla. Essendo stata riconquistata dalla Spagna, era di nuovo stata liberata dal generale in persona. Erano solo tre vie parallele al fiume, vaste, dritte, polverose, con case a un solo piano dalle grosse finestre, dove avevano prosperato due conti e tre marchesi. Il prestigio della sua fine oreficeria era sopravvissuto ai mutamenti della repubblica.

In questa circostanza, il generale arrivava così disilluso della sua gloria e così maldisposto nei confronti del mondo, che lo stupì trovare una folla in attesa di lui al porto. Si era infilato di fretta i pantaloni di panno e gli stivali alti, si era buttato addosso la coperta malgrado il caldo, e invece del berretto notturno portava il cappello dalla tesa ampia con cui si era accomiatato a Honda.

C'era un funerale solenne nella chiesa della Concepción. Le autorità civili ed ecclesiastiche al completo, le congregazioni e le scuole, i personaggi principali con i loro crespi di gala erano alla messa in presenza della salma, e lo schiamazzo delle campane fece loro perdere compostezza, credendo che fosse l'allarme per il fuoco. Ma il messo comunale che era stato preso da grande scompiglio e l'aveva mormorato all'orecchio del sindaco, gridò per tutti:

«Il presidente è nel porto!»

Molti ignoravano che non lo era più. Il lunedì era passata la posta che aveva sparso le voci di Honda attraverso i villaggi del fiume, ma non aveva messo nulla in chiaro. Sicché l'equivoco rese più espansiva la casualità dell'accoglienza, e persino la famiglia in lutto giustificò che la maggioranza dei suoi accompagnatori abbandonasse la chiesa per raggiungere la folla. Il funerale rimase a metà, e solo un gruppo di intimi accompagnò il feretro al cimitero, in mezzo al rimbombo dei mortaretti e delle campane.

Le acque del fiume erano ancora scarse per via delle poche piogge di maggio, sicché dovevano scalare un pendio di macerie per raggiungere il porto. Il generale respinse in malo modo qualcuno che voleva caricarselo sulle spalle, e salì appoggiandosi al braccio del capitano Ibarra, esitando a ogni passo e reggendosi a fatica, ma riuscì ad arrivare con la dignità intatta.

Nel porto salutò le autorità con una stretta energica, il cui vigore non era credibile a causa delle condizioni del suo corpo e della piccolezza delle sue mani. Chi l'aveva visto l'ultima volta che era stato lì non poteva credere alla propria memoria. Sembrava vecchio quanto suo padre, ma il poco fiato che gli rimaneva era sufficiente per impedire che altri decidessero per lui. Rifiutò la portantina del venerdì santo che gli avevano preparato, e accettò di recarsi a piedi alla chiesa della Concepción. Infine dovette salire sulla mula del sindaco, che questi aveva fatto sellare di urgenza allorché lo vide sbarcare in simile prostrazione. José Palacios aveva visto nel porto molte facce tigrate dalle braci del vaiolo. Questa era un'endemia ostinata fra le popolazioni del basso Magdalena, e i patrioti avevano finito per averne più paura degli spagnoli dopo la mortalità che aveva causato fra le truppe liberatrici durante la campagna del fiume. Da allora in poi, visto che il vaiolo persisteva, il generale fece sì che un naturalista francese che era di passaggio si fermasse a vaccinare la popolazione col metodo di inoculare nelle persone la sierosità che trasudava dal vaiolo del bestiame. Ma le morti che causava erano così tante, che infine nessuno voleva saperne della medicina munta di fresco, come si misero a chiamarla, e molte madri preferirono per i loro figli i rischi del contagio piuttosto che quelli della prevenzione. Tuttavia, i rapporti ufficiali che il generale riceveva lo indussero a credere che il flagello del vaiolo veniva sconfitto. Sicché quando José Palacios gli fece notare la quantità di facce dipinte che c'era tra la folla, la sua reazione fu più di tedio che di stupore.

«Sarà sempre così» disse, «finché i subalterni continueranno a mentirci per compiacerci.»

Non lasciò trasparire la sua amarezza con chi lo accolse al porto. Fece loro un racconto sommario delle circostanze delle sue dimissioni e dello stato di disordine in cui era rimasta Santa Fe, motivo per cui caldeggiò un appoggio unanime al nuovo governo. «Non c'è altra scelta» disse, «unità o anarchia.» Disse che se ne andava per non ritornare, non tanto per cercar sollievo ai guasti del corpo, che erano molti e molto pericolosi, come si poteva vedere, quanto per tentar di riposarsi dalle numerose pene che gli procuravano i mali altrui. Ma non disse quando se ne sarebbe andato, né dove, e ripeté un po' a vanvera che non aveva ancora ricevuto il passaporto del governo per uscire dal Paese. Li ringraziò per i vent'anni di gloria che Mompox gli aveva dato, e li supplicò che non lo insignissero di altri titoli tranne quello di cittadino.

La chiesa della Concepción era sempre addobbata con crespi a lutto, ed erravano ancora nell'aria gli aliti di fiori e di stoppino del funerale, quando la folla fece irruzione compatta per un tedeum improvvisato. José Palacios, seduto su uno scanno del seguito, si accorse che il generale non trovava una posizione comoda sul suo. Il sindaco, invece, un meticcio inalterabile con una bella testa da leone, rimaneva accanto a lui in un ambito proprio. Fernanda, vedova di Benjumea, la cui bellezza creola fece strage alla corte di Madrid, aveva prestato al generale il suo ventaglio di sandalo per difendersi dal torpore del rituale. Lui lo muoveva senza speranze, solo per il conforto dei suoi effluvi, finché il caldo non cominciò a ostacolargli la respirazione. Allora mormorò all'orecchio del sindaco:

«Mi creda che non merito questo castigo.»

«L'amore del popolo ha il suo prezzo, Eccellenza» disse il sindaco.

«Per sfortuna questo non è amore ma smania di novità» disse lui.

Al termine del tedeum, si congedò dalla vedova di Benjumea con una riverenza, e le restituì il ventaglio. Lei tentò di darglielo di nuovo.

«Mi faccia l'onore di conservarlo in ricordo di chi tanto l'ama» gli disse.

«Purtroppo, signora, non mi rimane più molto tempo per ricordare» disse lui.

Il parroco insistette per proteggerlo dall'afa col palio della settimana santa, dalla chiesa della Concepción fino al collegio di San Pedro Apóstol, una costruzione a due piani con un chiostro monastico tra felci e garofani, e in fondo un giardino luminoso di alberi da frutta. I corridoi con arcate non erano vivibili in quei mesi per via delle brezze malsane del fiume, neppure di notte, ma le stanze attigue alla sala grande erano protette da grosse pareti di pietra viva che le conservavano in una penombra autunnale.

José Palacios li aveva preceduti perché tutto fosse a posto. La camera da letto con le pareti grezze, recentemente imbiancate a calce, era male illuminata da una finestra unica dalle persiane verdi che dava sul giardino. José Palacios fece cambiare la posizione del letto affinché la finestra sul giardino rimanesse ai piedi e non al capezzale, sicché il generale avrebbe potuto vedere sugli alberi le guayabe gialle, e godere del loro profumo.

Il generale arrivò sottobraccio a Fernando, e col parroco della Concepción, che era rettore del collegio. Non appena ebbe varcato la soglia appoggiò la schiena al muro, sorpreso dall'odore delle guayabe esposte in una zucca vuota sul davanzale della finestra, e la cui fragranza viziosa saturava completamente l'atmosfera della camera da letto. Rimase così, con gli occhi chiusi, aspirando il suffumigio di esperienze antiche che gli laceravano l'anima, finché non gli mancò il respiro. Poi scrutò la camera con un'attenzione meticolosa come se ogni oggetto gli sembrasse una rivelazione. Oltre al letto col baldacchino c'erano un cassettone di mogano, un tavolino da notte pure di mogano con un ripiano di marmo e una poltrona foderata di velluto rosso. Sulla parete accanto alla finestra c'era un orologio ottagonale con numeri romani fermo sull'una e sette minuti.

«Finalmente, qualcosa che è sempre uguale!» disse il generale.

Il parroco si stupì.

«Mi scusi, Eccellenza» disse, «ma per quanto i miei lumi si sforzino lei prima non era mai stato qui.»

Si stupì pure José Palacios, perché mai erano entrati in quella casa, ma il generale ribadì i suoi ricordi con tanti riferimenti esatti che lasciò tutti perplessi. Infine, comunque, cercò di riconfortarli con la sua ironia consueta.

«Magari sarà stato in una reincarnazione precedente» disse. «In fin dei conti, tutto è possibile in una città dove si è appena visto uno scomunicato camminare sotto un palio.»

Di lì a poco precipitò una tormenta di acqua e tuoni che lasciò la città in stato di naufragio. Il generale ne approfittò per riprendersi dai saluti, godendo dell'odore delle guayabe mentre fingeva di dormire supino e con gli indumenti addosso nell'ombra della camera, e poi si addormentò davvero nel silenzio riparatore di dopo il diluvio. José Palacios lo seppe perché lo udì parlare con la buona dizione e il timbro chiaro della giovinezza, che in quel tempo recuperava solo nel sonno. Parlò di Caracas, una città in rovina che non era più la sua, con i muri coperti da manifesti ingiuriosi nei suoi confronti, e con le vie travolte da un torrente di merda umana. José Palacios vegliò in un angolo della camera, quasi invisibile nella poltrona, per essere sicuro che nessuno se non gente del seguito potesse udire le confidenze del sonno. Fece un cenno al colonnello Wilson attraverso l'uscio socchiuso, e questi allontanò i soldati di guardia che vagavano nel giardino.

«Qui nessuno ci vuole, e a Caracas nessuno ci obbedisce» disse il generale addormentato. «Siamo alla pari.»

Proseguì con un rosario di lagnanze amare, residui di una gloria disfatta che il vento della morte si portava via a brandelli. Al termine di quasi un'ora di delirio lo svegliò un trambusto nel corridoio, e il metallo di una voce altera. Lui cacciò uno sbuffo irto, e parlò senza aprire gli occhi, con la voce scolorita di chi si sveglia:

«Che cazzo succede?»

Succedeva che il generale Lorenzo Cárcamo, veterano delle guerre di emancipazione, di un'intelligenza acre e di un coraggio personale quasi folle, tentava di entrare con la forza nella camera da letto prima dell'ora fissata per le udienze. Era passato oltre il colonnello Wilson dopo aver colpito con la sciabola un tenente dei granatieri, e si era chinato solo dinanzi al potere atemporale del parroco, che lo guidò con le buone maniere nello studio attiguo. Il generale, informato da Wilson, gridò sdegnato:

«Dica a Cárcamo che sono morto! Punto e basta: che sono morto!»

Il colonnello Wilson andò nell'ufficio ad affrontare il vociante militare addobbato per la circostanza con l'uniforme da parata e una costellazione di medaglie di guerra. Ma la sua alterigia si era allora infranta, e aveva gli occhi pieni di lacrime.

«No, Wilson, non mi dica nulla» disse. «Ho già udito.»

Quando il generale aprì gli occhi si accorse che l'orologio segnava sempre l'una e sette. José Palacios lo caricò, lo mise sull'ora giusta, e subito controllò che fosse l'ora indicata dai suoi due orologi da taschino. Poco dopo entrò Fernanda Barriga e cercò di far mangiare al generale un piatto di verdure. Lui si rifiutò, pur non avendo mangiato nulla fin dal giorno precedente, ma ordinò che gli mettessero il piatto nello studio per mangiarlo durante le udienze. Nel frattempo cedette alla tentazione di prendere una delle molte guayabe che stavano nella zucca vuota. Si ubriacò in un istante dell'odore, le diede un morso avido, masticò la polpa con un diletto infantile, l'assaporò da tutte le parti e la inghiottì a poco a poco con un lungo sospiro della memoria. Poi si sedette sull'amaca con la zucca piena di guayabe sulle ginocchia, e se le mangiò tutte l'una dopo l'altra lasciandosi a stento il tempo per respirare. José Palacios lo sorprese alla penultima.

«Finiremo morti!» gli disse.

Il generale lo scimmiottò di buon umore:

«Non più di quanto lo siamo già.»

Alle tre e mezzo in punto, com'era previsto, ordinò che i visitatori cominciassero a entrare nello studio a due a due, perché così poteva liquidare il primo con la maggior brevità, facendo vedere che aveva fretta di badare al secondo. Il dottor Nicasio del Valle, che entrò fra i primi, lo trovò seduto di spalle a una finestra di luce da dove si dominava tutto il frutteto, e più in là le paludi fumanti. Aveva in mano il piatto di verdure che Fernanda Barriga gli aveva portato, e che lui neppure assaggiò, perché cominciava già a sentire l'indigestione di guayabe. Il dottor del Valle riassunse in seguito la sua impressione di quell'incontro con termini brutali: «A quell'uomo ha dato di volta il cervello». Ciascuno a suo modo, tutti quelli che si recarono all'udienza furono d'accordo. Comunque, anche i più commossi dal suo magrore mancavano di misericordia e insistevano affinché andasse nei villaggi vicini a far da padrino ai bambini, o a inaugurare opere civiche, o a controllare le condizioni di penuria in cui vivevano per le negligenze del governo.

Le nausee e i torcibudella delle guayabe divennero allarmanti in capo a un'ora, e dovette interrompere le udienze, malgrado il suo desiderio di soddisfare tutti quelli che aspettavano fin dal mattino. Nel cortile non c'era più posto per vitelli, capre, galline, e ogni genere di animali selvatici che avevano portato in regalo. I granatieri della guardia dovettero intervenire per evitare un tumulto, ma all'imbrunire era ritornata la normalità, grazie a un secondo acquazzone provvidenziale che risistemò il clima e migliorò il silenzio.

Malgrado il rifiuto esplicito del generale, avevano preparato per le quattro del pomeriggio una cena d'onore in una casa vicina. Ma la si celebrò senza di lui, perché la virtù lassativa delle guayabe lo tenne in condizioni di emergenza fin dopo le undici di sera. Rimase sull'amaca, prostrato da fitte tortuose e da ventosità fragranti, e con la sensazione che l'anima gli scivolasse via in acque abrasive. Il parroco gli portò un farmaco preparato dallo speziale della casa. Il generale lo rifiutò. «Se con un emetico ho perso il potere, con un altro mi porterà via il diavolo» disse. Si abbandonò alla sua sorte, rabbrividendo per via del sudore glaciale delle sue ossa, senza altro conforto che la musica di chitarre che gli arrivava a raffiche smarrite dal banchetto senza di lui. A poco a poco si acquietò la sorgente della sua pancia, scomparve il dolore, finì la musica e lui rimase a galleggiare sul nulla.

Il suo precedente passaggio per Mompox era stato sul punto di essere l'ultimo. Ritornava da Caracas dopo aver stretto con la magia della sua persona una riconciliazione di emergenza col generale José Antonio Páez, che comunque era molto lontano dal rinunciare al suo sogno separatista. La sua inimicizia con Santander era allora di dominio pubblico, al punto che aveva rifiutato di riceverne le lettere perché non aveva più fiducia nel suo cuore né nella sua moralità. "Si risparmi la fatica di definirsi mio amico" gli scrisse. Il pretesto immediato del rancore santanderista era un proclama affrettato che il generale aveva rivolto agli abitanti di Caracas, in cui disse senza pensarci troppo che tutte le sue azioni erano state mosse dalla libertà e dalla gloria di Caracas. Al suo ritorno nella Nueva Granada aveva tentato di correggersi con una frase giusta rivolta a Cartagena e a Mompox: «Se Caracas mi ha dato la vita, voi mi avete dato la gloria». Ma la frase aveva un sapore di rammendo retorico che non bastò a placare la demagogia dei santanderisti.

Cercando di impedire il disastro ultimo, il generale ritornò a Santa Fe con un corpo di truppa, e sperava di riunire altri lungo la strada per sorreggere ancora una volta gli sforzi per l'integrazione. Allora aveva detto che quello era il suo momento decisivo, così come l'aveva detto quando si era recato a impedire la separazione del Venezuela. Riflettendo un po' di più, sarebbe riuscito a capire che da quasi vent'anni non c'era stato un istante nella sua vita che non fosse stato decisivo. "Tutta la chiesa, tutto l'esercito, l'immensa maggioranza della nazione era dalla mia parte" avrebbe scritto in seguito, rimembrando quei giorni. Ma nonostante tutti questi vantaggi, disse, si era già constatato più volte che quando si allontanava dal sud per recarsi al nord, e viceversa, il paese che lasciava si smarriva alle sue spalle, e nuove guerre civili lo rovinavano. Era il suo destino.

La stampa santanderista non perdeva un'occasione per attribuire le sconfitte militari ai suoi disordini notturni. Tra molte altre frottole destinate a far calare la sua gloria, si pubblicò a Santa Fe in quei giorni che non era stato lui bensì il generale Santander a guidare la battaglia di Boyacá, con cui si sigillò l'indipendenza il 7 agosto 1819, alle sette del mattino, mentre lui se la spassava a Tunja con una dama di mala fama della società vicereale.

Comunque, la stampa santanderista non era l'unica a evocare le sue notti libertine per screditarlo. Già prima della vittoria si diceva che almeno tre battaglie erano state perdute nella guerre di indipendenza solo perché lui non era dove avrebbe dovuto ma nel letto di una donna. A Mompox, durante un'altra visita, passò per la via centrale una carovana di donne di svariate età e di svariati colori, che lasciarono l'aria satura di un profumo avvilente. Cavalcavano all'amazzone, e portavano parasoli di raso stampato e vestiti di sete delicate, come non se n'erano viste nel villaggio. Nessuno smentì la voce secondo cui erano le concubine del generale che lo precedevano nel viaggio. Voce falsa, come tante altre, perché i suoi serragli di guerra furono una delle molte favole da salotto che lo seguirono fin oltre la morte.

Non erano nuovi quei metodi delle informazioni ritorte. Lo stesso generale li aveva usati durante la guerra contro la Spagna, quando ordinò a Santander di stampare notizie false per ingannare i comandanti spagnoli. Sicché ormai instaurata la repubblica, quando lui rinfacciò allo stesso Santander il cattivo uso che faceva della stampa, questi gli rispose col suo sarcasmo squisito: «Abbiamo avuto un buon maestro, Eccellenza.» «Un cattivo maestro» replicò il generale, «visto che lei ricorderà che le notizie che abbiamo inventato si sono ritorte contro di noi.»

Era così sensibile a tutto quanto si diceva di lui, falso o vero, che non si riprese mai da nessuna panzana, e fino all'ora della sua morte lottò per smentirle. Tuttavia, bisogna dire che vi badò assai poco. Come altre volte, anche durante il suo precedente passaggio per Mompox, si giocò la gloria per una donna.

Si chiamava Josefa Sagrario, ed era un'abitante di rango di Mompox che si fece strada attraverso i sette posti di guardia, avvolta in un abito da francescano e con la parola d'ordine che José Palacios le aveva confidato: "Terra di Dio". Era così bianca che il bagliore del suo corpo la rendeva visibile nel buio. Quella notte, inoltre, era riuscita a superare il prodigio della sua bellezza con quello del suo ornamento, perché si era attaccata davanti e dietro il vestito una corazza fatta secondo la fantastica oreficeria locale. A tal punto, che quando lui volle portarla in braccio sull'amaca, a stento riuscì a sollevarla per il peso dell'oro. All'alba, dopo una notte eccessiva, lei sentì la paura della fugacità, e lo supplicò di fermarsi ancora una notte.

Fu un rischio immenso, perché secondo i servizi

confidenziali del generale, Santander aveva tramato una congiura per togliergli il potere e smembrare la Colombia. Ma si fermò, e non una notte. Si fermò per dieci, e furono così felici che entrambi credettero di amarsi davvero più di chiunque altri in questo mondo.

Lei gli lasciò il suo oro. «Per le tue guerre» gli disse. Lui non lo usò per lo scrupolo che era una fortuna vinta a letto, e quindi male ottenuta, e la lasciò in custodia a un amico. La dimenticò. Durante la sua ultima visita a Mompox, dopo l'indigestione delle guayabe, il generale fece aprire il cofano per controllare il contenuto, e solo allora la trovò nella memoria col suo nome e con la data.

Era uno spettacolo prodigioso: la corazza d'oro di Josefa Sagrario composta da ogni genere di finezze di oreficeria con un peso complessivo di trenta libbre. C'era inoltre una cassetta con ventitré forchette, ventiquattro coltelli, ventiquattro cucchiai, ventitré cucchiaini, e certe pinze piccole per prendere lo zucchero, tutto d'oro, e altri utensili domestici di grande valore, pure questi lasciati in custodia in diverse circostanze, e pure questi dimenticati. Nel disordine favoloso dei proventi del generale, questi rinvenimenti nei posti più impensati avevano finito per non stupire nessuno. Lui diede istruzioni che aggiungessero le posate al suo bagaglio, e che il baule d'oro venisse restituito alla proprietaria. Ma il padre rettore di San Pedro Apóstol lo lasciò attonito comunicandogli che Josefa Sagrario viveva esiliata in Italia per aver cospirato contro la sicurezza dello Stato.

«Ubbie di Santander, naturalmente» disse il generale.

«No, generale» disse il parroco. «Li ha esiliati lei stesso senza rendersene conto per le contese del '28.»

Lasciò il cofano d'oro dove si trovava, finché non si fossero chiarite le cose, e non si preoccupò più dell'esilio. Era sicuro, come disse a José Palacios, che Josefa Sagrario sarebbe ritornata fra la ressa dei suoi nemici proscritti non appena lui avesse perso di vista le coste di Cartagena.

«Ormai Cassandro starà preparando i suoi bauli» disse.

Infatti, molti esiliati cominciarono a rimpatriare non appena seppero che lui aveva intrapreso il viaggio per l'Europa. Ma il generale Santander, che era uomo dalle riflessioni parsimoniose e dalle decisioni insondabili, fu uno degli ultimi. La notizia delle dimissioni lo mise all'erta, ma non diede mostra di ritornare, né affrettò gli avidi viaggi di studio che aveva iniziato attraverso i paesi europei dopo che era sbarcato ad Amburgo nell'ottobre dell'anno prima. Il 2 marzo 1831, trovandosi a Firenze, lesse sul "Journal du Commerce" che il generale era morto. Tuttavia, non intraprese il suo lento ritorno fino a sei mesi dopo, quando un nuovo governo gli riconfermò i suoi gradi e onori militari, e il congresso lo elesse in assenza presidente della repubblica.

Prima di salpare da Mompox, il generale fece una visita di riparazione a Lorenzo Cárcamo, suo antico compagno di guerre. Solo allora seppe che era gravemente ammalato, e che si era alzato la sera prima per salutarlo. Malgrado i danni della malattia, doveva sforzarsi per dominare il potere del suo corpo, e parlava tuonando, mentre si asciugava con i guanciali un torrente di lacrime che scorreva dai suoi occhi senza nessun rapporto col suo stato d'animo.

Si lagnarono insieme dei loro mali, si dolsero della frivolezza dei popoli e delle ingratitudini della vittoria, e si accanirono contro Santander, che fu sempre un argomento inevitabile fra loro. Di rado il generale era stato così esplicito. Durante la campagna del 1813, Lorenzo Cárcamo era stato testimone di un violento alterco fra il generale e Santander, quando questi rifiutò di obbedire all'ordine di varcare la frontiera per liberare il Venezuela una seconda volta. Il generale Cárcamo pensava sempre che quella era stata l'origine di un'amarezza recondita che il corso della storia non fece che rincrudire.

Il generale credeva, invece, che quella non fosse la fine ma l'inizio di una grande amicizia. Non era neppure sicuro che l'origine della discordia fossero i privilegi regalati al generale Páez, né la sventurata costituzione della Bolivia, né l'investitura imperiale che il generale aveva accettato in Perù, né la presidenza e il senato vitalizi di cui aveva sognato per la Colombia, né i poteri assoluti che aveva assunto dopo la Convenzione di Ocaña. No: non furono questi né altri simili i motivi che causarono il terribile livore che si inacidì col trascorrere degli anni, fino a culminare con l'attentato del 25 settembre. «La vera causa fu che Santander non riuscì a far sua l'idea che questo continente fosse un solo Paese» disse il generale. «L'unità dell'America gli stava grande.» Guardò Lorenzo Cárcamo disteso sul letto come sull'ultimo campo di battaglia di una guerra perduta da sempre, e mise termine alla visita.

«Certo che tutto questo non vale più nulla una volta morta e sepolta.»

Lorenzo Cárcamo lo vide alzarsi, triste e spoglio, e si rese conto che i ricordi gli pesavano più degli anni, come a lui. Quando gli trattenne la mano fra le sue, si rese pure conto che entrambi avevano la febbre, e si domandò di chi dei due sarebbe stata la morte che avrebbe impedito loro di rivedersi.

«Il mondo sta andando a rotoli, vecchio Simón» disse Lorenzo Cárcamo.

«L'hanno mandato a rotoli» disse il generale. «E l'unica cosa che ora rimane è ricominciare dal principio.»

«E lo faremo» disse Lorenzo Cárcamo.

«Io no» disse il generale. «A me manca solo che mi buttino nell'immondizia.»

Lorenzo Cárcamo gli diede per ricordo un paio di pistole in un prezioso astuccio di raso cremisi. Sapeva che al generale non piacevano le armi da fuoco, e che nei suoi rari duelli personali si era affidato alla spada. Ma quelle pistole avevano il valore morale di esser state usate con fortuna in un duello per amore, e il generale le accettò emozionato. Di lì a pochi giorni, a Turbaco, l'avrebbe raggiunto la notizia che il generale Cárcamo era morto.

Il viaggio riprese con buoni pronostici all'imbrunire di domenica 21 maggio. Spinte dalle acque propizie più che dai rematori, le chiatte si lasciavano indietro i precipizi di lavagna e i miraggi delle spiagge. Le zattere di tronchi che ora incontravano in numero maggiore sembravano più veloci. Al contrario di quelle che avevano visto nei primi giorni, su queste avevano costruito casupole di sogno con testi di fiori e indumenti messi ad asciugare alle finestre, e recavano stie di filo di ferro, mucche da latte, bambini decrepiti che rimanevano a far segni di saluto fino a molto dopo che le chiatte erano passate. Viaggiarono tutta la notte attraverso un ristagno di stelle. All'alba, splendente sotto i primi soli, avvistarono il paese di Zambrano.

Sotto l'enorme ceiba del porto li aspettava don Cástulo Campillo, chiamato El Nene, che aveva preparato a casa sua in onore del generale un sancocho alla maniera della costa: una minestra di yucca, carne e banane. L'invito si ispirava alla leggenda secondo cui durante la prima visita a Zambrano lui aveva pranzato in una locanda della malora sulla rocca del porto, e aveva detto che sia pur solo per il succulento sancocho alla maniera della costa doveva ritornarci una volta all'anno. La padrona della locanda rimase così impressionata dall'importanza del commensale, che mandò a chiedere in prestito piatti e posate alla casa illustre della famiglia Campillo. Non erano molti i dettagli che il generale ricordava di quella circostanza, né lui né José Palacios erano sicuri che quel sancocho fosse come il bollito con verdure miste del Venezuela. Tuttavia, il generale Carreño credeva che fosse lo stesso, e che infatti l'avevano mangiato sulla rocca del porto, ma non durante la campagna del fiume bensì quando passarono di lì tre anni prima sul battello a vapore. Il generale, sempre più inquieto per le lacune della sua memoria, accettò la testimonianza con umiltà.

Il pranzo per i granatieri della guardia si svolse sotto i grandi mandorli del cortile della casa signorile dei Campillo, e venne servito sopra assi di legno con foglie di banano al posto delle tovaglie. Sulla terrazza interna, che dominava il cortile, c'era una tavola splendida per il generale e i suoi ufficiali e pochi invitati, rigorosamente preparata alla maniera inglese. La padrona di casa spiegò che la notizia di Mompox li aveva sorpresi alle quattro del mattino, e avevano appena avuto il tempo di sacrificare la bestia migliore dei loro allevamenti. Ed eccola lì; tagliata a pezzi succulenti e bollita a fuoco vivace con molta acqua, insieme a tutti i frutti dell'orto.

La notizia che era pronto per lui un banchetto senza previo annuncio aveva inacetito l'umore del generale, e José Palacios dovette ricorrere alle sue migliori arti di conciliatore affinché accettasse di sbarcare. L'atmosfera accogliente della festa lo rappacificò. Lodò a ragione il buon gusto della casa e la dolcezza delle giovani della famiglia, timide e premurose, che servirono alla tavola d'onore con una fluidità all'antica. Lodò, soprattutto, la purezza delle stoviglie e il sigillo delle posate di argento fino con gli emblemi araldici di qualche casa demolita dalla fatalità dei nuovi tempi, ma mangiò con le sue.

L'unica contrarietà gliela causò un francese che viveva all'ombra dei Campillo, e che partecipò al pranzo con un'ansia insaziabile di dimostrare dinanzi a così famosi ospiti le sue conoscenze universali sugli enigmi di questa vita e dell'altra. Aveva perduto tutto in un naufragio, e occupava metà della casa da quasi un anno col suo seguito di aiutanti e domestici, in attesa di certi soccorsi incerti che dovevano arrivargli da New Orleans. José Palacios venne a sapere che si chiamava Diocles Atlantique, ma non riuscì a stabilire quali erano la sua scienza né il genere della sua missione nella Nueva Granada. Nudo e con un tridente in mano sarebbe stato uguale al re Nettuno, e nel paese aveva una solida reputazione di uomo grossolano e sciatto. Ma il pranzo col generale lo eccitò talmente che arrivò a tavola lavato di fresco e con le unghie pulite, e vestito nell'afa di maggio come nei salotti invernali di Parigi, con la giacca blu dai bottoni dorati e i pantaloni a righe alla vecchia moda del Direttorio.

Dopo il primo saluto avviò una lezione enciclopedica in uno spagnolo nitido. Raccontò che un suo compagno alle scuole elementari di Grenoble aveva appena decifrato i geroglifici egiziani dopo quattordici anni di insonnia. Che il mais non era originario del Messico ma di una regione della Mesopotamia, dove si erano trovati fossili precedenti all'arrivo di Colombo nelle Antille. Che gli assiri avevano ottenuto prove sperimentali sull'influenza degli astri sulle malattie. Che al contrario di quanto diceva un'enciclopedia recente, i greci non avevano conosciuto i gatti fino al 400 prima di Cristo. Mentre pontificava senza tregua su queste e molte altre cose, faceva pause di emergenza solo per lagnarsi dei difetti culturali della cucina creola.

Il generale, seduto dinanzi a lui, gli prestò appena un'attenzione cortese, fingendo di mangiare più di quanto mangiava senza levare lo sguardo dal piatto. Il francese tentò di parlargli nella propria lingua fin dall'inizio, e il generale gli rispondeva per gentilezza, ma ritornava subito allo spagnolo. La sua pazienza di quel giorno stupì José Laurencio Silva, che sapeva quanto lo esasperava l'assolutismo degli europei.

Il francese si rivolgeva ad alta voce ai diversi invitati, anche ai più lontani, ma era evidente che gli interessava solo l'attenzione del generale. D'improvviso, saltando di palo in frasca, come disse, gli domandò in maniera diretta quale doveva essere in definitiva il sistema di governo consono alle nuove repubbliche. Senza levare lo sguardo dal piatto, il generale domandò a sua volta:

«E lei cosa ne pensa?»

«Penso che l'esempio di Bonaparte sia valido non solo per noi ma per il mondo intero» disse il francese.

«Non ho dubbi che lei ci creda» disse il generale senza nascondere la sua ironia. «Gli europei pensano che solo quanto inventa l'Europa vada bene per il mondo intero, e che tutto quanto è diverso sia esecrabile.»

«Io davo per scontato che Sua Eccellenza fosse il promotore della soluzione monarchica» disse il francese.

Il generale levò lo sguardo per la prima volta. «Be', non lo dia più per scontato» disse. «La mia fronte non sarà mai macchiata da una corona.» Indicò col dito il gruppo dei suoi decani, e concluse:

«C'è lì Iturbide a ricordarmelo.»

«A proposito» disse il francese, «la dichiarazione che lei ha fatto quando hanno fucilato l'imperatore ha fatto tirar un sospiro di sollievo ai monarchici europei.»

«Non toglierei una parola a quanto ho detto allora» disse il generale. «Mi stupisce che un uomo come Iturbide abbia fatto cose tanto straordinarie, ma che Iddio mi liberi dalla sua sorte come mi ha liberato dalla sua carriera, pur sapendo che non mi libererà mai dalla stessa ingratitudine.»

Cercò subito di moderare la sua asprezza, e spiegò che l'iniziativa di impiantare un regime monarchico nelle nuove repubbliche era stata del generale José Antonio Páez. L'idea era proliferata, sospinta da ogni tipo di interessi equivoci, e lui stesso era arrivato a pensarla nascosta sotto le spoglie di una presidenza vitalizia, come una formula disperata per ottenere e conservare a ogni costo l'integrità dell'America. Ma ben presto si era reso conto del suo controsenso. «Col federalismo mi succede il contrario» concluse. «Mi sembra troppo perfetto per i nostri paesi, in quanto esige virtù e talenti molto superiori ai nostri.»

«Comunque» disse il francese, «non sono i sistemi ma i loro eccessi a disumanizzare la storia.»

«Lo conosciamo a memoria questo discorso» disse il generale. «In fondo è la stessa scempiaggine di Benjamin Constant, il più grande pasticcione d'Europa, che è stato contro la rivoluzione e poi con la rivoluzione, che ha lottato contro Napoleone e poi è stato uno dei suoi cantori, che spesso si corica repubblicano e si sveglia monarchico, o al contrario, e che ora si è eletto depositario assoluto della nostra verità per opera e grazia della prepotenza europea.»

«Gli argomenti di Constant contro la tirannia sono molto lucidi» disse il francese.

«Il signor Constant, da buon francese, è un fanatico degli interessi assoluti» disse il generale. «Invece l'abate Pradt ha detto l'unica cosa lucida di questa polemica, quando ha sottolineato che la politica dipende da dove la si fa e da quando la si fa. Durante la guerra a morte io stesso ho dato ordine di giustiziare ottocento prigionieri spagnoli in un solo giorno, compresi gli ammalati dell'ospedale di La Guayra. Oggi, in circostanze analoghe, non mi tremerebbe la voce se dovessi impartirlo di nuovo, e gli europei non avrebbero autorità morale per rimproverarmelo, perché se c'è una storia fradicia di sangue, di indegnità, di ingiustizie, è la storia dell'Europa.»

A mano a mano che si addentrava nell'analisi si accendeva la sua ira, nel grande silenzio che sembrò occupare il villaggio intero. Il francese, schiacciato, tentò di interromperlo, ma lui lo immobilizzò con un cenno della mano. Il generale evocò i massacri orribili della storia europea. La Notte di San Bartolomeo il numero dei morti aveva superato i duemila in dieci ore. Nello splendore del Rinascimento dodicimila mercenari al soldo degli eserciti imperiali avevano saccheggiato e devastato Roma e avevano passato per le armi ottomila suoi abitanti. E l'apoteosi: Ivan IV, lo zar di tutte le Russie, giustamente chiamato il Terribile, aveva sterminato tutta la popolazione delle città intermedie fra Mosca e Novgorod, e in quest'ultima aveva fatto massacrare in un solo assalto i suoi ventimila abitanti, per il semplice sospetto che ci fosse una congiura contro di lui.

«Sicché smettetela di farci il favore di dirci quello che dobbiamo fare» concluse. «Non cercate di insegnarci come dobbiamo essere, non cercate di far sì che siamo uguali a voi, non pretendete che facciamo bene in vent'anni quello che voi avete fatto così male in duemila.»

Incrociò le posate sul piatto, e per la prima volta fissò sul francese i suoi occhi in fiamme:

«Per favore, cazzo, lasciateci fare tranquillamente il nostro Medioevo!»

Rimase senza fiato, vinto da una nuova artigliata della tosse. Ma quando fu riuscito a dominarla non gli rimaneva neppure una traccia di ira. Si girò verso il Nene Campillo e gli rivolse il suo miglior sorriso.

«Voglia scusarmi, caro amico» gli disse. «Simili concioni non erano degne di un pranzo così memorabile.»

Il colonnello Wilson riferì quest'episodio a un cronista dell'epoca, che non si prese la briga di ricordarlo. «Il povero generale è un caso chiuso» disse. In fondo, era quella la certezza di quanti lo videro durante l'ultimo viaggio, e fu forse per questo che nessuno lasciò una testimonianza scritta. Addirittura, per taluni suoi accompagnatori, il generale non sarebbe passato alla storia.

La foresta era meno fitta dopo Zambrano, e i villaggi divennero più allegri e colorati, e in alcuni c'era musica per strada senza nessun motivo. Il generale si buttò sull'amaca cercando di smaltire con una siesta pacifica le impertinenze del francese, ma non gli fu facile. Continuò a pensarci, lagnandosi con José Palacios di non aver trovato in tempo le frasi infallibili e gli argomenti incontrovertibili che solo ora gli venivano in mente, nella solitudine dell'amaca e con l'avversario non più a portata di mano. Tuttavia, verso sera stava meglio, e impartì istruzioni al generale Carreño affinché il governo tentasse di migliorare la sorte del francese in disgrazia.

La maggioranza degli ufficiali, rianimati dalla vicinanza del mare che diveniva sempre più evidente nell'ansia della natura, allentavano le redini della loro buona disposizione naturale aiutando i rematori, cacciando caimani con baionette a mo' di arpioni, complicando i lavori più facili per scaricarsi delle loro energie eccessive con giornate da galeotti. José Laurencio Silva, invece, dormiva di giorno e lavorava di notte sempre che gli fosse possibile, a causa del vecchio terrore di rimanere cieco per via delle cataratte, com'era successo a parecchi membri della sua famiglia materna. Si alzava nelle tenebre per imparare a essere un cieco utile. Nelle insonnie degli accampamenti il generale l'aveva udito spesso affaccendarsi come un artigiano, segando gli assi degli alberi che lui stesso piallava, sistemando i pezzi, attutendo i martelli per non turbare il sonno altrui. Il giorno dopo in pieno sole era difficile credere che simili opere di ebanisteria fossero state fatte al buio. Nella notte di Puerto Real, José Laurencio Silva ebbe appena il tempo di pronunciare la parola d'ordine mentre una sentinella era sul punto di sparargli contro, credendo che qualcuno tentasse di scivolare fra le tenebre fino all'amaca del generale.

La navigazione era più rapida e serena, e l'unico danno lo causò un battello a vapore del commodoro Elbers che passò sbuffando in senso contrario, e la sua scia mise in pericolo le chiatte, e rovesciò quella delle provviste. Sul bordo si leggeva il nome a grandi lettere: *El Libertador*. Il generale lo guardò pensoso finché il pericolo non fu passato e il battello si perse di vista. «El Libertador» mormorò. Poi, come chi passa alla pagina successiva, si disse:

«E pensare che quello sono io!»

Quella notte rimase sveglio sull'amaca, mentre i rematori si divertivano a identificare le voci della foresta: le scimmie cappuccine, i pappagalli, gli anaconda. D'improvviso, quasi senza rendersene conto, uno di loro raccontò che i Campillo avevano sepolto nel cortile le stoviglie inglesi, la cristalleria di Boemia, le tovaglie di Olanda, per terrore del contagio della tisi.

Era la prima volta che il generale udiva quella diagnosi popolare, sebbene fosse già nota lungo il fiume, e lo sarebbe stata ben presto su tutto il litorale. José Palacios si accorse che ne era stato impressionato, perché smise di dondolarsi sull'amaca. Al termine di una lunga riflessione, disse:

«Io ho mangiato con le mie posate.»

Il giorno dopo approdarono al villaggio di Tenerife per sostituire le provviste perdute nel naufragio. Il generale rimase in incognito sulla chiatta, ma andò Wilson a chiedere di un commerciante francese di cognome Lenoit, o Lenoir, la cui figlia doveva avere in quel periodo circa trent'anni. Visto che le indagini furono inutili a Tenerife, il generale volle che le svolgesse pure nei villaggi vicini a Guáitaro, Salamina e El Piñón, finché non si convinse che la leggenda non aveva nessun fondamento nella realtà.

Il suo interesse era comprensibile, visto che per anni l'aveva seguito da Caracas a Lima il mormorio insidioso che fra Anita Lenoit e lui era nata una passione folle e illecita durante il suo passaggio per Tenerife ai tempi della campagna del fiume. Ne era preoccupato, pur non potendo far nulla per smentirlo. In primo luogo, perché anche il colonnello Juan Vicente Bolívar, suo padre, aveva dovuto patire diversi richiami all'ordine da parte del vescovo della città di San Mateo, per presunti stupri di maggiorenni e di minorenni, e per la sua mala amicizia con molte altre donne, nell'esercizio avido dello ius primae noctis. E in secondo luogo, perché durante la campagna del fiume si era fermato a Tenerife solo due giorni, insufficienti per un amore così dirompente. Tuttavia, la leggenda era prosperata fino al punto che nel cimitero di Tenerife ci fu una tomba con la lapide della signorina Anne Lenoit, che fu una meta di pellegrinaggio per innamorati sino alla fine del secolo.

Nel seguito del generale erano motivi di scherzi cordiali i disturbi che sentiva José María Carreño al moncherino del braccio. Sentiva i movimenti della mano, il tatto delle dita, il dolore che gli causava il brutto tempo nelle ossa che non aveva. Lui aveva ancora abbastanza senso dell'umorismo per ridere di se stesso. Invece, lo preoccupava l'abitudine di rispondere alle domande che gli facevano mentre dormiva. Intavolava dialoghi di qualsiasi tipo senza le inibizioni della veglia, rivelava propositi e frustrazioni che senza dubbio avrebbe taciuto da sveglio, e in una certa occasione venne accusato senza fondamento di aver commesso nel sonno un'indiscrezione militare. L'ultima notte di navigazione, mentre vegliava accanto all'amaca del generale, José Palacios udì Carreño dire dalla prua della chiatta:

«Settemilaottocentottantadue.»

«Di cosa stiamo parlando?» gli domandò José Palacios.

«Delle stelle» disse Carreño.

Il generale aprì gli occhi, convinto che Carreño stesse parlando da addormentato, e si raddrizzò sull'amaca per guardare la notte attraverso la finestrella. Era immensa e sfolgorante, e le stelle nitide non lasciavano spazio libero nel cielo.

«Saranno un dieci volte di più» disse il generale.

«Sono quante ho detto» ribatté Carreño, «più due erranti che sono passate mentre le contavo.»

Allora il generale abbandonò l'amaca, e lo vide disteso supino a prua, più sveglio che mai, col busto nudo solcato da cicatrici aggrovigliate, intento a contare le stelle col moncherino del braccio. Così l'avevano trovato dopo la battaglia di Cerritos Blancos, nel Venezuela, fradicio di sangue e come macellato, e lo lasciarono disteso nel fango credendo che fosse morto. Aveva quattordici ferite di sciabola, parecchie delle quali gli causarono la perdita del braccio. In seguito ne riportò altre in diverse battaglie. Ma il suo morale rimase saldo, e imparò a essere così abile con la mano sinistra, che fu celebre non solo per la ferocia delle sue armi ma anche per la squisitezza della sua calligrafia.

«Neppure le stelle sfuggono alla rovina della vita» disse Carreño. «Ora ce ne sono di meno in confronto a diciott'anni fa.»

«Sei matto» disse il generale.

«No» disse Carreño. «Sono vecchio ma mi rifiuto di crederci.»

«Ho almeno otto anni più di te» disse il generale.

«Io ne ho due di più per ogni mia ferita» disse Carreño. «Sicché sono il più vecchio di tutti.»

«In tal caso, il più vecchio sarebbe José Laurencio» disse il generale: «sei ferite di pallottola, sette di lancia, due di freccia».

Carreño la prese male, e replicò con un veleno recondito:

«E il più giovane sarebbe lei: neppure un graffio.»

Non era la prima volta che il generale udiva quella verità come un rimprovero, ma non sembrò coglierlo nella voce di Carreño, la cui amicizia era ormai passata attraverso le prove più dure. Si sedette vicino a lui per aiutarlo a contemplare le stelle sul fiume. Quando Carreño riprese a parlare, al termine di una lunga pausa, era già nell'abisso del sonno.

«Rifiuto di ammettere che con questo viaggio finisca la vita» disse.

«Le vite non finiscono solo con la morte» disse il generale. «Ci sono altri modi, taluni anche più degni.»

Carreño non voleva ammetterlo.

«Bisognerebbe fare qualcosa» disse. «Anche solo farci un buon bagno di cariaquito viola. E non solo noi: tutto l'esercito liberatore.»

Durante il suo secondo viaggio a Parigi, il generale non aveva ancora udito parlare del cariaquito viola, che è il fiore della lantana, noto nel suo paese per scongiurare la mala sorte. Fu il dottor Aimé Bonpland, collaboratore di Humboldt, a parlargli con una pericolosa serietà scientifica di quei fiori virtuosi. Nello stesso periodo conobbe un venerabile magistrato della corte di giustizia francese, che da giovane era stato a Caracas, e compariva spesso nei salotti letterari di Parigi con la sua bella zazzera e la sua barba da apostolo tinte di viola per via dei bagni di purificazione.

Lui rideva di tutto quanto puzzava di superstizione o di artificio sovrannaturale, e di qualsiasi culto contrario al razionalismo del suo maestro Simón Rodríguez. Allora stava per compiere vent'anni, era vedovo da poco e ricco, era rimasto abbagliato dall'incoronazione di Napoleone Bonaparte, si era fatto massone, recitava a memoria e ad alta voce le sue pagine preferite di *Emilio* e della *Nuova Eloisa* di Rousseau, che furono i suoi libri prediletti per molto tempo, e aveva viaggiato a piedi, per mano al suo maestro e con la bisaccia in spalla, attraverso quasi tutta l'Europa. Su una delle colline, mentre guardavano Roma ai loro

135

piedi, don Simón Rodríguez gli propinò una delle sue profezie altisonanti sul destino delle Americhe. Lui ci vide più chiaro.

«Quello che bisogna fare con quegli spagnoli tutta boria è sbatterli a calci fuori del Venezuela» disse. «E le giuro che lo farò.»

Quando poté infine disporre della sua eredità, essendo maggiorenne, intraprese il genere di vita che la frenesia dell'epoca e la vivacità del suo carattere reclamavano, e spese centocinquantamila franchi in tre mesi. Aveva le stanze più care dell'albergo più caro di Parigi, due domestici in livrea, una carrozza con cavalli bianchi e un cocchiere turco, e un'amante diversa secondo la circostanza, che fosse al suo tavolino preferito del Café de Procope, ai balli di Montmartre o nel suo palco personale al teatro dell'Opéra, e raccontava a chiunque gli credesse che aveva perso tremila pesos in una notte grama alla roulette.

Di ritorno a Caracas era ancora più vicino a Rousseau che al suo stesso cuore, e continuava a rileggere *La Nuova Eloisa* con passione imbarazzante, in un esemplare che gli si scompaginava fra le mani. Tuttavia, poco prima dell'attentato del 25 settembre, quando aveva già abbondantemente fatto onore al suo giuramento romano, interruppe Manuela Sáenz che stava rileggendogli per la decima volta *Emilio*, perché gli sembrò un libro abominevole. «In nessun luogo mi sono annoiato tanto come a Parigi nell'anno quarto» le disse quella volta. Invece, quando viveva là aveva creduto non solo di essere felice, ma il più felice del mondo, senza che avesse tinto il suo destino con le acque augurali del cariaquito viola.

Ventiquattro anni dopo, immerso nella magia del

fiume, moribondo e in disfatta, forse si domandò se non avrebbe avuto il coraggio di mandare al diavolo le foglie di origano e di salvia, e le arance amare dei bagni di distrazione di José Palacios, e seguire il consiglio di Carreño di immergersi sino in fondo con i suoi eserciti di straccioni, le sue glorie vane, i suoi errori memorabili, la patria intera, in un oceano redentore di cariaquito viola.

Era una notte di vasti silenzi, come negli estuari colossali delle Pianure, la cui risonanza permetteva di ascoltare conversazioni intime a parecchie leghe di distanza. Cristoforo Colombo aveva vissuto un istante come quello, e aveva scritto nel suo diario: "Tutta la notte ho sentito passare gli uccelli". Perché lì la terra era vicina, a sessantanove giorni di navigazione. Anche il generale li sentì. Cominciarono a passare verso le otto, mentre Carreño dormiva, e un'ora dopo ce n'erano tanti sopra il suo capo, che il vento delle ali era più forte del vento. Poco dopo cominciarono a passare sotto le chiatte certi pesci immensi smarriti fra le stelle del fondo, e si sentirono le prime raffiche della putredine del nordest. Non era necessario vederla per riconoscere la potenza inesorabile che infondeva nei cuori quella strana sensazione di libertà. «Dio dei poveri!» sospirò il generale. «Stiamo arrivando.» E così era. Perché il mare era lì, e dall'altra parte del mare c'era il mondo.

Sicché era di nuovo a Turbaco. Nella stessa casa dalle stanze ombrose, dalle grandi arcate lunari e dalle finestre alte quanto una persona sopra la piazza di ghiaia, e il cortile monastico dove aveva visto il fantasma di don Antonio Caballero y Góngora, arcivescovo e viceré della Nueva Granada, che nelle notti di luna si sgravava delle sue molte colpe e dei suoi debiti insolubili passeggiando fra gli aranci. Al contrario del clima generale della costa, ardente e umido, quello di Turbaco era fresco e sano per la sua posizione sopra il livello del mare, e sulla riva dei ruscelli c'erano mirti immensi dalle radici tentacolari alla cui ombra i soldati si distendevano a fare la siesta.

Erano arrivati due sere prima a Barranca Nueva, termine vagheggiato del viaggio fluviale, e dovettero maldormire in una fetida baracca di canne e argilla, fra sacchi di riso stipati e pelli da conciare, perché non c'era una locanda riservata per loro né erano pronte le mule che avevano ordinato per tempo. Sicché il generale arrivò a Turbaco zuppo e dolorante, e smanioso di dormire, ma senza sonno.

Non avevano ancora finito di scaricare, e già la notizia del suo arrivo si era sparsa fino a Cartagena de Indias, a solo sei leghe di lì, dove il generale Mariano Montilla, intendente generale e comandante militare della provincia, aveva preparato per il giorno dopo un'accoglienza popolare. Ma lui non era in vena di feste premature. Quelli che lo attesero lungo la strada reale sotto la pioviggine inclemente, li salutò con un'effusione da vecchi conoscenti, ma chiese loro con la stessa franchezza che lo lasciassero solo.

In realtà, stava peggio di quanto rivelava il suo malumore, sebbene si impegnasse a nasconderlo, e il suo stesso seguito osservava un giorno dopo l'altro la sua erosione inarrestabile. Non ne poteva più della sua anima. Il colore della sua pelle era passato dal verde pallido al giallo mortale. Aveva la febbre, e il mal di testa era divenuto eterno. Il parroco si offrì di chiamare un medico, ma lui si oppose: « Se avessi dato retta ai miei medici sarei sepolto già da molti anni». Era arrivato con l'intenzione di proseguire il giorno dopo per Cartagena, ma nel corso del mattino ebbe notizia che nel porto non c'era nessuna nave per l'Europa, né gli era arrivato il passaporto con l'ultima posta. Sicché decise di fermarsi a riposare tre giorni. I suoi ufficiali se ne rallegrarono non solo per il bene del suo corpo, ma anche perché le prime notizie che arrivavano in segreto sulla situazione nel Venezuela non erano le più salutari per la sua anima.

Non poté impedire, tuttavia, che continuassero a far esplodere mortaretti finché non fu terminata la polvere, e che installassero lì vicino un complesso di flauti che avrebbe continuato a suonare fino a notte tarda. Gli portarono pure dai vicini pantani di Marialabaja una mascherata di uomini e donne negri, vestiti come i cortigiani europei del XVI secolo, che ballavano per burla e con arte africana le danze spagnole da salotto. Gliela portarono perché durante la visita precedente gli era piaciuta tanto che l'aveva fatta chiamare più volte, ma ora non la guardò neppure.

«Portate lontano di qui quel bailamme» disse.

Il viceré Caballero y Góngora aveva fatto costruire la casa e ci aveva vissuto per circa tre anni, e all'incantesimo della sua anima in pena si attribuivano gli echi spettrali delle stanze. Il generale non volle ritornare nella camera da letto dove era stato la volta prima, che ricordava come una camera di incubi, perché tutte le notti in cui vi dormì sognò una donna dai capelli illuminati che gli legava al collo un nastro rosso fino a svegliarlo, e così ancora e ancora, fino all'alba. Sicché si fece appendere l'amaca agli anelli infissi nelle pareti della sala e dormì un poco senza sognare. Pioveva a catinelle, e un gruppo di bambini rimase affacciato alle finestre della via per vederlo dormire. Uno di loro lo svegliò con voce cauta: «Bolívar, Bolívar». Lui lo cercò fra le brume della febbre, e il bambino gli domandò:

«Tu mi vuoi bene?»

Il generale annuì con un sorriso tremulo, ma poi ordinò che scacciassero le galline che giravano di continuo per la casa, che allontanassero i bambini e che chiudessero le finestre, e si addormentò di nuovo. Quando si risvegliò continuava a piovere, e José Palacios preparava la zanzariera per l'amaca.

«Ho sognato che un bambino dalla via mi faceva domande strane attraverso la finestra» gli disse il generale.

Accettò di bere una tazza di infuso, la prima in ventiquattr'ore, ma non riuscì a finirla. Si distese di nuovo sull'amaca, in preda a un deliquio, e rimase a lungo immerso in una meditazione crepuscolare, contemplando la fila di pipistrelli appesi alle travi del soffitto. Infine sospirò:

«Siamo ridotti al punto di dover essere seppelliti grazie all'elemosina.»

Era stato così prodigo con gli antichi ufficiali e i semplici soldati dell'esercito liberatore che gli raccontarono le loro disgrazie lungo il fiume, che a Turbaco non gli rimaneva più della quarta parte del suo denaro per il viaggio. Bisognava ancora vedere se il governo provinciale aveva fondi disponibili nelle sue arche bistrattate per pagare la lettera di credito, o almeno, la possibilità di scambiarla con un aggiotatore. Per la sua installazione immediata in Europa contava sulla gratitudine dell'Inghilterra, cui aveva fatto tanti favori. «Gli inglesi mi vogliono bene» soleva dire. Per sopravvivere col decoro consono alle sue nostalgie, con i suoi domestici e un minimo di seguito, contava sull'illusione di vendere le miniere di Aroa. Tuttavia, se davvero voleva andarsene, i biglietti e le spese di viaggio per lui e per il suo seguito erano un'urgenza del giorno dopo, e il suo bilancio reale non gli bastava neppure per pensarci. Ma non era possibile che rinunciasse alla sua infinita capacità di illusione proprio nel momento in cui più gli occorreva. Al contrario. Malgrado vedesse lucciole dove non ce n'erano, a causa della febbre e del mal di testa, si riprese dalla sonnolenza che gli intorpidiva i sensi, e dettò tre lettere a Fernando.

La prima fu una risposta del cuore al commiato del

maresciallo Sucre, in cui non fece nessun commento sulla sua malattia, anche se soleva farlo in circostanze come quelle di un simile pomeriggio, in cui era così bisognoso di compassione. La seconda lettera fu per don Juan de Dios Amador, prefetto di Cartagena, per raccomandargli il pagamento degli ottomila pesos della lettera di credito dal tesoro provinciale. "Sono povero e ho necessità di quel denaro per la mia partenza" gli diceva. La supplica fu efficace, perché prima di quattro giorni ricevette una risposta positiva, e Fernando si recò a Cartagena a ritirare il denaro. La terza fu per il ministro della Colombia a Londra, il poeta José Fernández Madrid, in cui gli chiedeva che pagasse una lettera di cambio che il generale aveva girato a favore di sir Robert Wilson, e un'altra del professore inglese José Lancaster, cui si liquidavano ventimila pesos per aver impiantato a Caracas il loro nuovissimo sistema di educazione mutua. "Il mio onore vi è compromesso" gli diceva. Aveva fiducia che allora il suo vecchio garbuglio giudiziario si fosse risolto, e che le miniere fossero già state vendute. Lavoro inutile: quando la lettera arrivò a Londra, il ministro Fernández Madrid era morto.

José Palacios fece segno di far silenzio agli ufficiali che litigavano a grida giocando a carte nella veranda interna, ma loro continuarono a litigare fra sussurri finché non risuonarono le undici alla chiesa vicina. Poco dopo tacquero le zampogne e i tamburi della festa pubblica, la brezza del mare distante si portò via i nuvoloni scuri che si erano riaccumulati dopo l'acquazzone del pomeriggio, e la luna piena si accese nel cortile degli aranci.

José Palacios non trascurò per un istante il generale, che aveva delirato di febbre sull'amaca fin dall'imbrunire. Gli preparò uno dei soliti decotti e gli fece un clistere di senna, in attesa che qualcuno con maggior autorità si azzardasse a proporgli un medico, ma nessuno lo fece. Si appisolò solo per un'ora all'alba.

Quel giorno andò a trovarlo il generale Mariano Montilla con un gruppo scelto di suoi amici di Cartagena, fra cui quelli conosciuti come i tre juan del partito bolivarista: Juan García del Río, Juan de Francisco Martín e Juan de Dios Amador. Tutt'e tre rimasero esterrefatti dinanzi a quel corpo in pena che tentò di alzarsi dall'amaca, e l'aria non gli bastò per abbracciarli tutti. L'avevano visto al Congresso Ammirabile, di cui facevano parte, e non riuscivano a credere che si fosse sgretolato tanto in così poco tempo. Le ossa erano visibili attraverso la pelle, e non riusciva a fissare lo sguardo. Doveva essere consapevole del fetore e del calore del suo fiato, visto che stava attento a parlare a distanza e quasi di profilo. Ma quello che più li impressionò fu l'evidenza che era diminuito di statura, fino al punto che al generale Montilla abbracciandolo sembrò che gli arrivasse alla cintola.

Pesava ottantotto libbre, e ne avrebbe avute dieci di meno la vigilia della sua morte. La sua statura ufficiale era di un metro e sessantacinque, sebbene le sue schede mediche non coincidessero sempre con quelle militari, e sul tavolo dell'autopsia avrebbe avuto quattro centimetri di meno. I piedi erano piccoli quanto le mani in rapporto al corpo, e anche questi sembravano diminuiti. José Palacios aveva notato che portava i pantaloni quasi all'altezza del petto, e che doveva rimboccarsi i polsini della camicia. Il generale si accorse della curiosità dei suoi visitatori e ammise che gli stivali di sempre, numero trentacinque secondo la misura francese, gli stavano grandi da gennaio. Il generale Montilla, celebre per le sue trovate geniali anche nelle situazioni meno opportune, mise fine alle tristezze.

«L'importante» disse, «è che Sua Eccellenza non si rimpicciolisca dentro.»

Come di consueto, sottolineò la propria battuta con una risata da babbaleo. Il generale gli restituì un sorriso da vecchio compare, e cambiò argomento. Il tempo si era rimesso, e all'aperto si stava bene per chiacchierare, ma lui preferì ricevere i suoi visitatori seduto sull'amaca e nella stessa stanza dove aveva dormito.

L'argomento predominante furono le condizioni della nazione. I bolivaristi di Cartagena rifiutavano di riconoscere la nuova costituzione e i governatori eletti, col pretesto che gli studenti santanderisti avevano fatto pressioni inammissibili sul congresso. Invece, i militari leali si erano tenuti in margine, per ordine del generale, e il clero rurale che lo appoggiava non aveva avuto la possibilità di mobilitarsi. Il generale Francisco Carmona, comandante di una guarnigione di Cartagena e fedele alla sua causa, era stato sul punto di promuovere un'insurrezione, e brandiva ancora la sua minaccia. Il generale chiese a Montilla di mandargli Carmona per tentare di acquietarlo. Poi, rivolgendosi a tutti ma senza guardar nessuno, fece loro una sintesi brutale del nuovo governo:

«Mosquera è uno stronzo e Caycedo è un maneggione, ed entrambi sono montati dai ragazzetti del San Bartolomé.»

Il che voleva dire, in gergo caraibico, che il presidente era un debole, e il vicepresidente un opportunista capace di cambiare partito secondo come tirava il vento. Fece inoltre notare, con un'acidità tipica dei suoi tempi peggiori, che non era strano che ciascuno di loro fosse fratello di un chierico. Invece, la nuova costituzione gli sembrò migliore di quanto ci si potesse aspettare, in un momento storico in cui il pericolo non era la disfatta elettorale, ma la guerra civile che Santander fomentava con le sue lettere da Parigi. Il presidente eletto aveva fatto a Popayán ogni tipo di richiami all'ordine e all'unità, ma non aveva ancora detto se accettava la presidenza.

«Sta aspettando che Caycedo faccia il lavoro sporco» disse il generale.

«Mosquera sarà già a Santa Fe» disse Montilla. «È partito da Popayán lunedì.»

Il generale lo ignorava, ma non si stupì. «Vedrete che si sgonfierà come una zucca quando dovrà agire» disse. «Quello lì non servirebbe neppure come usciere di un governo.» Fece una lunga riflessione e cedette alla tristezza.

«Peccato» disse. «L'uomo era Sucre.»

«Il più degno dei generali» sorrise De Francisco.

La frase era ormai celebre nel Paese malgrado gli sforzi che il generale aveva fatto per impedire che si divulgasse.

«Frase geniale di Urdaneta!» scherzò Montilla.

Il generale ignorò l'interruzione e si accinse a conoscere le intimità della politica locale, più per scherzo che sul serio, ma Montilla d'improvviso impose di nuovo la solennità che lui stesso aveva appena infranto. «Mi perdoni, Eccellenza» disse, «lei sa meglio di chiunque la devozione che nutro per il Gran Maresciallo, ma l'uomo non è lui.» E concluse con enfasi teatrale:

«L'uomo è lei.»

Il generale lo interruppe bruscamente.

«Io non esisto.»

Poi, riprendendo il filo, riferì il modo in cui il maresciallo Sucre si era sottratto alle sue preghiere di accettare la presidenza della Colombia. «Ha tutto per salvarci dall'anarchia» disse, «ma si è lasciato catturare dal canto delle sirene.» García del Río pensava che il vero motivo era che Sucre mancava completamente di vocazione al potere. Al generale non sembrò un ostacolo insuperabile. «Nella lunga storia dell'umanità è stato spesso dimostrato che la vocazione è figlia legittima del bisogno» disse. Comunque, erano nostalgie tardive, perché lui sapeva come nessun'altri che il generale più degno della repubblica apparteneva allora ad altri eserciti meno effimeri dei suoi.

«Il grande potere sta nella forza dell'amore» disse, e completò la sua battuta: «Lo stesso Sucre l'ha detto».

Mentre lui lo evocava a Turbaco, il maresciallo Sucre partiva da Santa Fe per Quito, disilluso e solo, ma nello splendore dell'età e della salute, e nel pieno godimento della sua gloria. La sua ultima incombenza del giorno prima era stata recarsi in segreto da una nota pitonessa del quartiere Egipto, che l'aveva consigliato in parecchie sue imprese di guerra, e lei aveva visto nelle carte che pure in quei tempi di burrasche gli itinerari più fortunati per lui erano sempre quelli per mare. Al Gran Maresciallo di Ayacucho sembrarono troppo lenti per le sue urgenze di amore, e si piegò ai casi della terra ferma contrariamente al buon parere delle carte.

«Sicché non c'è nulla da fare» concluse il generale. «Siamo così testardi, che il nostro miglior governo è il peggiore.»

Conosceva i suoi partigiani locali. Erano stati gentiluomini illustri con titoli a dovizia durante le gesta di liberazione, ma nella politica spicciola erano maneggioni meschini, piccoli trafficanti di impieghi, che si erano persino spinti a stringere alleanze con Montilla contro di lui. Come a tanti altri, lui non aveva concesso tregua finché non era riuscito a sedurli. Sicché chiese loro di appoggiare il governo, sia pure al prezzo di interessi personali. I suoi motivi, come di consueto, avevano un respiro profetico: l'indomani, quando lui non ci fosse stato, lo stesso governo che ora chiedeva di appoggiare avrebbe fatto venire Santander, e questi sarebbe ritornato coronato di gloria a spazzar via i residui dei suoi sogni, la patria immensa e unica che lui aveva forgiato in tanti anni di guerre e di sacrifici si sarebbe sgretolata, i partiti si sarebbero sgozzati fra loro, il suo nome sarebbe stato oltraggiato e la sua opera pervertita nella memoria dei secoli. Ma nulla di tutto questo gli importava in quel momento se almeno era possibile impedire un nuovo episodio di sangue. «Le insurrezioni sono come le onde del mare, che si susseguono l'una all'altra» disse. «Per questo non mi sono mai piaciute.» E dinanzi allo stupore dei visitatori, concluse:

«Chissà come mai in questi giorni sto rimpiangendo persino quella che abbiamo promosso contro gli spagnoli.»

Il generale Montilla e i suoi amici sentirono che

quella era la fine. Prima di congedarsi, ricevettero da lui una medaglia d'oro con la sua effigie, e non riuscirono a evitar l'impressione che fosse un regalo postumo. Mentre si dirigevano all'uscio, García del Río disse a bassa voce:

«Ha già la faccia da morto.»

La frase ampliata e ripetuta dagli echi della casa, perseguitò il generale tutta la notte. Comunque il generale Francisco Carmona si stupì il giorno dopo del suo buon aspetto. Lo trovò nel giardino profumato di aranci, sopra un'amaca col suo nome ricamato con fili di seta che gli avevano fatto nel vicino villaggio di San Jacinto, e che José Palacio aveva appeso fra due aranci. Si era appena fatto il bagno, e i capelli tirati all'indietro e la giubba di stoffa blu, senza camicia, gli conferivano un'aura di innocenza. Mentre si dondolava piano piano dettava a suo nipote Fernando una lettera indignata per il presidente Caycedo. Al generale Carmona non sembrò così moribondo come gli avevano detto, forse perché era trasportato da una delle sue ire leggendarie.

Carmona era troppo visibile ovunque per non esser visto, ma lui lo guardò senza vederlo mentre dettava una frase contro la perfidia dei suoi detrattori. Solo alla fine si volse verso il gigante che lo guardava senza batter ciglio, piantato con tutto il suo corpo davanti all'amaca, e gli domandò senza salutarlo:

«E pure lei mi crede un promotore di insurrezioni?»

Il generale Carmona, prevenendo un'accoglienza ostile, domandò con una punta di alterigia:

«E da cosa lo deduce, signor generale?»

«Proprio da quanto lo deducono costoro» disse lui.

Gli porse alcuni ritagli di giornali appena ricevuti

148

con la posta di Santa Fe, in cui lo accusavano ancora una volta di aver promosso in segreto la rivolta dei granatieri per ritornare al potere contro la decisione del congresso. «Scempiaggini infami» disse. «Mentre io spreco il mio tempo a predicare l'unione, questi settimini mi accusano di cospirare.» Il generale Carmona ebbe una delusione leggendo i ritagli.

«Io non solo ci credevo» disse, «ma ero contentissimo che fosse vero.»

«Me lo immagino» disse lui.

Non diede mostra di contrarietà, ma gli chiese di aspettarlo finché non avesse finito di dettare la lettera, in cui chiedeva ancora una volta la franchigia ufficiale per andarsene dal paese. Alla fine aveva recuperato la calma con la stessa facilità fulminante con cui l'aveva persa leggendo i giornali. Si alzò senza aiuto, e prese sottobraccio il generale Carmona per fare una passeggiata intorno alla cisterna.

La luce era una farina di oro che filtrava attraverso il frondame degli aranci dopo tre giorni di piogge, e faceva schiamazzare gli uccelli tra i fiori. Il generale badò loro un istante, li sentì nell'anima, e quasi sospirò: «Meno male che cantano ancora». Poi fornì al generale Carmona una spiegazione erudita sul motivo per cui gli uccelli delle Antille cantano meglio in aprile che in giugno, e subito dopo, senza transizione, lo portò alle sue faccende. Gli bastarono non più di dieci minuti per convincerlo ad accettare senza porre condizioni l'autorità del nuovo governo. Poi lo accompagnò fino all'uscio, e andò nella camera da letto a scrivere di suo pugno a Manuela Sáenz, che continuava a lagnarsi dei contrattempi cui il governo sottometteva le sue lettere.

Pranzò con appena un piatto di zuppa di mais verde che Fernanda Barriga gli portò nella camera da letto mentre scriveva. All'ora della siesta chiese a Fernando di continuare a leggergli un libro di botanica cinese che avevano cominciato la sera prima. José Palacios entrò di lì a poco nella stanza con l'acqua di origano per il bagno caldo, e trovò Fernando addormentato sulla seggiola col libro aperto contro il petto. Il generale era sveglio sull'amaca e si portò l'indice alle labbra in segno di silenzio. Non aveva febbre per la prima volta in due settimane.

Così, lasciando passare il tempo, fra un arrivo e l'altro della posta, rimase ventinove giorni a Turbaco. Era già stato lì due volte, ma era stata la seconda quando aveva apprezzato davvero le virtù medicinali del luogo, tre anni prima, mentre ritornava da Caracas a Santa Fe per impedire i piani separatisti di Santander. Gli aveva fatto così bene la temperatura del posto, che allora si era fermato dieci giorni invece delle due notti previste. Furono giornate intere di feste nazionali. Infine ci fu un rodeo di quelli grandi, malgrado la sua avversione per le corride di tori, e lui stesso affrontò una vaccherella che gli strappò la coperta dalle mani e suscitò un grido di spavento tra la folla. Ora, nel corso della terza visita, il suo destino di dolore era consumato, e il trascorrere dei giorni lo confermava fino all'esasperazione. Le piogge divennero più frequenti, e più desolate, e la vita si ridusse all'attesa delle notizie di nuovi rovesci. Una notte, nella lucidità della protratta veglia, José Palacios lo udì sospirare sull'amaca:

«Lo sa Iddio dove sarà mai Sucre!»

Il generale Montilla era ritornato altre due volte, e

l'aveva trovato molto meglio del primo giorno. Di più: gli sembrò che a poco a poco stesse recuperando i suoi slanci di altri tempi, soprattutto per l'insistenza con cui si lamentò che Cartagena non aveva ancora votato la nuova costituzione né riconosciuto il nuovo governo, secondo l'impegno preso durante la visita anteriore. Il generale Montilla improvvisò la scusa che stavano aspettando di sapere se Joaquín Mosquera accettava la presidenza.

«Farete più bella figura se decidete subito» disse il generale.

Durante la visita successiva si lamentò di nuovo con maggior energia, perché conosceva Montilla fin da bambino, e sapeva che la resistenza che questi attribuiva ad altri poteva essere solo sua. Non solo li legava un'amicizia scolastica e militare, ma avevano avuto tutta una vita in comune. In un certo periodo i loro rapporti si raffreddarono fino al punto che smisero di rivolgersi la parola, perché Montilla lasciò il generale senza rinforzi militari a Mompox, in uno dei momenti più pericolosi della guerra, e il generale lo accusò di essere un insolvente morale e l'artefice di tutte le calamità. La reazione di Montilla fu così appassionata che lo sfidò a duello, ma rimase al servizio dell'indipendenza al di là dei rancori personali.

Aveva studiato matematica e filosofia all'Accademia Militare di Madrid, e fu guardia del corpo del re don Fernando VII fino allo stesso giorno in cui gli giunsero le prime notizie dell'emancipazione del Venezuela. Fu un buon cospiratore in Messico, un buon contrabbandiere di armi a Curaçao e buon guerriero ovunque fin quando non riportò le sue prime ferite a diciassette anni. Nel 1821 spazzò via dalla costa gli spagnoli, da Riohacha fino a Panama, e prese Cartagena contro un esercito più numeroso e meglio armato. Allora offrì la riconciliazione al generale con un gesto ardito: gli mandò le chiavi d'oro della città, e il generale gliele restituì con la promozione a generale di brigata, e con l'ordine di prendersi carico del governo della costa. Non era un governante amato, per quanto solesse mitigare gli eccessi col senso dell'umorismo. La sua casa era la migliore della città, la sua fazenda di Aguas Vivas era una delle più bramate della provincia, e il popolo gli domandava con manifesti sui muri dove aveva preso il denaro per comprarle. Ma era sempre lì, dopo otto anni di un duro e solitario esercizio del potere, divenuto fra l'altro un politico astuto e difficile da avversare.

Dinanzi a ogni insistenza, Montilla replicava con un argomento diverso. Tuttavia, per una volta disse la verità senza rabbellimenti: i bolivaristi di Cartagena erano decisi a non giurare una costituzione di compromesso né a riconoscere un governo debole, la cui origine non si fondava sulla concordia, ma sulla discordia di tutti. Era tipico della politica locale, le cui divergenze erano state la causa di grandi tragedie storiche. «E non manca loro ragione; se Sua Eccellenza, il più liberale di tutti, ci lascia alla mercé di quanti si sono appropriati del titolo di liberali per far piazza pulita del suo operato» disse Montilla. Sicché l'unico modo per sistemare le cose era che il generale si fermasse nel Paese per impedirne la disintegrazione.

«Be', se le cose stanno così, dica a Carmona di venire di nuovo, e lo convinceremo a ribellarsi» replicò il generale, con un sarcasmo tutto suo. «Sarà una faccenda meno sanguinosa della guerra civile che gli abitanti di Cartagena stanno per causare con la loro impertinenza.»

Ma prima di accomiatarsi da Montilla aveva recuperato la padronanza di sé, e gli chiese di portare a Turbaco la lista completa dei suoi partigiani per esaminare il disaccordo. Stava ancora aspettandoli quando il generale Carreño gli comunicò la voce secondo cui Joaquín Mosquera aveva assunto la presidenza. Lui si diede una manata sulla fronte.

«Cazzo!» esclamò. «Non ci credo neppure se lo vedo con i miei occhi.»

Il generale Montilla andò a confermarglielo quello stesso pomeriggio, sotto un acquazzone di venti incrociati che sradicò alberi, smantellò mezzo villaggio, sconvolse il recinto delle bestie di casa, e si portò via gli animali annegati. Ma arrestò pure lo slancio della brutta notizia. La scorta ufficiale, che agonizzava di tedio per la vacuità delle giornate, impedì che i disastri fossero più consistenti. Montilla si buttò addosso un impermeabile da campagna e si avviò verso il salvataggio. Il generale rimase seduto su una sedia a dondolo davanti alla finestra, avvolto in una coperta, con lo sguardo pensoso e il respiro quieto, a contemplare il torrente di fango che trascinava le macerie del disastro. Quei turbamenti del Mar dei Caraibi gli erano familiari fin da bambino. Tuttavia, mentre la truppa si affrettava a ristabilire l'ordine in casa, lui disse a José Palacios che non rammentava di aver visto nulla di uguale. Quando infine ritornò la calma, Montilla entrò nella sala gocciolante d'acqua e infangato fino alle ginocchia. Il generale era sempre immobile nella sua idea.

«Ebbene, Montilla» gli disse, «ormai Mosquera è

presidente, e Cartagena continua a non riconoscerlo.»

Ma neppure Montilla si lasciava distrarre dalle burrasche.

«Se Sua Eccellenza fosse a Cartagena sarebbe molto più facile» disse.

«Ci sarebbe il rischio che la cosa venisse interpretata come un'intromissione mia, e non voglio essere protagonista di nulla» disse lui. «Di più: non mi muoverò di qui finché questa faccenda non sarà risolta.»

Quella sera scrisse al generale Mosquera una lettera di compromesso. "Sono appena venuto a sapere, non senza stupore, che lei ha accettato la presidenza dello stato, ragion per cui mi rallegro per il Paese e per me stesso" gli diceva. "Ma sono spiacente e sempre lo sarò per lei." E concluse la lettera con un post scriptum malizioso: "Non sono ancora partito perché non mi è giunto il passaporto, ma partirò non appena mi sarà arrivato".

La domenica giunse a Turbaco e si aggregò al suo seguito il generale Daniel Florencio O'Leary, membro illustre della Legione Britannica, che era stato a lungo decano e amanuense bilingue del generale. Montilla lo accompagnò da Cartagena, di buon umore come non mai, ed entrambi trascorsero col generale un bel pomeriggio da amici sotto gli aranci. Al termine di una lunga chiacchierata con O'Leary sulla sua gestione militare, il generale si schermì come sempre:

«E là cosa dicono?»

«Che non è vero che lei se ne andrà» disse O'Leary.

«Ah» disse il generale. «E ora perché?»

«Perché Manuelita si è fermata.»

Il generale rispose con una sincerità disarmante: «Ma si è sempre fermata!»

O'Leary, amico intimo di Manuela Sáenz, sapeva che il generale aveva ragione. Era vero che lei si fermava sempre, ma non per piacere: perché il generale la lasciava con qualsiasi scusa, in uno sforzo temerario di sfuggire alla schiavitù degli amori formali. «Mai più mi innamorerò» confessò a un certo punto a José Palacios, l'unico essere umano con cui si permise quel genere di confidenze. «È come aver due anime al contempo.» Manuela si impose con una determinazione inarrestabile e senza gli ostacoli della dignità, ma quanto più cercava di soggiogarlo tanto più il generale sembrava ansioso di liberarsi delle sue catene. Fu un amore di fughe perpetue. A Quito, dopo le prime due settimane di follie, lui dovette recarsi a Guayaquil per incontrare il generale José de San Martín, liberatore del Río de la Plata, e lei rimase a domandarsi che genere di amante era quell'uomo che lasciava la tavola imbandita a metà della cena. Lui aveva promesso di scriverle tutti i giorni, da ovunque, per giurarle col cuore in carne viva che l'amava più di ogni altra in questo mondo. Le scrisse infatti, e talvolta di suo pugno, ma non spedì le lettere. Nel frattempo, si consolava in un idillio molteplice con le cinque donne indivisibili del matriarcato di Garaycoa, senza che lui stesso sapesse mai di sicuro quale avrebbe scelto fra la nonna di cinquantasei anni, la figlia di trentotto, o le tre nipoti nel fiore dell'età. Finita la missione a Guayaquil le sfuggì tutte con promesse di amore eterno e di rapido ritorno, e rientrò a Quito a sprofondare nelle sabbie mobili di Manuela Sáenz.

All'inizio dell'anno successivo partì di nuovo senza di lei per completare la liberazione del Perù, che era lo sforzo ultimo del suo sogno. Manuela aspettò quattro mesi, ma si imbarcò per Lima non appena le lettere cominciarono ad arrivarle non solo scritte, ma pure pensate e sentite da Juan José Santana, il segretario privato del generale. Lo trovò nella dimora di svago di La Magdalena, investito di poteri dittatoriali dal congresso, e assediato dalle donne belle e audaci della nuova corte repubblicana. Era tale il disordine nel palazzo presidenziale, che un colonnello dei lanceri se n'era andato via a mezzanotte perché non lo lasciavano dormire le agonie di amore nelle alcove. Ma Manuela si trovava allora su un terreno che conosceva benissimo. Era nata a Quito, figlia clandestina di una ricca proprietaria creola e di un uomo sposato, e a diciott'anni era saltata giù dalla finestra del convento dove studiava e fuggì con un ufficiale dell'esercito del re. Tuttavia, due anni dopo si sposò a Lima e con fiori di arancio da vergine col dottor James Thorne, un medico compiacente che aveva il doppio della sua età. Sicché quando ritornò in Perù inseguendo l'amore della sua vita non dovette imparare nulla da nessuno per accamparsi in mezzo allo scandalo.

O'Leary fu il suo miglior decano in queste guerre del cuore. Manuela non visse in pianta stabile a La Magdalena, ma vi entrava quando voleva dalla porta principale e con gli onori militari. Era astuta, indomita, di una grazia irresistibile, e aveva il senso del potere e una tenacia a tutta prova. Parlava un buon inglese, per via del marito, e un francese sommario ma comprensibile, e suonava il clavicordo con lo stile impacciato delle novizie. La sua scrittura era ingarbugliata, la sua sintassi intransitabile, e moriva dal ridere di quelli che lei stessa chiamava i suoi orrori di ortografia. Il generale la nominò curatrice dei suoi archivi per averla vicina, e questo rese loro facile l'amore a qualsiasi ora e in qualsiasi luogo, fra il baccano delle fiere amazzoniche che Manuela addomesticava con le sue malìe.

Tuttavia, allorché il generale intraprese la conquista degli ardui territori del Perù che si trovavano ancora in potere degli spagnoli, Manuela non riuscì a farsi portare insieme allo stato maggiore. Lo inseguì senza permesso con i suoi bauli da prima dama, i cofani degli archivi, la sua corte di schiave, in una retroguardia di truppe colombiane che l'adoravano per il suo linguaggio da caserma. Percorse trecento leghe a dorso di mulo lungo i cornicioni da vertigine delle Ande, e riuscì a trascorrere col generale solo due notti in quattro mesi, e una di queste perché lo spaventò con una minaccia di suicidio. Passò qualche tempo prima che scoprisse che mentre lei non poteva raggiungerlo, lui si sollazzava con altri amori di occasione che trovava per strada. Fra cui quello di Manuelita Madroño, una meticcia selvatica di diciott'anni che santificò le sue insonnie.

Dopo il ritorno da Quito, Manuela aveva deciso di abbandonare il marito, che descriveva come un inglese insipido che amava senza piacere, conversava senza grazia, camminava piano, salutava con inchini, si sedeva e si alzava con cautela e non rideva neppure delle proprie battute. Ma il generale la convinse a conservare a qualsiasi prezzo i privilegi del suo stato civile, e lei si sottomise ai suoi piani.

Un mese dopo la vittoria di Ayacucho, ormai padrone di metà del mondo, il generale andò nell'Alto Perù, che in seguito si sarebbe trasformato nella repubblica della Bolivia. Non solo partì senza Manuela, ma prima di andarsene le propose come un affare di stato la convenienza della separazione definitiva. "Io vedo che nulla può unirci sotto gli auspici dell'innocenza e dell'amore" le scrisse. "In avvenire tu sarai sola, sebbene accanto a tuo marito, e io sarò solo in mezzo alla gente. Soltanto la gloria di esserci vinti sarà il nostro conforto." Prima di tre mesi ricevette una lettera in cui Manuela gli annunciava che partiva per Londra col marito. La notizia lo sorprese nel letto estraneo di Francisca Zubiaga de Gamarra, una coraggiosa donna d'armi, moglie di un maresciallo che in seguito sarebbe stato presidente della repubblica. Il generale non attese fino al secondo amore della notte per scrivere a Manuela una risposta immediata che sembrava piuttosto un ordine di guerra: "Mi dica la verità e non se ne vada in nessun posto". E sottolineò di suo pugno la frase finale: "*Io l'amo con risoluzione*". Lei obbedì affascinata.

Il sogno del generale cominciò a cadere a pezzi lo stesso giorno in cui culminò. Aveva appena fondato la Bolivia e concluso la riorganizzazione istituzionale del Perù, quando dovette ritornare di gran carriera a Santa Fe, richiamato dai primi tentativi separatisti del generale Páez nel Venezuela e dai calappi politici di Santander nella Nueva Granada. Questa volta a Manuela occorse più tempo perché lui le permettesse di seguirlo, ma quando infine lo fece fu un trasloco da zingari, con i bauli erranti su una dozzina di mule, le sue schiave immortali, e undici gatti, sei cavalli, tre micchi addestrati nell'arte delle oscenità da palazzo, un orso ammaestrato a infilare il filo nell'ago, e nove gabbie di pappagalli e di guacamayos che inveivano contro Santander in tre lingue.

Arrivò a Santa Fe giusto in tempo per salvare la poca vita che rimaneva al generale nella notte grama del 25 settembre. Erano trascorsi cinque anni da quando si erano conosciuti, ma lui era decrepito e dubbioso come se fossero stati cinquanta, e Manuela ebbe l'impressione che vagasse senza meta nelle nebbie della solitudine. Lui sarebbe ritornato al Sud di lì a poco per frenare le ambizioni colonialiste del Perù ai danni di Quito e di Guayaquil, ma ogni sforzo era ormai inutile. Manuela rimase allora a Santa Fe senza il minimo desiderio di seguirlo, perché sapeva che il suo eterno fuggiasco non aveva più neppure un luogo dove scappare.

O'Leary annotò nelle sue memorie che il generale non era mai stato così spontaneo nell'evocare i suoi amori furtivi come quella domenica pomeriggio a Turbaco. Montilla pensò, e lo scrisse anni dopo in una lettera privata, che fosse un sintomo inequivocabile della vecchiaia. Sospinto dal suo buon umore e dalla sua tendenza alle confidenze, Montilla non resistette alla tentazione di provocare cordialmente il generale.

«Solo Manuela si fermava?» gli domandò.

«Tutte si fermavano» disse sul serio il generale. «Però Manuela più di tutte le altre.»

Montilla strizzò un occhio a O'Leary, e domandò:

«Lo confessi, generale: quante sono state?»

Il generale si sottrasse alla risposta.

«Molto meno di quante pensa lei.»

La sera, mentre faceva il bagno caldo, José Palacios volle chiarirgli i dubbi. «Secondo i miei conti sono state trentacinque» disse. «Senza contare le fringuelle di una sola notte, naturalmente.» La cifra coincideva con i calcoli del generale, ma questi non aveva voluto dirlo durante la visita.

«O'Leary è un grand'uomo, un gran soldato e un amico fedele, ma prende nota di tutto» spiegò. «E non c'è nulla più pericoloso della memoria scritta.»

Il giorno successivo, dopo un lungo colloquio privato per esser messo al corrente delle condizioni della frontiera, chiese a O'Leary di recarsi a Cartagena con l'incarico formale di aggiornarlo sul movimento delle navi per l'Europa, sebbene la missione autentica consistesse nel tenerlo al corrente dei dettagli occulti della politica locale. O'Leary ebbe appena il tempo di arrivare. Sabato 12 giugno il congresso di Cartagena giurò la nuova costituzione e riconobbe i magistrati eletti. Montilla, insieme alla notizia, mandò al generale un messaggio inevitabile:

«L'aspettiamo.»

Continuava ad aspettare, quando lo fece balzar giù dal letto la voce che il generale era morto. Si diresse a Turbaco al gran galoppo, senza prendersi il tempo di verificare la notizia, e trovò il generale in ottime condizioni, che pranzava col conte francese di Raigecourt, che si era recato a invitarlo affinché partissero insieme per l'Europa su un piroscafo che sarebbe arrivato a Cartagena la settimana successiva. Era il culmine di una giornata di salute. Il generale si era proposto di affrontare la sua malattia con la resistenza morale, e nessuno poteva dire che non ci fosse riuscito. Si era alzato presto, aveva fatto il giro dei recinti all'ora della mungitura, aveva visitato la caserma dei granatieri, li aveva interrogati sulle loro condizioni di vita, e impartì ordini perentori affinché fossero migliorate. Al ritorno si fermò in una locanda del mercato, prese un caffè, e si portò via la tazza per evitare l'umiliazione che la distruggessero. Si avviava verso casa quando i bambini che uscivano dalla scuola lo colsero di sorpresa all'angolo di una via, cantando al ritmo del battito delle mani: «*Viva El Libertador! Viva El Libertador!*». Lui, abbagliato, non avrebbe saputo cosa fare se gli stessi bambini non gli avessero ceduto il passo.

A casa trovò il conte di Raigecourt, che era arrivato senza farsi annunciare, accompagnato dalla donna più bella, più elegante e più altera che lui avesse mai visto. Era vestita all'amazzone, anche se in realtà era arrivata su un calesse tirato da un asino. L'unica cosa che lei rivelò sulla sua identità fu che si chiamava Camille, e che era originaria della Martinica. Il conte non aggiunse nessun dato, sebbene nel corso della giornata sarebbe stato fin troppo evidente che era folle di amore per lei.

La sola presenza di Camille restituì al generale l'energia di altri tempi, e ordinò di preparare in gran fretta un pranzo di gala. Per quanto lo spagnolo del conte fosse corretto, la conversazione si svolse in francese, che era la lingua di Camille. Allorché lei disse che era nata a Trois-Ilets, lui fece un gesto entusiasta e i suoi occhi appassiti ebbero un luccicore istantaneo.

«Ah» disse. «Dov'è nata Joséphine.»

Lei scoppiò a ridere.

«Per favore, Eccellenza, speravo in un'osservazione più intelligente di quella di tutti.»

Lui si mostrò ferito, e si difese con un'evocazione lirica della fabbrica di zucchero di La Pagerie, la casa natale di Marie Josèphe, imperatrice di Francia, che si annunciava fin da parecchie leghe di distanza attraverso i vasti canneti, per lo schiamazzo degli uccelli e l'odore caldo degli alambicchi. Lei si stupì del fatto che il generale la conoscesse così bene.

«A dire il vero, non ci sono mai stato, come in nessun altro posto della Martinica» disse lui.

«*Et alors?*» disse lei.

«Mi sono preparato studiandolo per anni» disse il generale, «perché sapevo che una volta o l'altra ne avrei avuto bisogno per compiacere la donna più bella di quelle isole.»

Parlava senza fermarsi, con la voce spezzata, ma eloquente, vestito con un paio di pantaloni di cotone stampato e una casacca di raso, e babbucce rosse. L'attenzione di lei fu attratta dall'alito di acqua di colonia che vagava nella sala da pranzo. Lui le confessò che era una debolezza sua, al punto che i nemici lo accusavano di aver speso in acqua di colonia ottomila pesos del denaro politico. Era consunto quanto il giorno prima, ma la crudeltà della malattia la si notava solo nella parsimonia del corpo.

Fra uomini soli, il generale era capace di spropositare come il più sbracato ladro di bestiame, ma bastava la presenza di una donna perché i suoi modi e il suo linguaggio si raffinassero sino all'affettazione. Lui stesso sturò, assaggiò e servì un vino di Borgogna di gran classe, che il conte definì senza pudore come una carezza di velluto. Stavano servendo il caffè, quando il capitano Iturbide gli disse qualcosa all'orecchio. Lui ascoltò con gravità, ma poi si spinse all'indietro sulla seggiola, ridendo di buon grado.

«Ascoltate un po', per favore» disse, «c'è qui una delegazione di Cartagena che è venuta per il mio funerale.»

Li fece entrare. A Montilla e ai suoi accompagnatori non rimase altra scelta che proseguire il gioco. I decani fecero chiamare certi zampognari di San Jacinto che giravano lì intorno la notte prima, e un gruppo di uomini e di donne anziani ballarono la cumbia in onore degli invitati. Camille si stupì dell'eleganza di quel ballo popolare di ascendenza africana, e volle impararla. Il generale aveva reputazione di grande ballerino, e taluni commensali rammentarono che durante la sua ultima visita aveva ballato la cumbia da maestro. Ma quando Camille lo invitò, lui declinò l'onore. «Tre anni sono molto tempo» disse, sorridente. Lei ballò da sola dopo due o tre indicazioni. D'improvviso, in una pausa della musica, si udirono grida di ovazione e una serie di esplosioni sconvolgenti e di spari di armi da fuoco. Camille si spaventò.

Il conte disse seriamente:

«Cazzo, è una rivoluzione!»

«Lei non immagina quanto ne abbiamo bisogno» disse il generale, ridendo. «Per sfortuna, è solo un combattimento di galli.»

Quasi senza pensarci, finì di bere il caffè, e con un gesto circolare della mano, li invitò tutti all'arena da combattimento dei galli.

«Venga con me, Montilla, così vedrà come sono morto» disse.

Fu così che alle due del pomeriggio si recò all'arena accompagnato da un folto gruppo guidato dal conte di Raigecourt. Ma in una riunione di uomini soli, com'era quella, nessuno badò a lui ma a Camille. Nessuno riusciva a credere che quella donna abbagliante non fosse una delle tante sue, e in un luogo dove l'accesso alle donne era proibito. Ancora meno quando si disse che era insieme al conte, perché era noto che il generale faceva accompagnare da altri le sue amanti clandestine per imbrogliare le verità.

Il secondo combattimento fu atroce. Un gallo rosso svuotò gli occhi al suo avversario con un paio di speronate a colpo sicuro. Ma il gallo cieco non si arrese. Si accanì contro l'altro, finché non fu riuscito a strappargli la testa e a mangiarsela a becchettate.

«Non mi sarei mai immaginata una festa così sanguinosa» disse Camille. «Però mi affascina.»

Il generale le spiegò che lo era molto di più quando i galli venivano eccitati con grida oscene e si sparava per aria, ma che quel pomeriggio i proprietari dei galli erano imbarazzati dalla presenza di una donna, e soprattutto così bella. La guardò con civetteria, e le disse: «Sicché è colpa sua». Lei rise divertita.

«Semmai, sua, Eccellenza, che ha governato questo paese per tanti anni, e non ha fatto una legge che costringa gli uomini a comportarsi sempre nello stesso modo quando ci sono donne e quando non ce ne sono.»

Lui cominciava a perdere le staffe.

«La prego di non chiamarmi Eccellenza» le disse. «Mi basta essere giusto.»

Quella sera, quando rimase a galla sull'acqua inutile della vasca da bagno, José Palacios gli disse: «È la donna più attraente che abbiamo mai visto». Il generale non aprì gli occhi.

«È abominevole» disse.

La comparsa nell'arena da combattimento dei galli, secondo il parere comune, fu un gesto premeditato per smentire le diverse versioni sulla sua malattia, così critiche negli ultimi giorni che nessuno mise in dubbio la voce sulla sua morte. Fece effetto, perché la posta che partì da Cartagena recò in parecchie direzioni la notizia delle sue buone condizioni e i suoi partigiani la celebrarono con feste pubbliche più di sfida che di gioia.

Il generale era riuscito a ingannare persino il suo stesso corpo, perché fu molto vigoroso anche nei giorni successivi, e si permise addirittura di sedersi al tavolo da gioco dei suoi decani, che trascinavano il tedio fra partite interminabili. Andrés Ibarra, che era il più giovane e il più allegro, e conservava ancora il senso romantico della guerra, aveva scritto in quei giorni a un'amica di Quito: "Preferisco la morte fra le tue braccia che questa pace senza di te". Giocavano giorno e notte, talvolta immersi nell'enigma delle carte, talaltra discutendo a grida, e sempre perseguitati dalle zanzare che in quei tempi di piogge li aggredivano anche in pieno giorno, malgrado i fuochi di escrementi di vacca che gli aiutanti di servizio tenevano accesi. Lui non aveva più giocato dopo la notte grama di Guaduas, perché il ruvido incidente con Wilson gli aveva lasciato un sapore amaro che voleva cancellare dal cuore, ma ascoltava le loro grida dall'amaca, le confidenze, le nostalgie della guerra negli ozi di una pace elusiva. Una notte fece qualche giro per la casa, e non resistette alla tentazione di fermarsi sulla veranda. A quanti gli stavano di fronte fece cenno di rimanere in silenzio, e si avvicinò di schiena a Andrés Ibarra. Gli posò le mani sulle spalle, come artigli da preda, e domandò:

«Mi dica una cosa, cugino, anche secondo lei ho una faccia da morto?»

Ibarra, abituato a quei modi, non si girò a guardarlo.

«Secondo me, no, signor generale» disse.

«Allora è cieco, oppure mente» disse lui.

«Oppure le sto di schiena» disse Ibarra.

Il generale si interessò al gioco, si sedette e finì per giocare. A tutti sembrò un ritorno alla normalità non solo quella notte ma pure quelle successive. «Finché non sarà arrivato il passaporto» come disse il generale. Comunque, José Palacios gli ripeté che malgrado il rito delle carte, malgrado la sua attenzione personale, malgrado lui stesso, gli ufficiali del seguito non ne potevano più di quell'andare e venire verso il nulla.

Nessuno badava più di lui alla sorte dei suoi ufficiali, alle loro minuzie quotidiane e all'orizzonte del loro destino, ma quando i problemi erano irrimediabili li risolveva ingannando se stesso. Dopo l'incidente con Wilson, e poi lungo il fiume, aveva fatto pause nei suoi dolori per occuparsi di loro. La condotta di Wilson era inimmaginabile, e solo una frustrazione gravissima poteva ispirargli una reazione così aspra. «È un generale ottimo, come suo padre» aveva detto il generale vedendolo battersi a Junín. «E più modesto» aveva aggiunto, quando rifiutava di accettare la promozione a colonnello che gli conferì il maresciallo Sucre dopo la battaglia di Tarqui, e che lui lo costrinse ad accettare.

Il regime che imponeva a tutti loro, sia in pace sia in guerra, era basato non solo su una disciplina eroica ma pure su una lealtà che quasi richiedeva gli aiuti della chiaroveggenza. Erano uomini di guerra, sebbene non di caserma, perché avevano combattuto tanto che a stento avevano avuto il tempo di accamparsi. C'era di tutto, ma il nucleo di quelli che fecero l'indipendenza più vicino al generale era il fior fiore dell'aristocrazia creola, educata nelle scuole dei principi. Avevano vissuto battendosi un po' ovunque, lontani dalle loro case, dalle loro mogli, dai loro figli, lontani da tutto, e il bisogno li aveva resi politici e uomini di governo. Tutti erano venezuelani, tranne Iturbide e i decani europei, e quasi tutti erano parenti del generale per sangue o per affinità: Fernando, José Laurencio, gli Ibarra, Briceño Méndez. I vincoli di classe o di sangue li identificavano e li univano.

Uno era diverso: José Laurencio Silva, figlio della mammana del villaggio El Tinaca, nelle pianure, e di un pescatore del fiume. Per via del padre e della madre era bruno scuro, della classe bistrattata dei mulatti, ma il generale l'aveva sposato con Felicia, una delle sue nipoti. Fece carriera da recluta volontaria nell'esercito liberatore a sedici anni, fino a generale in capo a cinquantotto, e riportò più di quindici ferite gravi e parecchie lievi di diverse armi in cinquantadue azioni di quasi tutte le campagne dell'indipendenza. L'unica contrarietà che gli causò la sua condizione di mulatto fu che venne respinto da una dama dell'aristocrazia locale a un ballo di gala. Il generale chiese allora che ripetessero il valzer, e lo ballò con lui.

Il generale O'Leary era l'estremo opposto: biondo, alto, con un aspetto attraente, rabbellito dalle sue uniformi fiorentine. Era giunto in Venezuela a diciott'anni come portabandiera degli Ussari Rossi, e aveva fatto la carriera completa in quasi tutte le battaglie della guerra di indipendenza. Pure lui, come tutti, aveva avuto il suo momento di disgrazia, quando aveva dato ragione a Santander nella contesa che questi aveva con José Antonio Páez, quando il generale lo mandò a cercare una formula di conciliazione. Il generale gli tolse il saluto e lo abbandonò alla sua sorte per quattordici mesi, finché non gli fu passato il rancore.

I meriti personali di ciascuno di loro erano indiscutibili. Il brutto era che il generale non fu mai consapevole del baluardo di potere che lui stesso rafforzava dinanzi a loro, tanto più invalicabile quanto più si credeva accessibile e caritatevole. Ma la notte in cui José Palacios gli fece vedere lo stato d'animo in cui si trovavano, giocò da pari a pari, perdendo con piacere, finché gli stessi ufficiali non si arresero al sollievo.

Fu chiaro che non si trascinavano dietro frustrazioni antiche. A loro non importava la sensazione di disfatta che li ricolmava anche dopo aver vinto una guerra. A loro non importava la lentezza che lui imponeva alle promozioni per impedire che sembrassero privilegi, né a loro importava lo sradicamento della vita errante, né la casualità degli amori occasionali. Gli stipendi militari erano scesi alla terza parte per la penuria fiscale del Paese, e anche così li pagavano con tre mesi di ritardo e in buoni dello stato dal cambio incerto, che loro cedevano con svantaggio agli aggiotatori. A loro non importava, come non importava che il generale se ne andasse sbattendo le porte con rumore che sarebbe riecheggiato nel mondo intero, né che li lasciasse alla mercé dei suoi nemici. Nulla, la gloria era di altri. Quello che non potevano sopportare era l'incertezza che lui aveva riversato su di loro da quando prese la decisione di abbandonare il potere, e che diveniva sempre più insopportabile a mano a mano che proseguiva e si impantanava quel viaggio senza fine verso nessun luogo.

Quella notte il generale si sentì così soddisfatto che mentre faceva il bagno disse a José Palacios che non si frapponeva la pur minima ombra fra i suoi ufficiali e lui. Tuttavia, l'impressione che rimase agli ufficiali fu che non erano riusciti a infondere nel generale una sensazione di gratitudine o di colpa, ma un germe di diffidenza.

Soprattutto a José Maria Carreño. Dopo la chiacchierata notturna sulla chiatta si mostrava sempre scontroso, e senza saperlo alimentava la diceria secondo cui era in contatto con i separatisti del Venezuela. O, come si diceva allora, che stava diventando venezuelista. Quattro anni prima il generale l'aveva espulso dal suo cuore, come O'Leary, come Montilla, come Briceño Méndez, come Santana, come tanti altri, per il semplice sospetto che volesse rendersi popolare alle spalle dell'esercito. Come allora, adesso il generale lo faceva seguire, ne fiutava le tracce, prestava orecchio a ogni pettegolezzo che veniva formulato contro di lui, tentando di scorgere un chiarore nelle tenebre dei suoi stessi dubbi.

Una notte, non seppe mai se addormentato o sveglio, lo udì dire nella camera attigua che per la salvezza della patria era legittimo spingersi fino al tradimento. Allora lo prese per un braccio, se lo portò nel cortile e lo sottopose alla magia irresistibile della sua seduzione, dandogli calcolatamente del tu cui ricorreva solo in circostanze estreme. Carreño gli confessò la verità. Lo amareggiava, infatti, che il generale lasciasse la sua opera alla deriva senza preoccuparsi di abbandonare tutti come orfani. Ma i suoi piani di defezione erano leali. Stanco di cercare una luce di speranza in quel viaggio di ciechi, incapace di continuare a vivere senza anima, aveva deciso di fuggire nel Venezuela per mettersi a capo di un movimento armato a favore dell'integrità.

«Non mi viene in mente nulla di più onorevole» concluse.

«E tu cosa ti credi: che sarai trattato meglio in Venezuela?» gli domandò il generale.

Carreño non osò affermarlo.

«Be', almeno là è la patria» disse.

«Non fare lo stronzo» disse il generale. «Per noi la patria è l'America, ed è tutta uguale: senza via di scampo.»

Non gli lasciò dire altro. Gli parlò molto a lungo, mostrandogli in ogni parola quanto sembrava essere il suo cuore dentro, sebbene né Carreño né altri avrebbero mai saputo se davvero lo era. Infine gli diede una pacca sulla schiena, e lo lasciò nelle tenebre.

«Non delirare oltre, Carreño» gli disse. «È tutta roba di merda.»

Mercoledì 16 giugno ricevette la notizia che il governo aveva confermato la pensione vitalizia accordatagli dal congresso. Diede mostra di averla ricevuta al presidente Mosquera con una lettera compita non priva di ironia, e terminando di dettarla disse a Fernando in un'imitazione del plurale di maestà e dell'enfasi rituale di José Palacios: «Siamo ricchi». Martedì 22 ricevette il passaporto per uscire dal Paese, e lo agitò in aria, dicendo: «Siamo liberi». Due giorni dopo, svegliandosi da un'ora dormita male, aprì gli occhi sull'amaca, e disse: «Siamo tristi». Allora decise di recarsi a Cartagena subito, approfittando della giornata che era nuvolosa e fresca. Il suo unico ordine specifico fu che gli ufficiali del suo seguito viaggiassero in borghese e senza armi. Non diede nessuna spiegazione, non fornì nessun segno che permettesse di scorgere i suoi motivi, non si concesse il tempo per congedarsi da nessuno. Partirono non appena fu pronta la guardia personale, e lasciarono il carico col resto della comitiva.

Nei suoi viaggi, il generale soleva far fermate casuali per indagare sui problemi della gente che incontrava lungo il tragitto. Domandava un po' di tutto: l'età dei figli, il tipo delle loro malattie, le condizioni dei loro affari, quello che pensavano di tutto. Quella volta non disse neppure una parola, non mutò il ritmo del passo, non tossì, non diede mostra di stanchezza, e trascorse la giornata con un bicchiere di porto. Verso le quattro del pomeriggio si profilò all'orizzonte il vecchio convento del colle della Popa. Era tempo di rogazioni, e lungo la strada reale si vedevano le file di pellegrini come formiche nocive che risalivano il cornicione scosceso. Di lì a poco videro in lontananza l'eterna macchia di avvoltoi che volavano in tondo sopra il mercato pubblico e sopra le acque del mattatoio. In vista delle muraglie il generale fece un cenno a José María Carreño. Questi lo raggiunse, e gli porse il suo robusto moncherino da falconiere affinché vi si appoggiasse. «Ho una missione confidenziale per lei» gli disse il generale a voce bassissima. «All'arrivo, si informi su dove si trova Sucre.» Gli diede sulla schiena la lieve pacca di commiato, e concluse:

«Che rimanga fra noi, naturalmente.»

Una comitiva numerosa capeggiata da Montilla li aspettava lungo la strada reale, e il generale si vide costretto a terminare il viaggio sull'antica carrozza del governatore spagnolo tirata da una pariglia di mule allegre. Sebbene il sole cominciasse a calare, i frondami di mangles sembravano ribollire di caldo sulle paludi morte che circondavano la città, le cui esalazioni fetide erano meno sopportabili di quelle delle acque della baia, marce da ormai un secolo per via del sangue e dei rifiuti del mattatoio. Quando entrarono attraverso la porta della Media Luna, una ventata di avvoltoi spaventati si levò dal mercato fin su nell'aria. Rimanevano ancora tracce di panico per un cane con la rabbia che il mattino aveva morso parecchie persone di diverse età, fra cui una bianca di Castilla che andava in giro dove non avrebbe dovuto. Aveva morso pure certi bambini del quartiere degli schiavi, ma questi erano riusciti ad ammazzarlo a sassate. Il cadavere era appeso a un albero all'entrata della scuola. Il generale Montilla lo fece bruciare, non solo per motivi igienici, ma anche per impedire che tentassero di scongiurarne il maleficio con sortilegi africani.

La popolazione dello spazio chiuso fra mura, convocata da un bando urgente, si era riversata in strada. I pomeriggi cominciavano a essere lunghi e diafani nel solstizio di giugno, e c'erano ghirlande di fiori e donne vestite con eleganza madrilena ai balconi, e le campane della cattedrale e le musiche militari e le salve di artiglieria riecheggiavano fino al mare, ma nulla riusciva a mitigare la miseria che volevano nascondere. Salutando col cappello dalla carrozza sconquassata, il generale non poteva evitar di vedere se stesso sotto una luce di pietà, paragonando quell'accoglienza indigente alla sua entrata trionfale a Caracas nell'agosto del 1813, incoronato di alloro in una carrozza tirata dalle sei fanciulle più belle della città, e in mezzo a una folla bagnata di lacrime che quel giorno lo eternizzò col suo nome di gloria: El Libertador. Caracas era ancora un abitato remoto della provincia coloniale, brutto, triste, piatto, ma i pomeriggi dell'Ávila erano laceranti nella nostalgia.

L'uno e l'altro non sembravano essere due ricordi di una stessa vita. La molto nobile ed eroica città di Cartagena de Indias, più volte capitale del vicereame e

173

mille volte cantata come una delle più belle del mondo, non era allora neppure l'ombra di quanto era stata. Aveva sopportato nove assedi militari, per terra e per mare, ed era stata saccheggiata più volte da corsari e da generali. Tuttavia, nulla l'aveva deteriorata quanto le lotte di indipendenza, e poi le guerre tra una fazione e l'altra. Le famiglie ricche dei tempi dell'oro erano fuggite. Gli antichi schiavi erano rimasti alla deriva in una libertà inutile, e dai palazzi dei marchesi occupati dai poveri uscivano nell'immondezzaio delle vie certi topi grossi come gatti. La cinta di baluardi imprendibili che il re di Spagna aveva voluto conoscere con i suoi strumenti a lunga vista dagli osservatori del suo palazzo, era appena immaginabile in mezzo alle forre. Il commercio che era stato il più florido del XVII secolo grazie al traffico di schiavi si trovava ridotto a poche botteghe in rovina. Era impossibile conciliare la gloria col tanfo delle fogne aperte. Il generale sospirò all'orecchio di Montilla:

«Che prezzo ci è costata questa merda di indipendenza!»

Montilla riunì quella sera la crema della città nella sua dimora in calle La Factoría, dove malvisse il marchese di Valdehoyos e prosperò la sua marchesa col contrabbando di farina e col traffico di negri. Si erano accese luci da Pasqua di Resurrezione nelle case principali, ma il generale non si faceva illusioni, sapendo che nei Caraibi qualsiasi causa di qualsiasi tipo, persino una morte illustre, poteva essere motivo di una gazzarra pubblica. Era una festa falsa, infatti. Da parecchi giorni stavano circolando burlette infami, e il partito avverso aveva incitato le sue cricche a prendere a sassate le finestre e a battersi con bastoni contro la polizia. «Meno male che non ci rimane neanche più un vetro da rompere» disse Montilla col suo umorismo abituale, consapevole che l'ira popolare era più contro di lui che contro il generale. Rinfoltì i granatieri della guardia con truppe locali, isolò il settore, e proibì di raccontare al suo ospite lo stato di guerra in cui si trovavano le vie.

Il conte di Raigecourt si recò quella sera a dire al generale che il piroscafo inglese era in vista dai castelli della Boca Chica, ma che lui non sarebbe partito. Il motivo pubblico fu che non voleva spartire l'immensità dell'oceano con un gruppo di donne che viaggiavano accalcate nell'unica cabina. Ma la verità era che malgrado il pranzo mondano di Turbaco, malgrado l'avventura del combattimento dei galli, malgrado tutto quanto il generale aveva fatto per imporsi alle disgrazie della sua salute, il conte si rendeva conto che non era in grado di intraprendere il viaggio. Pensava che forse il suo animo avrebbe sopportato la traversata, ma che il suo corpo no, e si rifiutava di far un favore alla morte. Tuttavia, né questi motivi né molti altri valsero quella sera a far mutare la decisione del generale.

Montilla non si diede per vinto. Congedò presto gli invitati affinché l'infermo potesse riposare, ma lo trattenne ancora un lungo momento sul balcone interno, mentre un'adolescente languida con una tunica di mussolina quasi invisibile suonava per loro con l'arpa sette romanze di amore. Erano così belle, ed erano eseguite con tanta tenerezza, che i due militari non ebbero cuore per parlare finché la brezza del mare non ebbe spazzato dall'aria le ultime ceneri della musica. Il generale rimase appisolato sulla sedia a dondolo, galleggiando sulle onde dell'arpa, e d'improvviso rabbrividì dentro e cantò a voce bassissima, ma nitida e bene intonata, il testo completo dell'ultima canzone. Infine si rivolse all'arpista mormorando una gratitudine che gli uscì dall'anima, ma l'unica cosa che vide fu l'arpa sola con una corona di allori appassiti. Allora si ricordò.

«C'è un uomo detenuto a Honda per un omicidio commesso» disse.

La risata di Montilla prevenne la sua stessa battuta: «Di che colore ha le corna?»

Il generale ignorò la frase, e gli spiegò il caso con tutti i dettagli, tranne il precedente personale con Miranda Lyndsay in Giamaica. Montilla era uomo dalle soluzioni facili.

«Lui deve chiedere che lo trasferiscano da queste parti per motivi di salute» disse. «Una volta qui otterremo l'indulto.»

«È cosa possibile?» domandò il generale.

«Non lo è» disse Montilla, «ma lo si fa.»

Il generale chiuse gli occhi, estraneo al bailamme dei cani della notte che esplose d'improvviso, e Montilla pensò che si fosse riaddormentato. Al termine di una riflessione profonda aprì di nuovo gli occhi e archiviò la faccenda.

«D'accordo» disse. «Ma io non ne so nulla.»

Solo dopo si accorse dei latrati che si allargavano in onde concentriche dallo spazio chiuso fra le mura fino alle paludi più remote, dove c'erano cani addestrati nell'arte di non latrare per non tradire i loro padroni. Il generale Montilla gli raccontò che stavano avvelenando i cani randagi per impedire la diffusione della rabbia. Erano riusciti a catturare solo due dei bambini morsi nel quartiere degli schiavi. Gli altri, come sempre, erano stati nascosti dai genitori affinché morissero sotto i loro dèi, o se li portassero nei covi segreti dei pantani di Marialabaja, dove non arrivava il braccio della legge, per cercare di salvarli con arti di serpari.

Il generale non aveva mai tentato di sopprimere quei riti della fatalità, ma l'avvelenamento dei cani gli sembrava indegno della condizione umana. Li amava quanto i cavalli e i fiori. Allorché si imbarcò la prima volta per l'Europa portò con sé una coppia di cuccioli fino a Veracruz. Ne aveva al seguito più di dieci quando attraversò le Ande dalle pianure del Venezuela alla testa di quattrocento uomini delle piane, scalzi, per liberare la Nueva Granada e fondare la repubblica della Colombia. In guerra ne portò sempre con sé. Nevado, il più celebre, che era stato con lui fin dalle prime campagne e aveva debellato da solo venti cani sanguinari degli eserciti spagnoli, venne ucciso da un colpo di lancia durante la prima battaglia di Carabobo. A Lima, Manuela Sáenz ne ebbe più di quanti poteva occuparsene, oltre ai numerosi animali di ogni sorta che teneva nella villa La Magdalena. Qualcuno aveva detto al generale che se un cane moriva bisognava sostituirlo subito con un altro uguale dal nome uguale per continuare a credere che fosse lo stesso. Lui non era d'accordo. Sempre li volle diversi, per rammentarli tutti con la loro identità, con la brama dei loro occhi e l'ansia del loro respiro, e per soffrire delle loro morti. La notte grama del 25 settembre fece includere fra le vittime dell'assalto i due segugi sgozzati dai congiurati. Ora, nel corso dell'ultimo viaggio, portava i due che gli rimanevano, oltre a quella sorta di pantera della mala morte che raccolsero lungo il fiume. La notizia che gli comunicò Montilla secondo cui solo durante il primo giorno avevano avvelenato oltre cinquanta cani, finì per guastargli lo stato d'animo che gli aveva lasciato l'arpa di amore.

Montilla se ne dolse davvero e gli promise che non ci sarebbero più stati cani morti per le vie. La promessa lo calmò, non perché credesse che sarebbe stata mantenuta, ma perché i buoni propositi dei suoi generali gli servivano di conforto. Lo splendore della notte fece il resto. Dal cortile illuminato si levava il vapore dei gelsomini, e l'aria sembrava di diamante, e c'erano nel cielo più stelle che mai. «Come in Andalusia in aprile» aveva detto lui in un altro periodo, rammentando Colombo. Un vento avverso spazzò via i rumori e gli odori, e rimase solo il rimbombo delle onde contro le muraglie.

«Generale» supplicò Montilla. «Non se ne vada.»

«La nave è nel porto» disse lui.

«Ce ne saranno altre» disse Montilla.

«È lo stesso» replicò lui. «Tutte saranno l'ultima.»

Non cedette di un millimetro. Al termine di molte suppliche vane, a Montilla non rimase altra risorsa che rivelargli il segreto che aveva giurato sul suo onore di serbare fino alla vigilia degli eventi: il generale Rafael Urdaneta, alla testa degli ufficiali bolivaristi, preparava un colpo di stato a Santa Fe per i primi giorni di settembre. Al contrario di quanto Montilla si aspettava, il generale non sembrò stupito.

«Non lo sapevo» disse, «ma era facile immaginarlo.»

Montilla gli rivelò allora i dettagli della cospirazione militare che era ormai nota in tutte le guarnigioni fedeli del Paese, in accordo con ufficiali del Venezuela. Il generale ci pensò a fondo. «Non ha senso» disse. «Se davvero Urdaneta vuole ricomporre il mondo, si arrangi con Páez e ripeta di nuovo la storia degli ultimi quindici anni da Caracas fino a Lima. Da lì in avanti sarà ormai una civile passeggiata fino in Patagonia.» Tuttavia, prima di ritirarsi a dormire lasciò una porta socchiusa.

«Sucre lo sa?» domandò.

«È contrario» disse Montilla.

«Per via della sua ruggine con Urdaneta, ovviamente» disse il generale.

«No» disse Montilla, «perché così gli si impedisce di andarsene a Quito.»

«Comunque, è con lui che dovete parlare» disse il generale. «Con me sprecate tempo.»

Sembrava la sua ultima parola. A tal punto, che il giorno dopo molto sul presto impartì a José Palacios l'ordine di imbarcare i bagagli mentre il piroscafo si trovava nella baia, e mandò a chiedere al capitano della nave che l'ancorasse nel pomeriggio dinanzi alla fortezza di Santo Domingo, sicché lui potesse vederla dal balcone della sua casa. Furono disposizioni così precise, che non avendo detto chi avrebbe viaggiato con lui, i suoi ufficiali pensarono che non ne avrebbe portato nessuno. Wilson si comportò com'era stato concordato fin da gennaio, e imbarcò i suoi bagagli senza consultarsi con nessuno.

Persino i meno convinti che sarebbe partito si recarono a congedarsi, quando videro passare per le vie i sei carri carichi verso l'imbarcadero della baia. Il conte di Raigecourt, questa volta accompagnato da Camille, fu l'invitato d'onore al pranzo. Lei sembrava più giovane e i suoi occhi erano meno crudeli con i capelli raccolti in una crocchia, e con una tunica verde e certe babbucce da casa dello stesso colore. Il generale nascose con una galanteria il disgusto di vederla. «Sicurissima dev'essere la signora della sua bellezza se crede che il verde la favorisca» disse in spagnolo.

Il conte tradusse subito, e Camille se ne uscì in una risata da donna libera che saturò la casa intera col suo alito di regolizia. «Non ricominciamo, don Simón» disse. Qualcosa era mutato in entrambi, perché nessuno dei due osò riprendere il torneo retorico della prima volta per timore di ferire l'altro. Camille se ne scordò, sfarfalleggiando a suo agio fra un pubblico educato apposta a parlar francese nelle riunioni come quella. Il generale andò a chiacchierare con fra' Sebastián de Sigüenza, un sant'uomo che godeva di un prestigio assai meritato per aver curato Humboldt del vaiolo contratto durante il suo passaggio in città nell'anno zero. Lo stesso frate era l'unico a non attribuire importanza alla cosa. «Il Signore ha disposto che taluni muoiano di vaiolo, e talaltri no, e il barone era fra questi ultimi» diceva. Il generale aveva chiesto di conoscerlo nel corso del suo viaggio precedente, allorché seppe che curava trecento malattie diverse con trattamenti a base di aloe.

Montilla ordinò di allestire la parata militare di commiato, quando José Palacios ritornò dal porto col messaggio ufficiale che il piroscafo sarebbe stato davanti alla casa a partire dall'ora di pranzo. A causa del sole in quell'ora in pieno mese di giugno, ordinò di sistemare tende su tutte le scialuppe che avrebbero portato a bordo il generale dalla fortezza di Santo Domingo. Alle undici, la casa era accalcata di invitati e di spontanei che soffocavano di caldo, quando misero in tavola ogni genere di curiosità della cucina locale. Camille non riuscì a spiegarsi il motivo della commozione che fece rabbrividire la sala, finché non ebbe udito la voce esausta vicinissima al suo orecchio: «*Après vous, madame*». Il generale l'aiutò a servirsi di un po' di tutto, spiegandole il nome, la ricetta e l'origine di ogni piatto, e poi si servì lui stesso una porzione bene assortita, dinanzi allo stupore della sua cuoca, cui un'ora prima aveva rifiutato leccornie più squisite di quelle esposte a tavola. In seguito, facendosi strada attraverso i gruppi che cercavano dove sedersi, la guidò fino alla gora di grandi fiori equatoriali del balcone interno, e l'abbordò senza preamboli.

«Sarà molto gradevole vederci a Kingston» le disse.

«Nulla mi farebbe maggior piacere» disse lei, senza un attimo di stupore. «Adoro i Monti Blu.»

«Da sola?»

«Con chiunque, sarò sempre da sola» disse lei. E aggiunse con malizia: «Eccellenza».

Lui sorrise.

«La cercherò mediante Hyslop» disse.

Questo fu tutto. La guidò di nuovo attraverso la sala fino al punto in cui l'aveva trovata, si congedò da lei con un inchino da controdanza, e ritornò al suo posto. Nessuno seppe quando prese la decisione di fermarsi, né perché la prese. Era tormentato dai politici, che parlavano di discordie locali, quando si volse d'improvviso verso Raigecourt, e un po' come a vanvera gli disse per essere udito da tutti:

«Lei ha ragione, signor conte. Cosa potrei mai fare io con tutte quelle donne nello stato pietoso in cui mi ritrovo?»

«Infatti, generale» disse il conte con un sospiro. E si affrettò: «La settimana ventura, invece, arriva la *Shannon*, una fregata inglese che ha non solo una buona cabina, ma anche un medico eccellente.»

«Il che è peggio di cento donne» disse il generale. Comunque, la spiegazione fu solo un pretesto, perché uno degli ufficiali era pronto a cedergli la sua cabina fino alla Giamaica. José Palacios fu l'unico a definire il motivo esatto con la sua sentenza infallibile: «Quello che il mio signore pensa, solo il mio signore lo sa». Inoltre non avrebbe assolutamente potuto mettersi in viaggio, perché il piroscafo si incagliò mentre si recava a prenderlo davanti a Santo Domingo, e ne riportò un danno grave.

Sicché rimase, all'unico patto di non fermarsi oltre in casa di Montilla. Il generale la considerava la più bella della città, ma era troppo umida per le sue ossa a causa della vicinanza del mare, soprattutto d'inverno, quando si svegliava con le lenzuola fradicie. La sua salute richiedeva arie meno araldiche di quelle dello spazio chiuso fra le mura. Montilla interpretò la cosa come un indizio che sarebbe rimasto a lungo, e si affrettò a soddisfarlo.

Alle pendici del colle della Popa c'era un sobborgo di svago che gli stessi abitanti di Cartagena avevano incendiato nel 1815 affinché non trovassero dove accamparsi le truppe realiste che tornavano a riconquistare la città. Il sacrificio non servì a nulla, perché gli spagnoli occuparono lo spazio fortificato nel giro di centosedici giorni di assedio, durante i quali si mangiarono persino le suole delle scarpe, e più di seimila morirono di fame. Quindici anni dopo, la piana calcinata era sempre esposta ai soli indegni delle due del pomeriggio. Una delle poche case ricostruite era quella del commerciante inglese Judah Kingseller, che in quei giorni era in viaggio. Il generale ne era stato attratto quando era giunto a Turbaco, per il tetto di palma ben tenuto e per i muri dai colori festosi, e perché era quasi nascosta in un boschetto di alberi da frutta. Il generale Montilla riteneva che era una casa assai indegna dell'inquilino, ma quest'ultimo gli rammentò che aveva dormito sia nel letto di una duchessa sia avvolto nella sua mantella sul pavimento di un porcile. Sicché la prese in affitto per un periodo indefinito, e con un ricambio per il letto e per il lavamano, i sei sgabelli di cuoio del salotto, e l'alambicco da artigiano con cui il signor Kingseller distillava i suoi liquori personali. Il generale Montilla portò inoltre una poltrona di velluto dal palazzo del governo, e fece costruire una baracca improvvisata per i granatieri della guardia. La casa era fresca dentro nelle ore di più sole, e meno umida in qualsiasi momento rispetto a quella del marchese di Valdehoyos, e aveva quattro camere da letto dove andavano a spasso le iguane. L'insonnia era meno arida all'alba, quando si udivano le esplosioni istantanee delle guanábane mature che cadevano dagli alberi. Nel pomeriggio, soprattutto nei periodi di grandi piogge, si vedevano passare i cortei di poveri che portavano i loro annegati per vegliarli nel convento.

Dopo che si fu trasferito alle pendici della Popa, il generale non ritornò più di tre volte nello spazio chiuso fra le mura, e fu solo per posare per Antonio Meucci, un pittore italiano che era di passaggio a Cartagena. Si sentiva così debole da dover posare seduto sulla terrazza interna della dimora del marchese, tra i fiori selvatici e il bailamme degli uccelli, e comunque non riusciva a rimanere immobile per oltre un'ora. Il ritratto gli piacque, sebbene fosse evidente che l'artista l'aveva visto con troppa compassione.

Il pittore della Nueva Granada José María Espinosa l'aveva dipinto nel palazzo del governo di Santa Fe poco prima dell'attentato di settembre, e il ritratto gli sembrò così diverso dall'immagine che aveva di se stesso, da non riuscir a sottrarsi all'impulso di sfogarsi col generale Santana, suo segretario di allora.

«Lei sa a chi assomiglia questo ritratto?» gli disse.

«A quel vecchio Olaya, quello di La Mesa.»

Quando Manuela Sáenz lo seppe si mostrò scandalizzata, perché conosceva l'anziano di La Mesa.

«Ho l'impressione che lei stia amandosi molto poco» gli disse. «Olaya aveva quasi ottant'anni l'ultima volta che l'abbiamo visto, e non riusciva a reggersi in piedi.»

Il più antico dei suoi ritratti era una miniatura anonima dipinta a Madrid quando aveva sedici anni. A trentadue gliene avevano fatto un altro a Haiti, e tutt'e due erano fedeli alla sua età e alla sua natura caraibica. Aveva un filo di sangue africano, per via di un trisnonno paterno che aveva avuto un figlio con una schiava, ed era così evidente nei suoi lineamenti che gli aristocratici di Lima lo chiamavano Lo Zambo. Ma a mano a mano che la sua gloria aumentava, i pittori lo idealizzavano, lavandogli il sangue, mitizzandolo, finché non se lo infissero nella memoria col profilo romano delle sue statue. Invece il ritratto di Espinosa non assomigliava a nessun altri che a lui, a

184

quarantacinque anni, e già corroso dalla malattia che fece di tutto per nascondere e, addirittura, per nascondere a se stesso fino alla vigilia della morte.

Una notte di piogge, risvegliandosi da un sonno inquieto nella casa alle pendici della Popa, il generale vide una creatura evangelica seduta in un angolo della camera da letto, con la tunica di canapa grezza di una congregazione laica e i capelli adorni di una corona di coleotteri luminosi. Ai tempi della colonia, i viaggiatori europei si stupivano alla vista degli indigeni che si illuminavano con un'ampolla dei cosiddetti cocuyos. In seguito divennero una moda repubblicana delle donne che li usavano come ghirlande accese sulle chiome, come diademi di luce sulla fronte, come spille fosforescenti sul petto. La ragazza che trovò quella notte nella camera da letto li aveva cuciti su una fascia che le illuminava il viso con un chiarore spettrale. Era languida e misteriosa, aveva i capelli brizzolati a vent'anni, e lui scoprì subito lo sfavillio della virtù che più apprezzava in una donna: l'intelligenza ancora da sgrezzare. Era giunta nell'accampamento dei granatieri offrendosi per qualsiasi incombenza, e all'ufficiale di turno sembrò così strana che la mandò da José Palacios qualora gli fosse interessata per il generale. Lui la invitò a coricarglisi accanto, perché non si sentì in forze per portarla in braccio sull'amaca. Lei si tolse la fascia, ripose i cocuyos dentro un pezzo di canna da zucchero che aveva con sé, e gli si coricò vicino. Al termine di una conversazione un po' su tutto, il generale si azzardò a domandarle cosa pensavano di lui a Cartagena.

«Dicono che Sua Eccellenza sta bene, ma che fa l'ammalato affinché la compatiscano» disse lei.

Lui si tolse la camicia da notte e chiese alla donna di esaminarlo alla luce della candela. Allora lei conobbe a palmo a palmo il corpo più distrutto che si potesse concepire: il ventre misero, le costole a fior di pelle, le gambe e le braccia di puro osso, e lui tutto avvolto in un pellame glabro di un pallore di morte, con la testa che sembrava quella di un altro tant'era conciata dalle intemperie.

«Ormai l'unica cosa che mi manca è morire» disse lui.

La ragazza insistette.

«La gente dice che è sempre stato così, ma che ora le conviene che lo sappiano.»

Lui non si arrese all'evidenza. Continuò a fornire prove decisive della sua malattia, mentre lei soccombeva a tratti a un sonno facile, e dormendo continuava a rispondergli senza perdere il filo del discorso. Lui non la toccò neppure per tutta la notte, ma gli bastava sentire il riverbero della sua adolescenza. D'improvviso, proprio accanto alla finestra, il capitano Iturbide cominciò a cantare: «*Se la burrasca continua e l'uragano impazza, stringiti al mio collo che ci divori il mare*». Era una canzone di altri tempi, quando lo stomaco sopportava ancora il terribile potere di evocazione delle guayabe mature e l'inclemenza di una donna nel buio. Il generale e la ragazza l'ascoltarono insieme, quasi con devozione, ma lei si addormentò a metà della canzone successiva, lui cadde di lì a poco in un marasma senza quiete. Il silenzio era così puro dopo la musica, che i cani fecero uno schiamazzo quando lei si alzò in punta di piedi per non svegliare il generale. Lui la udì cercare a tentoni il chiavistello.

«Te ne vai vergine» le disse.

Lei gli rispose con una risata festosa:

«Nessuna è vergine dopo una notte con Sua Eccellenza.»

Se ne andò, come tutte. Fra le tante donne che passarono nella sua vita, molte delle quali per brevi ore, non ce ne fu nessuna cui avrebbe neppure suggerito l'idea di fermarsi. Nelle sue urgenze di amore era capace di capovolgere il mondo per andare a incontrarle. Una volta sazio, gli bastava l'illusione di continuar a sentirsi nel di loro ricordo, abbandonandosi a loro da lontano in lettere impetuose, mandando regali abbacinanti per difendersi dall'oblio, ma senza impegnare neppure un brandello della sua vita in un sentimento che assomigliava più alla vanità che all'amore.

Non appena quella notte si fu ritrovato solo, si alzò per raggiungere Iturbide, che continuava a chiacchierare con altri ufficiali intorno al fuoco nel cortile. Lo fece cantare fino all'alba accompagnato dalla chitarra del colonnello José de la Cruz Paredes, e tutti si resero conto del suo pessimo stato d'animo per via delle canzoni che richiedeva.

Dal suo secondo viaggio in Europa era ritornato entusiasta delle canzonette alla moda, e le cantava a gran voce e le ballava con una grazia insuperabile durante le nozze dei nobili di Caracas. Le guerre mutarono i suoi gusti. Le canzoni romantiche di ispirazione popolare che l'avevano guidato per mano attraverso i mari di dubbi dei suoi primi amori, vennero sostituite dai valzer sontuosi e dalle marce trionfali. Quella notte a Cartagena aveva di nuovo richiesto le canzoni della giovinezza, e talune così antiche che dovette insegnarle a Iturbide, perché questi era troppo giovane per ricordarle. Gli ascoltatori diminuirono a mano a mano che il generale si dissanguava dentro, e rimase solo con Iturbide insieme alle braci del fuoco.

Era una notte strana, senza una stella nel cielo, e tirava un vento di mare greve di pianti di orfani e di fragranze marce. Iturbide era uomo dai vasti silenzi, che poteva rimanere fino all'alba a contemplare le ceneri gelide senza batter ciglio, con la stessa ispirazione con cui poteva cantare senza pause una notte intera. Il generale, mentre attizzava il fuoco, con una bacchetta, gli infranse la malìa:

«Cosa si dice in Messico?»

«Lì non ho nessuno» disse Iturbide. «Sono un senzaterra.»

«Qui lo siamo tutti» disse il generale. «Ho trascorso solo sei anni in Venezuela da quando questa storia è cominciata, e il resto l'ho passato sfiancando puledri attraverso mezzo mondo. Lei non immagina cosa darei io per starmene a mangiare un bollito con verdure miste a San Mateo.

Il pensiero dovette sfuggirgli davvero verso i frantoi dell'infanzia, perché si immerse in un profondo silenzio guardando il fuoco agonizzante. Quando parlò di nuovo era ritornato sulla terra ferma. «Il fatto è che abbiamo smesso di essere spagnoli e poi siamo andati di qua e di là, in paesi che hanno talmente cambiato nome e governo da un giorno all'altro, che non sappiamo neppure più dove cazzo siamo» disse. Riprese a contemplare le ceneri per un lungo momento, e domandò con altro tono:

«Ed essendoci tanti paesi in questo mondo, come le è venuto in mente di venirsene qui?»

Iturbide gli rispose con una lunga circonlocuzione. «Al collegio militare ci insegnavano a far la guerra sulla carta» disse. «Combattevamo con soldatini di piombo su mappe di gesso, la domenica ci portavano nei prati vicini, fra le vacche e le signore che ritornavano dalla messa, e il colonnello sparava una cannonata perché ci abituassimo alla paura dell'esplosione e all'odore della polvere. Si figuri che il più famoso dei maestri era uno storpio inglese che ci insegnava a cascare morti da cavallo.»

Il generale lo interruppe.

«E lei voleva la guerra davvero?»

«La sua, generale» disse Iturbide. «Ma sono quasi due anni che mi ci hanno ammesso, e continuo a non sapere com'è una battaglia in carne e ossa.»

Il generale rimase ancora senza guardarlo in faccia. «Si è sbagliato di destino» gli disse. «Qui non ci saranno più guerre se non quelle degli uni contro gli altri, che sono come ammazzarsi la madre.» José Palacios gli rammentò dall'ombra che era quasi l'alba. Allora lui disperse le ceneri con la bacchetta, e mentre si raddrizzava stretto al braccio di Iturbide, gli disse:

«Io, al suo posto, me ne andrei di qui, in tutta fretta, prima che mi raggiunga il disonore.»

José Palacios ripeté fino alla morte che la casa alle pendici della Popa era occupata dai fati infausti. Si erano appena installati quando giunse dal Venezuela il tenente di vascello José Tomás Machado, con la notizia che parecchi accantonamenti militari non avevano riconosciuto il governo separatista, e acquistava vigore un nuovo partito a favore del generale. Questi lo ricevette da solo e lo ascoltò con attenzione, ma non fu molto entusiasta. «Le notizie sono buone, ma tardive» disse. «E quanto a me, cosa può fare un povero invalido contro un mondo intero?» Impartì istruzioni

189

affinché alloggiassero l'emissario con ogni onore, ma non gli promise nessuna risposta.

«Non spero salvezza per la patria» disse.

Tuttavia, non appena ebbe congedato il tenente Machado, il generale si volse verso Carreño e gli domandò: «Ha trovato Sucre?». Sì: era partito da Santa Fe alla metà di maggio, in tutta fretta, per essere puntuale il giorno del suo onomastico con la moglie e la figlia.

«Era in anticipo» concluse Carreño «perché il presidente Mosquera l'ha incontrato sulla strada di Popayán.»

«Ma come?» disse il generale, stupito. «Se n'è andato per terra?»

«Sì, signor generale.»

«Dio dei poveri!» disse lui.

Fu un'intuizione. Quella stessa sera ricevette la notizia che il maresciallo Sucre era caduto in un'imboscata ed era stato ucciso con una pallottola nella schiena mentre attraversava la tenebrosa zona di Buerruecos, il 4 giugno passato. Montilla arrivò con la brutta notizia mentre il generale aveva appena fatto il bagno serale, e a stento l'ascoltò tutta. Si diede una pacca sulla fronte, e tirò via la tovaglia su cui c'erano ancora le stoviglie per la cena, invaso da una delle sue collere bibliche.

«Cazzo!» gridò.

Risuonavano ancora nella casa gli echi dello strepito, che lui aveva già ripreso la padronanza di sé. Crollò sulla seggiola, ruggendo: «È stato Obando». E lo ripeté più volte: «È stato Obando, assassino al soldo degli spagnoli». Si riferiva al generale José María Obando, comandante di Pasto, sulla frontiera sud della Nueva Granada, che in tal modo privava il generale del suo unico successore possibile, e si assicurava la presidenza della repubblica squartata per offrirla a Santander. Uno dei congiurati raccontò nelle sue memorie che uscendo dalla casa dove fu concordato il delitto, nella piazza centrale di Santa Fe, aveva provato una commozione dell'anima vedendo il maresciallo Sucre nella foschia gelida dell'imbrunire, col suo soprabito di panno nero e il cappello da povero, che passeggiava da solo con le mani in tasca nell'atrio della cattedrale.

La sera in cui venne a sapere della morte di Sucre, il generale ebbe un vomito di sangue. José Palacios glielo nascose, così come a Honda, dove l'aveva sorpreso che lavava a gattoni il pavimento del bagno con una spugna. Conservò quei due segreti senza che lui glielo chiedesse, pensando che non era il caso di aggiungere altre brutte notizie quando ce n'erano già tante.

Una sera come quella, a Guayaquil, il generale aveva avuto la consapevolezza della sua vecchiaia prematura. Portava ancora i capelli lunghi fino alle spalle, e se li legava alla nuca con un nastro per maggior comodità nelle battaglie della guerra e dell'amore, ma allora si accorse che li aveva quasi bianchi, e che il suo viso era appassito e triste. "Se lei mi vedesse non mi riconoscerebbe" scrisse a un amico. "Ho quarantun anni ma sembro un vecchio di sessanta." Quella sera si tagliò i capelli. Poco dopo, a Potosí, nel tentativo di fermare il vento della giovinezza fuggiasca che gli scorreva via fra le dita, si rase i baffi e le basette.

Dopo l'assassinio di Sucre non ricorse più ad artifici di toeletta per occultare la vecchiaia. La casa alle pendici della Popa sprofondò nel lutto. Gli ufficiali non ripresero più a giocare, e passavano la notte in bianco, chiacchierando nel cortile fino a molto tardi intorno al fuoco perpetuo per allontanare le zanzare, o nel dormitorio comune, su amache appese a diversi livelli.

Il generale si mise a distillare le sue amarezze goccia a goccia. Sceglieva a caso due o tre dei suoi ufficiali, e li teneva svegli mostrando loro quanto di peggio serbava nel marcitoio del suo cuore. Confidò ancora una volta il ritornello secondo il quale i suoi eserciti erano stati sul bordo dell'annientamento per la meschinità con cui Santander, che era presidente incaricato della Colombia, rifiutava di mandargli truppe e denaro per portare a termine la liberazione del Perù.

«È avaro e taccagno di natura» diceva, «ma i suoi motivi erano ancora più mancini: quel volpone non riusciva a vedere al di là delle frontiere coloniali.»

Ripeté loro per la millesima volta la litania secondo cui il colpo mortale contro l'integrazione fu invitare gli Stati Uniti al Congresso di Panama, come Santander aveva fatto a suo rischio e pericolo, quando si trattava nientemeno che di proclamare l'unità dell'America.

«Era come invitare il gatto alla festa dei topi» disse. «E tutto perché gli Stati Uniti minacciavano di accusarci di star trasformando il continente in una lega di stati popolari contro la Santa Alleanza. Che onore!»

Ripeté ancora una volta il suo terrore per il sangue freddo inconcepibile con cui Santander sapeva portar a termine i suoi propositi. «È una gatta morta» diceva. Ripeté per la millesima volta la diatriba dei prestiti che Santander aveva ricevuto da Londra, e della compiacenza con cui aveva patrocinato la corruzione dei suoi amici. Ogni volta che lo evocava, in privato o in pubblico, aggiungeva una goccia di veleno in un'atmosfera politica che non sembrava tollerarne altre. Ma non riusciva a trattenersi.

«È stato così che è iniziata la fine del mondo» diceva.

Era talmente severo nell'uso del denaro pubblico che non ce la faceva a ritornare su quell'argomento senza perdere le staffe. Quando era presidente aveva decretato la pena di morte per qualsiasi pubblico ufficiale che si fosse comportato disonestamente o che avesse rubato più di dieci pesos. Invece era così liberale quanto ai suoi beni personali, che in pochi anni spese nelle guerre di indipendenza gran parte della fortuna ereditata dai suoi avi. I suoi stipendi venivano suddivisi fra le vedove e gli invalidi di guerra. Ai nipoti regalò i frantoi ereditati, alle sorelle regalò la casa di Caracas, e la maggioranza delle sue terre la spartì fra i numerosi schiavi che liberò già prima che fosse abolita la schiavitù. Rifiutò un milione di pesos che gli offrì il congresso di Lima nell'euforia della liberazione. La villa di Monserrate, che il governo gli assegnò affinché avesse un luogo dignitoso dove vivere, la regalò a un amico nei guai pochi giorni prima delle dimissioni. Nell'Apure si alzò dall'amaca su cui stava dormendo e la regalò a una guida perché ci sudasse la febbre, e lui continuò a dormire per terra avvolto in una mantella da campagna. I ventimila scudi che voleva pagare di tasca sua all'educatore quacchero José Lancaster non erano un debito suo ma dello stato. I cavalli che tanto amava finiva per lasciarli agli amici che incontrava al suo passaggio, persino Palomo Blanco, il più noto e glorioso, che rimase in Bolivia a presiedere le stalle del maresciallo di Santa Cruz. Sicché l'argomento dei prestiti loschi lo spingeva agli estremi della perfidia senza che riuscisse a controllarsi.

«Cassandro ne è uscito pulito, come il 25 settembre, naturalmente, perché è un mago nel rispettare le forme» diceva a chi aveva voglia di ascoltarlo. «Ma i suoi amici riportavano in Inghilterra gli stessi soldi che gli inglesi avevano prestato alla nazione, con interessi incredibili, e li moltiplicavano a loro favore con affari da usurai.»

Mostrò a tutti, per notti intere, i fondi più torbidi della sua anima. All'alba del quarto giorno, quando la crisi sembrava eterna, si affacciò all'uscio del cortile con gli stessi indumenti che aveva addosso quando ricevette la notizia del delitto, chiamò da parte il generale Briceño Méndez, e parlò con lui fino ai primi canti dei galli. Il generale nella sua amaca con una zanzariera, e Briceño Méndez su un'altra amaca che José Palacios gli appese accanto. Forse né l'uno né l'altro erano consapevoli di quanto avessero lasciato alle loro spalle le consuetudini sedentarie della pace, ed erano ritornati in pochi giorni alle notti incerte degli accampamenti. Dopo quella conversazione fu chiaro per il generale che l'inquietudine e i desideri espressi da José María Carreño a Turbaco non erano solo suoi, ma erano condivisi da una maggioranza di ufficiali venezuelani. Questi, dopo il comportamento degli abitanti della Nueva Granada contro di loro, si sentivano più venezuelani che mai, ma erano pronti ad ammazzarsi per l'integrità. Se il generale avesse impartito l'ordine che se ne andassero a battersi in Venezuela, sarebbero partiti di corsa. E Briceño Méndez prima di tutti.

Furono i giorni peggiori. L'unica visita che il generale accettò di ricevere fu quella del colonnello polacco Mieczyslaw Napierski, eroe della battaglia di Friedland e sopravvissuto al disastro di Lipsia, che era arrivato in quei giorni con la raccomandazione del generale Poniatowski per entrare nell'esercito della Colombia.

«Lei arriva tardi» gli aveva detto il generale. «Qui non rimane nulla.»

Dopo la morte di Sucre rimaneva meno di nulla. Così disse a Napierski, e così disse quest'ultimo nel suo diario di viaggio, che un grande poeta della Nueva Granada avrebbe riscattato per la storia centottant'anni dopo. Napierski era arrivato a bordo della *Shannon*. Il capitano della nave lo accompagnò a casa del generale, e questi parlò loro del suo desiderio di recarsi in Europa, ma nessuno dei due colse in lui una reale disposizione a imbarcarsi. Visto che la fregata avrebbe fatto uno scalo a La Guayra e ripassava per Cartagena prima di ritornare a Kingston, il generale diede al capitano una lettera per il suo procuratore venezuelano riguardo all'affare delle miniere di Aroa, con la speranza che al ritorno gli mandasse un po' di denaro. Ma la fregata tornò senza risposta, e lui si mostrò così prostrato, che nessuno pensò di domandargli se partiva.

Non ci fu una sola notizia di conforto. José Palacios, da parte sua, badò a non aggravare quelle che si ricevevano, e tentava di farle tardare il più possibile. Una cosa che preoccupava gli ufficiali del seguito, e che nascondevano al generale per non mortificarlo definitivamente, era che gli ussari e i granatieri stavano spargendo il seme di fuoco di una blenorragia immortale. Era cominciata con due donne che avevano soddisfatto la guarnigione completa durante le notti di Honda, e i soldati avevano continuato a seminarla con i loro amorazzi ovunque passavano. In quel momento non era in salvo nessuno dei soldati della truppa, malgrado non ci fosse rimedio accademico o artificio di medicone che non avessero provato.

Non erano infallibili le premure di José Palacios per impedire amarezze inutili al suo signore. Una notte, un biglietto senza indirizzo passò di mano in mano, e nessuno seppe come giunse fino all'amaca del generale. Lui lo lesse senza gli occhiali, alla distanza del braccio, e poi lo mise sulla fiamma della candela e lo resse con le dita finché non si fu consumato.

Era di Josefa Sagrario. Era arrivata il lunedì col marito e i figli, di passaggio per Mompox, incoraggiata dalla notizia che il generale era stato deposto e che se ne andava dal Paese. Lui non rivelò mai quanto diceva il messaggio, ma tutta la notte diede mostra di grande ansia, e all'alba inviò a Josefa Sagrario una proposta di riconciliazione. Lei resistette alle suppliche, e proseguì il viaggio com'era previsto, senza un attimo di cedimento. Il suo unico motivo, secondo quello che disse a José Palacios, era che non aveva nessun senso far la pace con un uomo che considerava già morto.

Quella settimana si seppe che stava rincrudendo a Santa Fe la guerra personale di Manuela Sáenz per il ritorno del generale. Nel tentativo di renderle la vita impossibile, il ministero degli interni le aveva chiesto di consegnare gli archivi che aveva in custodia. Lei rifiutò, e diede l'avvio a una campagna di provocazioni che stava facendo ammattire il governo. Fomentava scandali, distribuiva manifesti che glorificavano il generale, cancellava le scritte a carbone dai muri pubblici, accompagnata da due delle sue schiave guerriere. Era di dominio pubblico che entrava nelle caserme con l'uniforme da colonnello, e che partecipava sia alle feste dei soldati sia alle cospirazioni degli ufficiali. La voce più insistente era che stava promuovendo all'ombra di Urdaneta una rivolta armata per restaurare il potere assoluto del generale.

Era difficile credere che lui avrebbe avuto energia a tal punto. Le febbri dell'imbrunire divennero sempre più puntuali, e la tosse si fece lacerante. Un'alba, José Palacios lo udì gridare: «Patria puttana!». Irruppe nella camera da letto, allarmato da un'esclamazione per cui il generale rimproverava i suoi ufficiali, e lo trovò con la guancia bagnata di sangue. Si era tagliato mentre si radeva, e non era indignato per il danno in sé quanto per la sua stessa goffaggine. Lo speziale che lo curò, portato di urgenza dal colonnello Wilson, lo trovò così disperato che cercò di calmarlo con qualche goccia di belladonna. Lui lo fermò bruscamente.

«Mi lasci così come sono» gli disse. «La disperazione è la salvezza dei perduti.»

Sua sorella María Antonia gli scrisse da Caracas. "Tutti si lagnano che tu non abbia voluto venire a sistemare questo disordine" diceva. I preti di paese erano dalla sua parte, le diserzioni nell'esercito erano incontrollabili, e le foreste erano piene di gente armata che diceva di non voler altri che lui. "È una girandola di matti che non si capiscono fra loro pur avendo fatto la loro rivoluzione" diceva sua sorella. Mentre taluni lo invocavano, i muri di mezzo paese all'alba erano cosparsi di scritte ingiuriose. La sua famiglia, dicevano le pasquinate, doveva essere sterminata fino alla quinta generazione.

Il colpo di grazia glielo assestò il congresso del Venezuela, riunitosi a Valencia, che coronò i suoi patti con la separazione definitiva, e con la dichiarazione solenne che non ci sarebbe stata un'intesa con la Nueva Granada e con l'Ecuador finché il generale fosse rimasto in territorio colombiano. Quanto il fatto in sé, lo addolorò che il comunicato ufficiale di Santa Fe gli venisse trasmesso da un antico congiurato del 25 settembre, suo nemico acerrimo, che il presidente Mosquera aveva fatto ritornare dall'esilio per nominarlo ministro degli interni. «Devo dire che questo è l'evento che più mi ha addolorato in vita mia» disse il generale. Passò la notte in bianco, dettando a diversi amanuensi varie versioni per una risposta, ma fu tanta la sua rabbia che si addormentò. All'alba, al termine di un sonno turbato, disse a José Palacios:

«Il giorno in cui morirò suoneranno a festa le campane di Caracas.»

Ci fu di più. Ricevuta la notizia della morte, il governatore di Maracaibo avrebbe scritto: "Mi affretto a comunicare la notizia di questo grande evento che indubbiamente produrrà innumerevoli beni alla causa della libertà e alla felicità del Paese. Il genio del male, la fiaccola dell'anarchia, l'oppressore della patria ha cessato di esistere". L'annuncio, inizialmente destinato a informare il governo di Caracas, divenne infine un proclama nazionale.

In mezzo all'orrore di quei giorni infausti, José Palacios recitò al generale la data del suo compleanno alle cinque del mattino: «Ventiquattro luglio, giorno di santa Cristina, vergine e martire». Lui aprì gli occhi, e ancora una volta dovette esser consapevole che era un prescelto dall'avversità.

Non era sua abitudine festeggiare il compleanno ma l'onomastico. C'erano undici san Simón fra i santi cattolici, e lui avrebbe preferito aver preso nome dal cireneo che aiutò Cristo a trasportare la croce, ma il destino gli assegnò un altro Simón, l'apostolo e predicatore in Egitto e in Etiopia, la cui data è il 28 ottobre. Un giorno come quello, a Santa Fe, durante la festa gli misero una corona di alloro. Lui se la tolse con bel garbo e con tutta la sua malizia la mise al generale Santander, che l'accettò senza batter ciglio. Il conto della sua vita, però, non lo teneva in base al nome ma in base agli anni. I quarantasette avevano per lui un significato speciale, perché il 24 luglio dell'anno prima, a Guayaquil, in mezzo alle brutte notizie arrivate da ovunque e al delirio delle sue febbri perniciose, lo fece rabbrividire un presagio. Lui, che non ammise mai la realtà dei presagi. Il segno era nitido: se riusciva a rimaner vivo fino al compleanno successivo non ci sarebbe più stata morte capace di ammazzarlo. Il mistero di quell'oracolo segreto era la forza che fino allora l'aveva sorretto in bilico contro ogni logica.

«Già quarantasette anni, cazzo» mormorò. «E sono vivo!»

Si sollevò sull'amaca, con le forze rinvigorite e il cuore in festa per la certezza meravigliosa di essere in salvo da ogni male. Chiamò Briceño Méndez, capoccia di quanti volevano andarsene in Venezuela a lottare per l'integrità della Colombia, e gli comunicò la grazia accordata ai suoi ufficiali per via del suo compleanno.

«Dai tenenti in su» gli disse, «chiunque voglia andar a battersi in Venezuela, riunisca le sue cianfrusaglie.»

Il generale Briceño Méndez fu il primo. Altri due generali, quattro colonnelli e otto capitani della guarnigione di Cartagena si unirono alla spedizione. Invece, allorché Carreño rammentò al generale la sua promessa precedente, gli disse:

«Lei è riservato a più alti destini.»

Due ore prima della partenza decise che se ne andasse José Laurencio Silva, perché aveva l'impressione che la ruggine della consuetudine stesse aggravandogli l'ossessione per i suoi occhi. Silva declinò l'onore.

«Anche quest'ozio è una guerra, e fra le più dure» disse. «Sicché rimango qui, se il signor generale non ordina altrimenti.»

Invece, Iturbide, Fernando e Andrés Ibarra non riuscirono a farsi ammettere. «Se lei deve proprio partire sarà per un'altra meta» disse il generale a Iturbide. Ad Andrés fece capire con un motivo insolito che il generale Diego Ibarra era già nella lotta, e che due fratelli erano troppi in una stessa guerra. Fernando non si offrì neppure, perché era sicuro di ricevere la risposta di sempre: «Un uomo va tutt'intero alla guerra, ma non si può permettere che ci vadano i suoi due occhi e la sua mano destra». Si accontentò del conforto che quella risposta era in un certo senso un'onoranza militare.

Montilla procurò i mezzi per mettersi in viaggio la stessa notte in cui vennero approvati, e prese parte alla semplice cerimonia con cui il generale si congedò da ciascuno con un abbraccio e una frase. Se ne andarono separati e lungo strade diverse, gli uni verso la Giamaica, gli altri verso Curaçao, altri ancora verso La Guayra, e tutti in borghese, senza armi né nulla che potesse tradire la loro identità, come avevano imparato nelle azioni clandestine contro gli spagnoli. All'alba, la casa alle pendici della Popa era una caserma smantellata, ma il generale rimase sorretto dalla speranza che una nuova guerra avrebbe fatto rinverdire gli allori di un tempo.

Il generale Rafael Urdaneta prese il potere il 5 settembre. Il congresso costituente aveva concluso il suo mandato, e non c'era altra autorità valida per legittimare il colpo di stato, ma gli insorti si appellarono al consiglio comunale di Santa Fe che riconobbe Urdaneta come incaricato del potere finché non l'avesse assunto il generale. Così culminò un'insurrezione delle truppe e degli ufficiali venezuelani accantonati nella Nueva Granada, che debellarono le forze del governo spalleggiati dai piccoli proprietari della savana e dal clero rurale. Era il primo colpo di stato nella repubblica della Colombia, e la prima delle quarantanove guerre civili che avremmo avuto di lì sino alla fine del secolo. Il presidente Joaquín Mosquera e il vicepresidente Caycedo, solitari in mezzo al nulla, abbandonarono le loro cariche. Urdaneta raccattò da terra il potere, e il suo primo gesto al governo fu inviare a Cartagena una delegazione personale per offrire al generale la presidenza della repubblica.

José Palacios non ricordava il suo signore da molto tempo con una salute stabile come in quei giorni, perché i dolori al capo e le febbri dell'imbrunire si arresero non appena si ricevette la notizia del colpo militare. Ma non l'aveva neppure visto in condizioni di maggiore ansia. Preoccupato per questo, Montilla aveva ottenuto la complicità di fra' Sebastián de Sigüenza affinché prestasse al generale un aiuto di soppiatto. Il frate accettò di buon grado, e lo fece bene, lasciandosi vincere a scacchi durante i pomeriggi aridi in cui aspettavano gli inviati di Urdaneta.

Il generale aveva appreso le regole del gioco durante il suo secondo viaggio in Europa, e poco gli mancò che diventasse un maestro giocando col generale O'Leary nelle notti della lunga campagna del Perù. Ma non si sentì capace di spingersi oltre. «Gli scacchi non sono un gioco ma una passione» diceva. «E io ne preferisco altre più intrepide.» Tuttavia, nei suoi programmi di istruzione pubblica li aveva inclusi fra i giochi utili e onesti che si dovevano insegnare a scuola. Il fatto è che non perseverò mai perché i suoi nervi non erano fatti per un gioco di tanta parsimonia, e la concentrazione che gli richiedevano gli occorreva per faccende più gravi.

Fra' Sebastián lo trovava intento a dondolarsi con forti spinte sull'amaca che si era fatto appendere alla porta principale, per sorvegliare la strada di polvere bruciante da cui dovevano spuntare gli inviati di Urdaneta. «Ah, padre» diceva il generale vedendolo arrivare. «Lei non desiste.» Si sedeva appena per muovere le sue pedine, perché dopo ogni mossa si alzava in piedi mentre il frate pensava.

«Non si distragga, Eccellenza» gli diceva questi, «che me la mangio vivo.»

Il generale rideva:

«Chi pranza con la superbia cena con la vergogna.»

O'Leary soleva trattenersi accanto al tavolo per studiare la scacchiera e suggerirgli qualche idea. Lui lo respingeva indignato. Invece, ogni volta che vinceva usciva nel cortile dove i suoi ufficiali giocavano a carte, e cantava loro vittoria. A metà di una partita, fra' Sebastián gli domandò se non pensava di scrivere le sue memorie.

«Mai» disse lui. «Sono coglionate dei morti.»

La posta, che fu una delle sue ossessioni predominanti, divenne per lui un martirio. Soprattutto in quelle settimane di confusione in cui le staffette di Santa Fe indugiavano in attesa di nuove notizie, e i corrieri di collegamento si stancavano ad aspettarla. Invece, i corrieri clandestini divennero più prodighi e più celeri. Sicché il generale aveva notizia delle notizie prima che arrivassero, e aveva tempo in abbondanza per maturare le sue decisioni.

Quando seppe che gli emissari erano vicini, il 17 settembre, mandò Carreño e O'Leary ad attenderli sulla strada di Turbaco. Erano i colonnelli Vicente Piñeres e Julián Santa María, la cui prima sorpresa fu il buon umore in cui trovarono l'ammalato senza speranze di cui tanto si parlava a Santa Fe. Si improvvisò nella casa una cerimonia solenne, con personalità civili e militari, durante la quale si pronunciarono discorsi di circostanza e si brindò alla salvezza della patria. Ma infine lui trattenne gli emissari, e si dissero da soli le verità. Il colonnello Santa María, che sguazzava nel patetico, diede la nota culminante: se il generale non accettava il comando ci sarebbe stata una spaventosa anarchia nel Paese. Lui evitò di rispondere.

«Dapprima bisogna esistere e poi modificare» disse. «Solo quando si sarà schiarito l'orizzonte politico sapremo se c'è una patria o se non c'è.»

Il colonnello Santa María non capì.

«Voglio dire che la cosa più urgente è riunificare il Paese con le armi» disse il generale. «Però il bandolo della matassa non è qui ma in Venezuela.»

A partire da allora, quella sarebbe stata la sua idea fissa: ricominciare dall'inizio, sapendo che il nemico era dentro e non fuori casa. Le oligarchie di ogni paese che nella Nueva Granada erano rappresentate dai santanderisti, e dallo stesso Santander, avevano dichiarato guerra a morte contro l'idea dell'integrità, perché era contraria ai privilegi locali delle grandi famiglie.

«È l'unica e reale causa di questa guerra di dispersione che sta ammazzandoci» disse il generale. «E il fatto più triste è che credono di cambiare il mondo mentre quanto stanno facendo è perpetuare il pensiero più arretrato della Spagna.»

Proseguì tutto d'un fiato: «Lo so che si beffano di me perché in una stessa lettera, in uno stesso giorno, a una stessa persona dico una cosa e quella contraria, che ho approvato il progetto di monarchia, che non l'ho approvato, o che da un'altra parte sono d'accordo con tutt'e due le cose al contempo». Lo accusavano di essere mutevole nel suo modo di giudicare gli uomini e di guidare la storia, di battersi contro Fernando VII e di abbracciarsi con Morillo, di far guerra a morte alla Spagna e di essere un gran promotore del suo spirito, di essersi appoggiato a Haiti per vincere e poi di averlo considerato un Paese straniero per non invitarlo al congresso di Panama, di essere stato massone e di leggere Voltaire a messa, pur essendo il paladino della chiesa, di corteggiare gli inglesi mentre stava per sposarsi con una principessa di Francia, di essere frivolo, ipocrita, e persino sleale, perché adulava i suoi amici in loro presenza e li denigrava alle spalle. «Ebbene: è tutto vero, ma circostanziale» disse, «perché ho fatto tutto con l'unico intento che questo Paese sia un continente indipendente e unico, e in questo non ho avuto né una contraddizione né un solo dubbio.» E concluse in puro caraibico:

«Tutto il resto sono stronzerie!»

In una lettera che inviò due giorni dopo al generale Briceño Méndez, gli disse: "Non ho voluto assumere il comando che mi conferiscono i documenti, perché non voglio passare per un comandante di ribelli e nominato militarmente dai vincitori". Tuttavia, nelle due lettere che quella stessa sera dettò a Fernando per il generale Urdaneta, badò a non esser così radicale.

La prima fu una risposta formale, e la sua solennità era troppo evidente fin dall'inizio: "Eccellentissimo Signore". Vi giustificava il colpo di stato con le condizioni di anarchia e di abbandono in cui si ritrovava la repubblica prima che venisse sciolto il governo precedente. "Il popolo in questi casi non si inganna" scrisse. Ma non c'era nessuna possibilità che accettasse la presidenza. L'unica cosa che poteva offrire era la sua disposizione a ritornare a Santa Fe per servire il nuovo governo come semplice soldato.

L'altra era una lettera privata, e lo si capiva fin dalla prima riga: "Mio caro generale". Era lunga ed esplicita, e non lasciava il minimo dubbio sui motivi della sua incertezza. Visto che don Joaquín Mosquera non aveva rinunciato al titolo, un domani avrebbe potuto farsi riconoscere come presidente legale, e lasciare lui nei panni di un usurpatore. Sicché reiterava quanto detto nella lettera ufficiale: se non avesse disposto di un mandato chiaro emanato da una fonte legittima, non era affatto possibile che assumesse il potere.

Le due lettere partirono con la stessa posta, insieme all'originale di un proclama in cui chiedeva al Paese di scordare le sue passioni e di appoggiare il nuovo governo. Ma si metteva in salvo da qualsiasi impegno. «Pur sembrando che offro molto, non offro nulla» avrebbe detto in seguito. E riconobbe di aver scritto qualche frase il cui unico obiettivo era lusingare quelli che lo desideravano.

Il punto più significativo della seconda lettera era il suo tono di comando, sorprendente in una persona priva di ogni potere. Chiedeva la promozione del colonnello Florencio Jiménez affinché si recasse a occidente con truppe e munizioni sufficienti per imporsi alla guerra oziosa che facevano al governo centrale i generali José María Obando e José Hilario López. «Coloro che hanno assassinato Sucre» insistette. Raccomandava pure altri ufficiali per diverse cariche di rilievo. «Si occupi lei di quei paraggi» diceva a Urdaneta, «che io farò lo stesso dal Magdalena al Venezuela, includendovi Boyacá.» Lui stesso si accingeva a partire per Santa Fe alla testa di duemila uomini, e a contribuire in tal modo alla restaurazione dell'ordine pubblico e al consolidamento del nuovo governo.

Non ricevette più notizie dirette di Urdaneta per quarantadue giorni. Ma continuò a scrivergli comunque nel lungo mese in cui non fece altro che impartire ordini ai quattro venti. Le navi arrivavano e partivano, ma non si riparlò del viaggio in Europa, sebbene lui lo ricordasse di tanto in tanto per esercitare una pressione politica. La casa alle pendici della Popa si trasformò in quartier generale di tutto il Paese, e poche decisioni militari di quei mesi non furono ispirate o prese da lui disteso sulla sua amaca. A poco a poco, quasi senza esserselo proposto, finì per impegnarsi anche in decisioni che andavano al di là delle faccende militari. E si occupava persino delle cose più minute, come trovare un impiego negli uffici della posta per il suo buon amico, il signor Tatis, e far reintegrare in servizio attivo il generale José Ucrós, che non sopportava più la pace della sua casa.

In quei giorni aveva ripetuto con enfasi rinnovata una sua vecchia frase: «Io sono vecchio, ammalato, stanco, deluso, osteggiato, calunniato e mal ripagato». Tuttavia, chiunque l'avesse visto non gli avrebbe creduto. Mentre sembrava che facesse solo manovre da gatto scottato per rafforzare il governo, quello che in realtà faceva era progettare, pezzo per pezzo, con autorità e comandi da generale in capo, la minuziosa macchina militare con cui intendeva recuperare il Venezuela e ricominciare di lì la restaurazione dell'alleanza di nazioni più vaste del mondo.

Non si poteva concepire una circostanza più propizia. La Nueva Granada era sicura fra le mani di Urdaneta, col partito liberale battuto e Santander ancorato a Parigi. L'Ecuador era assicurato da Flores, lo stesso caudillo venezuelano, ambizioso e attaccabrighe, che aveva separato dalla Colombia Quito e Guayaquil per creare una repubblica nuova, ma il generale aveva fiducia di riconquistarlo alla sua causa dopo aver soggiogato gli assassini di Sucre. La Bolivia era sicura col maresciallo di Santa Cruz, suo amico, che gli aveva appena offerto la rappresentanza diplomatica alla Santa Sede. Sicché l'obiettivo immediato era sottrarre al generale Páez, una volta per tutte, il dominio del Venezuela.

Il progetto militare del generale sembrava concepito per avviare da Cúcuta un'offensiva in grande, mentre Páez si concentrava nella difesa di Maracaibo. Ma il primo giorno di settembre la provincia di Riohacha depose il comandante del luogo, sconfessò l'autorità di Cartagena, e si dichiarò venezuelana. L'appoggio a Maracaibo non solo fu dato subito, ma spedirono in suo aiuto il generale Pedro Carujo, la mente del 25 settembre, che era sfuggito alla giustizia protetto dal governo del Venezuela.

Montilla si recò a portare la notizia non appena l'ebbe ricevuta, ma il generale la conosceva già, ed era esultante. L'insurrezione di Riohacha gli forniva l'occasione per mobilitare da un altro fronte forze nuove e migliori contro Maracaibo.

«Inoltre» disse, «abbiamo Carujo in mano nostra.»

Quella stessa sera si rinchiuse con i suoi ufficiali, e tracciò la strategia con grande precisione, descrivendo gli ostacoli del territorio, spostando eserciti interi come pedine degli scacchi, prevenendo le manovre più impensate del nemico. Non aveva una formazione accademica neppure paragonabile a quella di qualsiasi suo ufficiale, che per la maggioranza erano stati formati nelle migliori scuole militari della Spagna, ma era capace di concepire una situazione completa fino all'ultimo dettaglio. La sua memoria visiva era così sorprendente, che riusciva a prevedere un ostacolo visto di passaggio molti anni prima, e sebbene fosse molto lontano dall'essere un maestro nelle arti della guerra, nessuno lo superava quanto a ispirazione.

All'alba, il piano era terminato fino all'ultimo dettaglio, ed era minuzioso e feroce. E così visionario, che l'assalto a Maracaibo era previsto per la fine di novembre o, nel peggiore dei casi, per l'inizio di dicembre. Terminata la revisione finale alle otto di mattina di un martedì di piogge, Montilla gli aveva fatto notare che nel piano spiccava l'assenza di un generale della Nueva Granada.

«Non c'è un generale della Nueva Granada che valga un bottone» disse lui. «Quelli che non sono inetti sono dei bricconi.»

Montilla si affrettò a raddolcire il discorso:

«E lei, generale, dove andrà?»

«In questo momento ormai per me Cúcuta è lo stesso di Riohacha» disse lui.

Si girò per ritirarsi, e la fronte aggrottata del generale Carreño gli rammentò la promessa più volte elusa. Il fatto è che lui voleva averlo accanto a qualsiasi costo, ma non poteva più contenere oltre la sua ansia. Gli diede sulla spalla la solita pacca, e gli disse:

«Promessa mantenuta, Carreño, anche lei parte.»

La spedizione composta da duemila uomini salpò da Cartagena in una data che sembrava scelta come un simbolo: il 25 settembre. Era al comando dei generali Mariano Montilla, José Félix Blanco e José María Carreño, e tutti avevano separatamente la missione di cercare a Santa Marta una casa di campagna che servisse al generale per seguire da vicino la guerra mentre rafforzava la sua salute. Questi scrisse a un amico: "Fra due giorni parto per Santa Marta, per fare un po' di esercizio, per cavarmi dai fastidi in cui mi ritrovo e per migliorare di umore". Detto e fatto: il primo di ottobre intraprese il viaggio. Il 2, ancora per strada, fu più franco in una lettera al generale Justo Briceño: "Io proseguo per Santa Marta con l'intento di contribuire con la mia influenza alla spedizione che marcia su Maracaibo". Lo stesso giorno scrisse ancora a Urdaneta: "Io mi reco a Santa Marta con l'intento di visitare quel paese, che non ho mai visto, e per vedere se disilludo certi nemici che influiscono troppo sull'opinione". Solo allora gli rivelò il proposito reale del viaggio: "Vedrò da vicino le operazioni contro Riohacha, e mi avvicinerò a Maracaibo e alle truppe per vedere se posso influire su qualche operazione importante". Visto senza ombre, non era più un pensionato sconfitto che fuggiva verso l'esilio, ma un generale in campagna.

La partenza da Cartagena era stata preceduta da urgenze di guerra. Non si concesse tempo per saluti ufficiali, e a pochissimi amici anticipò la notizia. Secondo le sue istruzioni, Fernando e José Palacios lasciarono metà dei bagagli in custodia ad amici e ad agenzie commerciali, per non trascinarsi dietro una zavorra inutile per una guerra incerta. Al commerciante locale don Juan Pavajeau lasciarono dieci bauli di carte private, con l'incarico di spedirli a un indirizzo di Parigi che gli sarebbe stato comunicato in seguito. Sulla ricevuta fu chiarito che il signor Pavajeau li avrebbe bruciati qualora il proprietario non avesse potuto reclamarli per causa di forza maggiore.

Fernando depositò nella banca di Busch & C. duecento once d'oro che all'ultimo momento trovò, senza traccia alcuna della loro origine, fra gli oggetti della scrivania dello zio. A Juan de Francisco Martín lasciò, sempre in deposito, un confanetto con trentacinque medaglie d'oro. Gli lasciò anche una scarsella di velluto con duecentonovantaquattro grosse medaglie d'argento, sessantasette piccole e novantasei medie, e un'altra uguale con quaranta medaglie commemorative d'argento e d'oro, talune col profilo del generale. Gli lasciò pure le posate d'oro che si portavano dietro da Mompox in una vecchia cassetta per le bottiglie di vino, un po' di biancheria da letto molto usata, due bauli di libri, una spada con brillanti e una doppietta inutilizzabile. Fra molte altre cose minute, residui dei tempi andati, c'erano diverse paia di occhiali in disuso, con gradazioni progressive, da quando il generale scoprì la sua presbiopia incipiente nella difficoltà del radersi, a trentanove anni, finché la distanza del braccio non gli fu più sufficiente per leggere.

José Palacios, dal canto suo, lasciò in custodia a Juan de Dios Amador una cassa che per parecchi anni aveva viaggiato con loro da una parte all'altra, e del cui contenuto non sapeva nulla di sicuro. Era di proprietà del generale, che da un momento all'altro non riusciva a resistere a una voracità possessiva per gli oggetti più impensati, o per gli uomini senza grandi meriti, e dopo qualche tempo doveva trascinarseli dietro senza sapere come scrollarseli di dosso. Quella cassa l'aveva portata da Lima a Santa Fe, nel 1826, ed era sempre con lui dopo l'attentato del 25 settembre, quando ritornò al Sud per la sua ultima guerra. «Non possiamo lasciarla, finché non avremo almeno saputo se è nostra» diceva. Quando ritornò a Santa Fe per l'ultima volta, pronto a presentare le sue dimissioni definitive al congresso costituente, la cassa lo seguì fra il poco che rimaneva del suo antico bagaglio imperiale. Decisero infine di aprirla a Cartagena, nel corso di un inventario generale dei suoi beni, e dentro scoprirono un viluppo di cose personali che da parecchio tempo erano considerate smarrite. C'erano quattrocentoquindici once d'oro della zecca colombiana, un ritratto del generale George Washington con una ciocca dei suoi capelli, una tabacchiera d'oro regalata dal re d'Inghilterra, un astuccio d'oro con chiavi di brillanti nel quale c'era un reliquiario, e la grande stella della Bolivia con brillanti incrostati. José Palacios lasciò il tutto nella casa di De Francisco Martín, descritto e annotato, e chiese la ricevuta in regola. Il bagaglio rimase allora ridotto a proporzioni più razionali, sebbene fossero ancora di troppo tre dei quattro bauli con i suoi indumenti consueti, un altro con dieci tovaglie di cotone e di lino, molto usate, e una cassa con posate d'oro e d'argento di diversi stili frammisti, che il generale non volle lasciare né vendere, nel caso che in seguito gli fossero servite per apparecchiare la tavola per ospiti di merito. Spesso gli avevano suggerito di mettere all'asta quelle cose per rimpolpare i suoi scarsi mezzi, ma lui rifiutò sempre adducendo che erano beni dello stato.

Col bagaglio alleggerito e il seguito sfoltito fecero la loro prima giornata fino a Turbaco. Proseguirono il giorno dopo con bel tempo, ma prima di mezzogiorno dovettero ripararsi sotto un campano, dove trascorsero la notte esposti alla pioggia e ai venti maligni delle paludi. Il generale si lagnò di dolori alla milza e al fegato, e José Palacios gli preparò un decotto secondo il manuale francese, ma i dolori divennero più intensi e la febbre crebbe. All'alba si ritrovava in tale stato di prostrazione, che lo portarono privo di sensi al villaggio di Soledad, dove un vecchio amico, don Pedro Juan Visbal, lo accolse a casa sua. Lì rimase oltre un mese, con ogni tipo di dolori rincruditi dalle piogge opprimenti di ottobre.

Soledad aveva il nome giusto: quattro vie di case di poveri, ardenti e desolate, a circa due leghe dall'antica Barranca de San Nicolás, che in pochi anni si sarebbe trasformata nella città più prospera e più ospitale del Paese. Il generale non avrebbe potuto trovare un luogo più quieto, né una casa più propizia per le sue condizioni, con sei balconi andalusi che la ricolmavano di luce, e un cortile adatto per meditare sotto la ceiba centenaria. Dalla finestra della camera da letto dominava la piazzetta deserta, con la chiesa in rovina e le case con tetti di foglie di palma dipinte con colori a festa.

Neppure la pace domestica gli servì a nulla. La prima notte ebbe un lieve deliquio, ma rifiutò di ammettere che fosse un nuovo indizio della sua prostrazione. In base al manuale francese descrisse i suoi mali come un umor nero aggravato da un colpo di freddo generale, e da un antico reumatismo riemerso per via delle intemperie. Questa diagnosi molteplice gli accrebbe il rancore per le medicine simultanee per diversi mali, perché diceva che quelle buone per gli uni erano dannose per gli altri. Ma riconosceva pure che non esiste un buon rimedio per chi non lo prende, e si lagnava quotidianamente di non avere un buon medico, pur rifiutando di lasciarsi visitare dai molti che gli mandavano.

Il colonnello Wilson, in una lettera che scrisse a suo padre in quei giorni, gli aveva detto che il generale poteva morire da un momento all'altro, perché il suo rifiuto dei medici non era causato da sprezzo ma da lucidità. In realtà, diceva Wilson, la malattia era l'unico nemico che il generale temesse, e rifiutava di affrontarla per non essere distratto dalla grande impresa della sua vita. «Curare una malattia è come essere impiegato su una nave» gli aveva detto il generale. Quattro anni prima, a Lima, O'Leary gli aveva suggerito di accettare una cura medica radicale mentre preparava la costituzione della Colombia, e la sua risposta fu perentoria:

«Non si vincono due corse nello stesso tempo.»

Sembrava convinto che il movimento continuo e il valersi di se stesso fossero uno scongiuro contro la malattia. Fernanda Barriga aveva l'abitudine di mettergli un bavagliolo e di dargli da mangiare col cucchiaio, come ai bambini, e lui lo prendeva e masticava in silenzio, e addirittura riapriva la bocca quando aveva finito. Ma in quei giorni le toglieva di mano il piatto e il cucchiaio e mangiava con la propria mano, senza bavagliolo, affinché tutti capissero che non aveva bisogno di nessuno. A José Palacios si spezzava il cuore quando lo trovava intento a farsi le cose domestiche che sempre gli avevano fatto i servi, o i suoi attendenti e i suoi decani, e non seppe consolarsi quando lo vide vuotarsi addosso una boccetta intera di inchiostro nel tentativo di travasarla in un calamaio. Fu una cosa insolita, perché tutti si stupivano che non gli tremassero le mani, per quanto male stesse, e che il suo polso fosse così fermo che continuava a tagliarsi e a nettarsi le unghie una volta alla settimana, e a radersi ogni giorno.

Nel suo paradiso di Lima aveva vissuto una notte

felice con una fanciulla dal vello liscio che le copriva anche l'ultimo millimetro della sua pelle da beduina. All'alba, mentre si radeva, la contemplò nuda sul letto, che navigava in un sonno quieto di donna soddisfatta, e non riuscì a resistere al desiderio di farla sua per sempre con una rappresentazione sacra. La ricoprì da capo a piedi con schiuma di sapone, e con un diletto di amore la rase tutta con un rasoio da barbiere, talvolta con la mano destra, talaltra con la sinistra, palmo a palmo fino alle sopracciglia congiunte, e la lasciò due volte nuda nel suo corpo magnifico di neonata. Lei gli domandò con l'anima a pezzi se davvero l'amava, e lui le rispose con la stessa frase rituale che nel corso della sua vita aveva riversato senza pietà su tanti cuori:

«Più che nessun'altra mai in questo mondo.»

Nel villaggio di Soledad, sempre mentre si radeva, si sottomise alla stessa immolazione. Cominciò col tagliarsi una ciocca bianca e liscia fra le scarsissime che gli rimanevano, all'apparenza obbedendo a un impulso infantile. Subito dopo se ne tagliò un'altra in maniera più consapevole, e poi tutte senza nessun ordine, come se tagliasse erba, mentre declamava dalle crepe della voce le sue strofe preferite de *La Araucana*. José Palacios entrò nella camera per vedere con chi parlava, e lo trovò che si radeva il cranio coperto di schiuma. Rimase con la testa pelata.

L'esorcismo non riuscì a riscattarlo. Portava il berretto di seta durante il giorno, e di notte si metteva il cappuccio rosso, ma a stento riusciva a mitigare le folate gelide dello scoramento. Si alzava a camminare nel buio attraverso l'enorme casa allunata, solo che non gli fu più possibile girare nudo, ma si avvolgeva in una coperta per non rabbrividire di freddo nelle notti di caldo. Col passar dei giorni non gli bastò una coperta, ma decise di mettersi il cappuccio rosso sopra il berretto di seta.

Gli intrighi venezuelisti dei militari e gli abusi dei politici lo esasperavano tanto, che un pomeriggio decise con un pugno sul tavolo che non sopportava più né gli uni né gli altri. «Dite loro che sono tubercolotico, così non ritorneranno» gridò. Fu una decisione così drastica, che proibì le uniformi e i riti militari in casa. Ma non riuscì a sopravvivere senza questi, sicché le udienze di conforto e i conciliaboli sterili proseguirono come sempre, contro i suoi stessi ordini. Allora si sentiva così male, che accettò la visita di un medico a patto che non lo esaminasse né gli facesse domande sui suoi dolori né pretendesse di dargli cose da bere.

«Solo per chiacchierare» disse.

Il prescelto non poteva assomigliare di più ai suoi desideri. Si chiamava Hércules Gastelbondo, ed era un vecchio trasudante felicità, immenso e placido, col cranio splendente per via della calvizie totale, e con una pazienza da annegato che da sola alleviava i mali altrui. La sua incredulità e la sua audacia scientifica erano famose lungo tutto il litorale. Prescriveva la crema di cioccolata con formaggio fuso per i disturbi della bile, consigliava di far l'amore nei sopori della digestione come buon palliativo per una lunga vita, e fumava senza tregua certi sigari da carrettiere che arrotolava in carta straccia, e li consigliava ai suoi ammalati contro ogni genere di malintesi del corpo. Gli stessi pazienti dicevano che mai li guariva del tutto ma che li divertiva con i suoi discorsi fioriti. Lui se ne usciva in una sghignazzata plebea.

«Agli altri medici muoiono tanti malati quanti a me» diceva. «Ma con me muoiono più contenti.»

Arrivò sulla carrozza del signor Bartolomé Molinares che andava e veniva più volte al giorno portando avanti e indietro ogni genere di visitatori spontanei, finché il generale non proibì loro di venire senza essere invitati. Arrivò vestito di lino bianco non stirato, facendosi strada attraverso la pioggia, con le tasche zeppe di cose da mangiare e con un ombrello così scucito che serviva più per raccogliere le acque che per ripararsene. La prima cosa che fece dopo i saluti formali fu chiedere scusa per il lezzo del sigaro che aveva ormai fumato a metà. Il generale, che non sopportava il fumo del tabacco, non solo allora ma da sempre, l'aveva preventivamente dispensato.

«Ci sono abituato» gli disse. «Manuela ne fuma di più schifosi dei suoi, persino a letto, e naturalmente mi soffia il fumo addosso molto più da vicino di lei.»

Il dottor Gastelbondo acchiappò al volo un'occasione che gli bruciava l'anima.

«Certo» disse. «Come sta?»

«Chi?»

«Donna Manuela.»

Il generale rispose asciutto:

«Bene.»

E cambiò argomento in maniera così vistosa che il medico scoppiò a ridere per nascondere la sua impertinenza. Il generale sapeva, senza dubbio, che nessuna sua avventura galante era in salvo dai mormorii del suo seguito. Non si vantò mai delle sue conquiste, ma erano state tante e di tanto fragore, che i suoi segreti di alcova erano di dominio pubblico. Una normale lettera ci metteva tre mesi da Lima a Caracas, ma i pettegolezzi delle sue avventure sembravano volare col pensiero. Lo scandalo lo seguiva come un'altra ombra e le sue amanti rimanevano segnate per sempre da una croce di cenere, ma lui osservava il dovere inutile di conservare i segreti di amore protetti da un diritto sacro. Nessuno ebbe da lui una confidenza su una donna che fosse stata sua, tranne José Palacios, che era suo complice in tutto. Neppure per soddisfare una curiosità innocente come quella del dottor Gastelbondo, e concernente Manuela Sáenz, la cui intimità era così pubblica che ormai doveva badarci assai poco.

A parte questo incidente istantaneo, il dottor Gastelbondo fu per lui una comparsa provvidenziale. Lo rianimò con le sue follie sagge, spartiva con lui gli animaletti di frutta candita, i torroncini al latte, i dolcetti di amido di manioca che recava nelle tasche, e che lui accettava per gentilezza e mangiava per distrazione. Un giorno si lagnò che quelle golosità da salotto servivano solo a svagare la fame ma non a recuperare peso, che era quanto lui desiderava. «Non si preoccupi, Eccellenza», replicò il medico. «Tutto quello che entra dalla bocca ingrassa e tutto quello che ne esce deprime.» L'argomento sembrò così divertente al generale, che accettò di bere col medico un bicchiere di vino generoso e una tazza di fecola di sagù.

Comunque, il buon umore che così accuratamente il medico gli rafforzava, glielo fiaccavano le brutte notizie. Qualcuno gli raccontò che il proprietario della casa dove aveva risieduto a Cartagena aveva bruciato per timore del contagio la branda su cui dormiva, insieme al materasso e alle lenzuola, e a tutto quanto gli era passato per le mani durante il soggiorno. Lui ordinò a Juan de Dios Amador che il denaro che gli aveva lasciato servisse per pagare le cose distrutte come se fossero state nuove, oltre all'affitto della casa. Ma neppure così riuscì ad acquietare l'amarezza.

Ancora peggio si sentì qualche giorno dopo, quando venne a sapere che don Joaquín Mosquera era passato di lì mentre si recava negli Stati Uniti e non si era degnato di fargli visita. Domandando agli uni e agli altri senza nascondere la sua ansia, venne a sapere che infatti si era fermato sulla costa più di una settimana aspettando la nave, che aveva visto molti amici comuni e anche taluni nemici suoi, e che a tutti aveva espresso il suo dispiacere per quanto qualificava come le ingratitudini del generale. Al momento di salpare, già sulla scialuppa che lo portava a bordo, aveva riassunto la sua idea fissa per chi si era recato a salutarlo.

«Ricordatevelo bene» disse loro. «Quell'uomo non vuol bene a nessuno.»

José Palacios sapeva quant'era sensibile il generale a un simile rimprovero. Nulla gli doleva, né l'offendeva quanto chi metteva in dubbio i suoi affetti, ed era capace di dividere oceani e di far crollare montagne col suo terribile potere di seduzione, fino a convincerlo dell'errore. Nella pienezza della gloria, Delfina Guardiola, la bella di Angostura, gli aveva chiuso sul naso le porte di casa, infuriata dalle sue velleità. «Lei è un uomo eminente, generale, più di chiunque altro» gli disse. «Ma l'amore le sta grande.» Lui si cacciò dentro dalla finestra della cucina e rimase con lei per tre giorni, e non solo fu sul punto di perdere una battaglia, ma pure la pelle, finché non ottenne che Delfina avesse fiducia nel suo cuore.

Mosquera era allora fuori della sua portata, ma commentò il suo rancore con chiunque gli fu possibile. Si domandò fino alla nausea con quale diritto poteva parlar di amore un uomo che aveva permesso che comunicassero a lui in un messaggio ufficiale la decisione venezuelana del suo ripudio e del suo esilio. «E ringrazi che non gli ho risposto per evitargli una condanna storica» gridò. Rammentò tutto quanto aveva fatto per lui, quanto lo aveva aiutato a diventare quello che era, quanto aveva dovuto sopportare le scempiaggini del suo narcisismo rurale. Infine scrisse a un amico comune una lettera lunga e disperata, per essere sicuro che le voci della sua angoscia avrebbero raggiunto Mosquera in qualsiasi parte del mondo.

Invece, le notizie che non arrivavano lo avvolgevano come una nebbia invisibile. Urdaneta continuava a non rispondere alle sue lettere. Briceño Méndez, il suo uomo in Venezuela, gliene aveva mandata una insieme a certi frutti della Giamaica, di cui tanto aveva voglia, ma il messaggero era annegato. Justo Briceño, il suo uomo alla frontiera occidentale, lo faceva disperare con la sua lentezza. Il silenzio di Urdaneta aveva buttato un'ombra sul Paese. La morte di Fernández Madrid, suo corrispondente a Londra, aveva buttato un'ombra sul mondo.

Quello che il generale non sapeva era che mentre lui rimaneva senza notizie di Urdaneta, questi aveva una corrispondenza attiva con ufficiali del suo seguito, nel tentativo che gli strappassero una risposta inequivocabile. A O'Leary scrisse: "Ho bisogno di sapere una volta per tutte se il generale accetta o non accetta la presidenza, o se per tutta la vita dobbiamo correre dietro un fantasma impossibile da raggiungere". Non solo O'Leary ma anche altri ufficiali del suo seguito abbozzavano chiacchiere casuali per dare a Urdaneta una risposta, ma l'evasività del generale era indecifrabile.

Quando infine si ricevettero notizie sicure da Riohacha, erano più gravi dei cattivi presagi. Il generale Manuel Valdés, com'era previsto, prese la città senza resistenza il 20 ottobre, ma Carujo gli annientò due compagnie di esploratori la settimana dopo. Valdés presentò a Montilla dimissioni che volevano essere onorevoli, e che al generale parvero indegne. «Quella canaglia è morta di paura» disse. Mancavano solo quindici giorni per avviare la presa di Maracaibo, secondo il piano iniziale, ma il semplice dominio di Riohacha era già un sogno impossibile.

«Cazzo!» gridò il generale. «Il fior fiore dei miei generali non è riuscito a domare una rivolta di caserma.»

Tuttavia, la notizia che più lo addolorò fu che le popolazioni fuggivano al passaggio delle truppe del governo, perché le identificavano con lui, che consideravano l'assassino dell'ammiraglio Padilla, che era un idolo a Riohacha, sua terra natale. Inoltre, il disastro sembrava concertato col resto del Paese. L'anarchia e il caos si accanivano ovunque, e il governo di Urdaneta era incapace di frenarli.

Il dottor Gastelbondo si stupì ancora una volta del potere vivificatore della collera, il giorno in cui trovò il generale che lanciava improperi biblici dinanzi a un emissario speciale che gli aveva appena comunicato le ultime notizie di Santa Fe. «Questa merda di governo, invece di coinvolgere le città e gli uomini importanti, li tiene paralizzati» gridava. «Cadrà di nuovo e non si solleverà una terza volta, perché gli uomini che lo compongono e le masse che lo sostengono saranno sterminati.»

Furono inutili gli sforzi del medico per calmarlo, perché quando ebbe finito di fustigare il governo ripassò a squarciagola la lista nera dei suoi stati maggiori. Del colonnello Joaquín Barriga, eroe di tre grandi battaglie, disse che poteva essere tutto il peggio che voleva: «anche assassino». Del generale Pedro Margueytío, sospetto di aver partecipato alla cospirazione per uccidere Sucre, disse che era un ometto giusto buono per il comando delle truppe. Il generale González, il più fedele che aveva nel Cauca, lo scorciò con un taglio brutale: «Le sue malattie sono fiacca e malumore». Crollò ansimante sulla sedia a dondolo per concedere al suo cuore la pausa di cui aveva bisogno da vent'anni. Allora vide il dottor Gastelbondo paralizzato dalla sorpresa nel vano dell'uscio, e alzò la voce.

«In fin dei conti» disse, «cosa ci si può aspettare da un uomo che si è giocato due case ai dadi?»

Il dottor Gastelbondo rimase perplesso.

«Di chi stiamo parlando?» domandò.

«Di Urdaneta» disse il generale. «Le ha perse a Maracaibo con un comandante della marina, ma sui documenti ha fatto figurare come se le avesse vendute.»

Respirò l'aria che gli mancava. «Certo che sono tutti dei sant'uomini in confronto a quel mascalzone di Santander» proseguì. «I suoi amici rubavano i soldi dei prestiti inglesi comprando titoli di stato per la decima parte del loro valore reale, e lo stesso stato poi glieli accettava al cento per cento.» Chiarì che comunque lui si era opposto ai prestiti non per il rischio della corruzione, ma perché aveva previsto in tempo che minacciavano l'indipendenza che tanto sangue gli era costata.

«Aborro i debiti più che gli spagnoli» disse. «Per questo ho avvertito Santander che quanto di bene avessimo fatto per la nazione non sarebbe servito a nulla se accettavamo il debito, perché avremmo continuato a pagare interessi per i secoli dei secoli. Ora è tutto chiaro: il debito finirà per sfiancarci.»

All'inizio del governo attuale non solo era stato d'accordo con la decisione di Urdaneta di rispettare la vita dei vinti, ma se ne congratulò come se fosse stata una nuova etica della guerra: «Non sia mai che i nostri nemici di adesso facciano a noi quello che noi abbiamo fatto agli spagnoli». Ossia, la guerra a morte. Ma durante le sue notti tenebrose al villaggio di Soledad ricordò a Urdaneta in una lettera terribile che tutte le guerre civili le aveva sempre vinte il più feroce.

«Mi creda, signor dottore» disse al medico. «La nostra autorità e le nostre vite non si possono conservare se non al prezzo del sangue dei nostri avversari.»

D'improvviso, la collera passò senza lasciar tracce, in modo rapido com'era cominciata, e il generale intraprese l'assoluzione storica degli ufficiali che aveva appena insultato. «Comunque, a sbagliarmi sono io» disse. «Loro volevano solo fare l'indipendenza, che era una cosa immediata e concreta, e caspita se l'hanno fatta bene!» Tese al medico la mano di puro osso affinché lo aiutasse ad alzarsi, e concluse con un sospiro:

«Invece io mi sono smarrito in un sogno cercando qualcosa che non esiste.»

In quei giorni decise la situazione di Iturbide. Alla fine di ottobre, questi aveva ricevuto una lettera della madre, sempre da Georgetown, in cui gli raccontava che i progressi delle forze liberali in Messico allontanavano dalla famiglia, sempre di più, ogni speranza di rimpatrio. L'incertezza, aggiunta a quella che recava dentro fin dalla culla, divenne per lui insopportabile. Fortunatamente, un pomeriggio in cui passeggiava lungo la veranda della casa appoggiato al suo braccio, il generale si lasciò andare a un'evocazione inattesa.

«Del Messico ho un solo brutto ricordo» disse. «A Veracruz, i mastini del capitano del porto mi hanno squartato due cuccioli che stavo portandomi in Spagna.»

Comunque, disse, quella era stata la sua prima esperienza del mondo, e l'aveva segnato per sempre. Veracruz era prevista come un breve scalo del suo primo viaggio in Europa, nel febbraio del 1799, ma si protrasse quasi due mesi per via di un blocco inglese all'Avana, che era lo scalo successivo. Il ritardo gli permise di andare in carrozza fino a Città del Messico, arrampicandosi per quasi tremila metri fra vulcani innevati e deserti allucinanti che non avevano nulla a che vedere con le albe pastorali della valle di Aragua, dove aveva vissuto fino allora. «Ho pensato che così doveva essere la luna» disse. A Città del Messico lo stupì la purezza dell'aria e lo abbagliarono i mercati pubblici, la loro profusione e la loro pulizia, dove vendevano da mangiare vermi rossi di maguey, armadilli, lombrichi di fiume, uova di zanzara, saltabecchi, larve di formiche nere, gatti di montagna, scarafaggi di acqua con miele, vespe del mais, iguana da allevamento, serpenti a sonagli, uccelli di ogni genere, cani nani e una specie di fagioli che saltavano in continuazione di vita propria. «Mangiano qualsiasi cosa cammini» disse. Lo stupirono le acque diafane dei numerosi canali che attraversavano la città, le barche dipinte a colori domenicali, lo splendore e l'abbondanza dei fiori. Ma lo depressero le giornate brevi di febbraio, gli indiani taciturni, la pioviggine eterna, tutto quello che in seguito gli avrebbe oppresso il cuore a Santa Fe, a Lima, a La Paz, per tutta l'estensione delle Ande, e di cui allora soffriva per la prima volta. Il vescovo, cui era stato raccomandato, lo portò per mano a un'udienza del viceré, che gli sembrò più episcopale del vescovo. Badò appena al brunetto macilento, vestito da zerbinotto, che si dichiarò ammiratore della Rivoluzione francese. «Avrebbe potuto costarmi la vita» disse il generale, divertito. «Ma forse ho pensato che con un viceré bisognava parlare di politica, che era l'unica cosa che sapessi a sedici anni.» Prima di proseguire il viaggio scrisse una lettera a suo zio don Pedro Palacio y Sojo, la prima che venne conservata. «La mia scrittura era così brutta che io stesso non la capivo» disse morto dal ridere. «Ma ho spiegato a mio zio che mi veniva così per la stanchezza del viaggio.» In un foglio e mezzo aveva fatto quaranta errori di ortografia, e due di questi in una sola parola: "hio".

Iturbide non poté fare nessun commento, perché la sua memoria non gli forniva granché. Tutto quello che gli rimaneva del Messico era un ricordo di disgrazie che gli avevano peggiorato la melanconia congenita, e il generale aveva motivi per capirlo.

«Non rimanga con Urdaneta» gli disse. «E non vada neppure con la sua famiglia negli Stati Uniti, che sono onnipossenti e terribili, e con la solfa della libertà finiranno per riempirci di miserie!»

La frase lanciò un nuovo dubbio in una palude di incertezza. Iturbide esclamò:

«Non mi spaventi, generale!»

«Non si spaventi lei» disse il generale con tono tranquillo. «Vada in Messico, anche se l'ammazzeranno o se morirà. E ci vada adesso che è ancora giovane, perché un giorno sarà troppo tardi, e allora non si sentirà né di qua né di là. Si sentirà forestiero ovunque, ed è peggio che essere morto.» Lo guardò dritto negli occhi, si posò la mano aperta sul petto, e concluse:

«Ne so qualcosa.»

Sicché Iturbide partì all'inizio di dicembre con due lettere per Urdaneta, in una delle quali gli diceva che lui, Wilson e Fernando erano le persone di maggior fiducia della sua casa. Rimase a Santa Fe senza una destinazione sicura fino all'aprile dell'anno dopo, allorché Urdaneta fu deposto da una cospirazione santanderista. Sua madre ottenne con pertinacia esemplare che lo nominassero segretario della legazione messicana a Washington. Trascorse il resto della vita nell'oblio del servizio pubblico, e più nulla si seppe della famiglia fino a trentadue anni dopo, quando Massimiliano d'Asburgo, imposto dalle armi della Francia come imperatore del Messico, adottò due giovani Iturbide della terza generazione e li nominò successori al suo trono chimerico.

Nella seconda lettera che il generale mandò a Urdaneta mediante Iturbide, gli chiedeva di distruggere tutte le precedenti e future, affinché non rimanesse traccia delle sue ore cupe. Urdaneta non lo accontentò. Al generale Santander aveva rivolto una supplica simile cinque anni prima: "Non renda note le mie lettcre, né che io sia vivo né che sia morto, perché sono scritte con molta libertà e in molto disordine". Non lo accontentò neppure Santander, le cui lettere, al contrario delle sue, erano perfette nella forma e nel contenuto, e si vedeva al primo colpo d'occhio che le scriveva consapevole che il loro destinatario ultimo èra la storia.

Dalla lettera di Veracruz fino all'ultima che dettò sei giorni prima della morte, il generale ne scrisse almeno diecimila, talune di sua mano, talaltre dettate ai suoi amanuensi, talaltre ancora redatte da costoro secondo le sue istruzioni. Furono conservate poco più di tremila lettere e circa ottomila documenti firmati da lui. Talvolta faceva uscire dai gangheri gli ama nuensi. E viceversa. In una circostanza gli sembrò mal scritta la lettera che aveva appena dettato, e invece di farne un'altra aggiunse lui stesso un rigo sopra l'amanuense: "Come lei si renderà conto, oggi Martell è più imbecille che mai". Il giorno prima di partire da Angostura per terminare la liberazione del continente, nel 1817, aggiornò i suoi affari di stato con quattordici documenti che dettò in una sola giornata. Forse di lì nacque la leggenda mai smentita secondo cui dettava a vari amanuensi varie lettere diverse al contempo.

Ottobre si ridusse al rumore della pioggia. Il generale non uscì più dalla sua camera, e il dottor Gastelbondo dovette ricorrere alle sue risorse più sagge perché gli permettesse di visitarlo e di dargli da mangiare. José Palacios aveva l'impressione che durante le sieste pensose in cui giaceva sull'amaca senza dondolarsi, contemplando la pioggia sulla piazza deserta, ripassasse nella memoria persino gli istanti più infimi della sua vita trascorsa.

«Dio dei poveri» sospirò un pomeriggio. «Cosa ne sarà di Manuela!»

«Sappiamo solo che sta bene, perché non sappiamo nulla» disse José Palacios.

Il silenzio era caduto su di lei dopo che Urdaneta aveva assunto il potere. Il generale non le aveva più scritto, ma istruiva Fernando affinché la tenesse al corrente del viaggio. L'ultima lettera di lei era arrivata alla fine di agosto, e conteneva così tante notizie confidenziali sui preparativi del colpo militare, che fra la redazione scompigliata e i dati ingarbugliati apposta per sviare il nemico, non fu facile sviscerarne i misteri.

Dimenticando i buoni consigli del generale, Manuela stava giocando accanitamente e persino con troppo giubilo la sua carta di prima bolivarista della nazione, e sferrava da sola una guerra di carta contro il governo. Il presidente Mosquera non si azzardò a procedere contro di lei, ma non impedì che lo facessero i suoi ministri. Alle aggressioni della stampa ufficiale Manuela rispondeva con diatribe stampate che distribuiva a cavallo in Calle Real, scortata dalle sue schiave. Inseguiva con la lancia in resta lungo le viuzze acciottolate dei sobborghi quelli che distribuivano le burlette contro il generale, e copriva con manifesti più insultanti gli insulti che comparivano all'alba scritti sui muri.

La guerra ufficiale finì per volgersi contro di lei con nome e cognome. Ma non ebbe paura. I suoi confidenti all'interno del governo l'avvisarono, un giorno di festa nazionale, che stavano preparando nella piazza centrale una macchina pirotecnica con una caricatura del generale vestito da re di carnevale. Manuela e le sue schiave passarono oltre la guardia, e smantellarono l'opera con una carica di cavalleria. Lo stesso sindaco tentò allora di arrestarla nel suo letto con un picchetto di soldati, ma lei li attese con un paio di pistole cariche, e solo l'intervento degli amici di entrambe le parti impedì un danno maggiore.

L'unica cosa che riuscì a placarla fu la presa del potere da parte del generale Urdaneta. Aveva in lui un vero amico, e Urdaneta ebbe in lei la sua complice più entusiasta. Quando era sola a Santa Fe, mentre il generale guerreggiava nel Sud contro gli invasori peruviani, Urdaneta era l'amico di fiducia che vegliava sulla sua sicurezza e che provvedeva ai suoi bisogni. Quando il generale fece la sua sventata dichiarazione al Congresso Ammirabile, fu Manuela a far sì che scrivesse a Urdaneta: "Io le offro tutta la mia antica amicizia e una riconciliazione assoluta e col cuore in mano". Urdaneta accettò l'offerta ardita, e Manuela gli rese il favore dopo il colpo militare. Scomparve dalla vita pubblica, e con tale rigore, che all'inizio di ottobre si era sparsa la voce che se ne fosse andata negli Stati Uniti, e nessuno lo mise in dubbio. Sicché José Palacios aveva ragione: Manuela stava bene, perché nulla si sapeva di lei.

In uno di questi scandagli del passato, smarrito nella pioggia, triste a forza di aspettare senza sapere cosa, né chi, né perché, il generale toccò il fondo: pianse da addormentato. Udendo i gemiti minimi, José Palacios credette che fossero del cane vagabondo raccolto lungo il fiume. Ma erano del suo signore. Ne fu sconcertato, perché nei lunghi anni di intimità lo vide piangere solo una volta, e non era stato di dolore ma di rabbia. Chiamò il capitano Ibarra, che vegliava nella veranda, e pure lui ascoltò il rumore delle lacrime. «Questo lo aiuterà» disse Ibarra.

«Ci aiuterà tutti» disse José Palacios.

Il generale dormì fino a più tardi del consueto. Non lo svegliarono gli uccelli nel giardino accanto né le campane della chiesa, e José Palacios si chinò più volte sull'amaca per sentire se respirava. Quando aprì gli occhi erano le otto passate ed era iniziato il caldo.

«Sabato sedici ottobre» disse José Palacios. «Giorno della purezza.»

Il generale si alzò dall'amaca e contemplò dalla finestra la piazza solitaria e polverosa, la chiesa dai muri scrostati, e una rissa di avvoltoi per la carcassa di un cane morto. La crudezza dei primi soli annunciava una giornata soffocante.

«Andiamocene via, di corsa» disse il generale. «Non voglio udire gli spari dell'esecuzione.»

José Palacios rabbrividì. Aveva vissuto quell'istante in un altro luogo e in un altro tempo, e il generale era identico ad allora, scalzo sui mattoni crudi del pavimento, con le mutande lunghe e il berretto per dormire sulla testa rapata. Era un antico sogno ripetuto nella realtà.

«Non li udremo» disse José Palacios, e aggiunse con precisione deliberata: «Il generale Piar è già stato fucilato ad Angostura, e non oggi alle cinque del pomeriggio, ma un giorno come oggi di tredici anni fa».

Il generale Manuel Piar, un mulatto di Curaçao, di trentacinque anni e con tante glorie quante nessun altro nelle milizie patriote, aveva messo alla prova l'autorità del generale, quando l'esercito liberatore richiedeva più che mai forze unite per frenare gli slanci di Morillo. Piar sobillava negri, mulatti e zambi, e tutti i derelitti del paese, contro l'aristocrazia bianca di Caracas rappresentata dal generale. La sua popolarità e la sua aura messianica erano paragonabili solo a quelle di José Antonio Páez, o a quelle di Boves, il realista, e stava impressionando a suo favore taluni ufficiali bianchi dell'esercito liberatore. Il generale aveva esaurito con lui le sue arti di persuasione. Arrestato per suo ordine, Piar fu condotto ad Angostura, la capitale provvisoria, dove il generale si era arroccato con i suoi generali più vicini, fra cui parecchi di quelli che l'avrebbero accompagnato nel viaggio finale lungo il fiume Magdalena. Un consiglio di guerra nominato da lui con militari amici di Piar fece un processo sommario. José María Carreño presiedette il consiglio. Il difensore di ufficio non dovette mentire per esaltare Piar come uno degli uomini illuminati della lotta contro il potere spagnolo. Fu dichiarato colpevole di diserzione, di insurrezione e di tradimento, e condannato alla pena di morte con la perdita dei suoi titoli militari. Conoscendo i suoi meriti non si riteneva possibile che la sentenza fosse stata avallata dal generale, e ancora meno in un momento in cui Morillo aveva recuperato parecchie province ed era così basso il morale dei patrioti da temere uno sbando. Il generale ricevette pressioni di ogni genere, ascoltò con amabilità il parere degli amici più vicini, fra cui Briceño, ma la sua decisione fu inappellabile. Revocò la pena di degradazione e confermò quella di fucilazione, aggravandola con l'ordine che fosse uno spettacolo pubblico. Fu la notte interminabile in cui tutto il male sarebbe potuto succedere. Il 16 ottobre, alle cinque del pomeriggio, la sentenza fu eseguita sotto il sole snaturato della piazza centrale di Angostura, la città che lo stesso Piar aveva strappato sei mesi prima agli spagnoli. Il comandante del plotone aveva fatto raccogliere i resti di un cane morto che gli avvoltoi stavano mangiandosi, e chiuse le vie di accesso per impedire che gli animali sciolti potessero turbare la dignità dell'esecuzione. Rifiutò a Piar l'ultimo onore di impartire l'ordine del fuoco al plotone, e gli bendò gli occhi con la forza, ma non riuscì a impedire che si congedasse dal mondo con un bacio al crocefisso e un saluto alla bandiera.

Il generale aveva rifiutato di presenziare all'esecuzione. L'unico che si trovava in casa con lui era José Palacios, e questi lo vide lottare per reprimere le lacrime allorché udì la scarica. Nel proclama con cui informò le truppe, disse: «Ieri è stato un giorno di sofferenza per il mio cuore». Per il resto della sua vita avrebbe ripetuto che era stata un'esigenza politica che salvò il Paese, persuase i ribelli ed evitò la guerra civile. Comunque fu l'atto di potere più feroce della sua vita, ma anche il più opportuno, col quale consolidò subito la sua autorità, unificò il comando e preparò la strada alla sua gloria.

Tredici anni dopo, nel villaggio di Soledad, non sembrò neppure accorgersi di esser stato vittima di un delirio del tempo. Continuò a osservare la piazza finché non l'attraversò un'anziana in cenci con un asino carico di noci di cocco per venderne l'acqua, e la sua ombra spaventò gli avvoltoi. Allora ritornò all'amaca con un sospiro di sollievo, e senza che nessuno glielo chiedesse diede la risposta che José Palacios aveva voluto conoscere fin dalla tragica notte di Angostura.

«Lo rifarei» disse.

Il pericolo maggiore era camminare, non per il rischio di una caduta, ma perché si vedeva troppo la fatica che gli costava. Invece, per salire e scendere le scale della casa era comprensibile che qualcuno lo aiutasse, anche se fosse stato capace di farlo da solo. Tuttavia, quando ebbe davvero bisogno di un braccio per appoggiarsi non permise che glielo porgessero.

«Grazie» diceva, «ma ce la faccio ancora.»

Un giorno non ce la fece. Si accingeva a scendere da solo le scale quando gli si obnubilò il mondo. «Sono caduto giù dai miei stessi piedi, senza sapere come e mezzo morto» raccontò a un amico. Fu peggio: non si ammazzò per un miracolo, perché il deliquio lo fulminò sul bordo stesso delle scale, e non continuò a rotolare per la leggerezza del corpo.

Il dottor Gastelbondo lo portò di urgenza all'antica Barranca de San Nicolás con la vettura di don Bartolomé Molinares, che l'aveva ospitato in casa sua durante un viaggio precedente, e gli teneva pronta l'alcova grande e ben ventilata sopra la Calle Ancha. Nel tragitto cominciò a suppurargli dal lacrimatoio sinistro una materia densa che non gli dava requie. Viaggiò estraneo a tutto, e talvolta sembrava che stesse pregando, mentre in realtà mormorava strofe complete delle sue poesie preferite. Il medico gli nettava l'occhio col suo fazzoletto, stupito che non lo facesse lui stesso, sempre così attento alla pulizia della sua persona. Si riprese appena all'entrata della città, quando un gruppo di vacche irrequiete furono sul punto di investire la carrozza, e finirono per rovesciare la berlina del parroco. Questi fece una capriola nell'aria e subito si rialzò d'un balzo, bianco di sabbia fino ai capelli, e con la fronte e le mani insanguinate. Allorché si riebbe dall'emozione, i granatieri dovettero farsi strada attraverso i passanti oziosi e i bambini nudi che volevano solo spassarsela per l'incidente, senza la minima idea di chi fosse il passeggero che sembrava un morto seduto nella penombra della carrozza.

Il medico presentò il sacerdote come uno dei pochi che erano stati partigiani del generale nei tempi in cui i vescovi gli tuonavano contro dal pulpito e venne scomunicato come massone cupido. Il generale non sembrò rendersi conto di quanto accadeva, e riprese consapevolezza del mondo solo quando vide il sangue sulla sottana del parroco, e quest'ultimo gli chiese di intervenire con la sua autorità affinché le vacche non girassero libere in una città dove già non era possibile camminare senza rischio con tante carrozze nelle vie pubbliche.

«Non si amareggi la vita, Sua Reverenza» gli disse lui, senza guardarlo. «Tutto il paese è uguale.»

Il sole delle undici era immobile sugli arenili delle strade, ampie e desolate, e la città intera riverberava di caldo. Il generale si rallegrò di non fermarsi lì più del tempo necessario per rimettersi dalla caduta, e per salire su una nave in un giorno di mare brutto, perché il manuale francese diceva che il mal di mare andava bene per rimuovere gli umori della bile e ripulire lo stomaco. Dal colpo si riprese subito, ma invece non fu così facile metter d'accordo la nave e il brutto tempo.

Furibondo per la disobbedienza del corpo, il generale non ebbe forza per nessuna attività politica o sociale, e se riceveva qualche visita era di vecchi amici personali che passavano per la città e gli porgevano i loro saluti. La casa era vasta e fresca, per quanto novembre lo permetteva, e i proprietari la trasformarono per lui in un ospedale di famiglia. Don Bartolomé Molinares era uno dei tanti rovinati dalle guerre, che gli avevano unicamente lasciato il lavoro di amministratore delle poste, che svolgeva senza stipendio da dieci anni. Era un uomo così buono che il generale lo chiamava papà fin dal viaggio precedente. Sua moglie, briosa e con una vocazione matriarcale indomita, occupava le sue ore facendo pizzi al tombolo che vendeva bene alle navi europee, ma non appena il generale fu arrivato gli consacrò tutto il suo tempo. A tal punto che venne a conflitto con Fernanda Barriga perché metteva olio di oliva sulle lenticchie, convinta che facesse bene alle malattie del petto, e lui le mangiava a forza per gratitudine.

A infastidire di più il generale in quei giorni fu la suppurazione del lacrimatoio, che lo fece rimanere di umore cupo, finché non cedette ai colliri di acqua di camomilla. Allora prese parte ai giochi a carte, conforto effimero contro il tormento delle zanzare e delle tristezze all'imbrunire. In una delle sue scarse crisi di pentimento, discutendo fra scherzi e verità con i padroni di casa, li stupì sentenziando che valeva più una buona intesa che mille cause vinte.

«Anche in politica?» domandò il signor Molinares.

«Soprattutto in politica» disse il generale. «Il fatto che Santander e io non ci siamo messi d'accordo ha rovinato tutt'e due.»

«Finché ci sono amici ci sono speranze» disse Molinares.

«Tutto il contrario» disse il generale. «Non è stata la perfidia dei miei nemici ma la diligenza dei miei amici a porre fine alla mia gloria. Sono stati loro a imbarcarmi nel disastro della Convenzione di Ocaña, loro che mi hanno coinvolto nella scempiaggine della monarchia, loro che mi hanno costretto prima a cercare la rielezione con gli stessi motivi con cui mi hanno poi fatto deporre, e ora mi tengono prigioniero in questo paese dove più nulla mi rimane da perdere.»

La pioggia divenne eterna, e l'umidità cominciava ad aprir crepe nella memoria. Il caldo era così intenso, anche di notte, che il generale doveva cambiarsi più volte la camicia fradicia. «Mi sento come cotto a bagnomaria» si lamentava. Un pomeriggio rimase più di tre ore seduto sul balcone, guardando passare per le vie le macerie dei quartieri poveri, gli utensili domestici, i cadaveri di animali trascinati dal torrente di un acquazzone sismico che tentava di sradicare le case.

Il comandante Juan Glen, prefetto della città, comparve in mezzo alla tormenta con la notizia che aveva arrestato una donna di servizio del signor Visbal, perché stava vendendo come reliquie sante i capelli che il generale si era tagliato a Soledad. Ancora una volta lo depresse lo sconforto che ogni cosa sua si trasformava in una mercanzia di occasione.

«Mi trattano già come se fossi morto» disse.

La signora Molinares aveva avvicinato la sedia a dondolo al tavolo da gioco per non perdere una parola.

«La trattano come quello che è» disse: «un santo».

«Be'» disse lui, «se è così, liberate quella povera innocente.»

Non lesse più. Se doveva scrivere lettere si limitava a dar istruzioni a Fernando, e non rivedeva neppure quelle poche che doveva firmare. Passava la mattina contemplando dal balcone il deserto di sabbia delle vie, vedendo passare l'asino dell'acqua, la negra sfacciata e felice che vendeva pesci abbrustoliti dal sole, i bambini delle scuole alle undici in punto, il parroco con la sottana di cencio piena di rammendi che lo benediceva dall'atrio della chiesa e si fondeva nel caldo. All'una del pomeriggio, mentre gli altri facevano la siesta, se ne andava lungo la sponda dei canneti marci spaventando con la sola ombra gli stormi di avvoltoi del mercato, salutando qua e là i pochi che lo riconoscevano mezzo morto e in borghese, e arrivava fino alla caserma dei granatieri, un capannone di canna e argilla davanti al porto fluviale. Lo preoccupava il morale della truppa, corrosa dal tedio, e la cosa gli sembrava fin troppo evidente nel disordine delle caserme, il cui fetore era divenuto ormai insopportabile. Ma un sergente che sembrava in stato di ebetudine per l'afa dell'ora, lo schiacciò con la verità.

«A fregarci non è il morale, Eccellenza» gli disse.
«È la gonorrea.»

Solo allora lo seppe. I medici locali, avendo esaurito la loro scienza con lavacri di svago e palliativi di zucchero di latte, rimisero il problema ai comandi militari, e questi non erano riusciti a mettersi d'accordo su quello che dovevano fare. Tutta la città era ormai al corrente del rischio che la minacciava, e il glorioso esercito della repubblica era visto come l'emissario della pestilenza. Il generale, meno allarmato di quanto si fosse temuto, risolse drasticamente il problema con la quarantena assoluta.

Allorché la mancanza di notizie belle o brutte cominciava a farsi angosciante, un corriere a cavallo gli portò da Santa Marta un messaggio oscuro del generale Montilla: «L'uomo è ormai nostro e le mediazioni sono bene avviate». Al generale era sembrato così strano il messaggio, e così irregolare la sua modalità, che lo intese come una faccenda di stato maggiore della massima importanza. E forse connesso con la campagna di Riohacha, cui attribuiva una priorità storica che nessuno voleva capire.

Era normale in quell'epoca che si complicassero i messaggi e che i rapporti militari fossero di proposito ingarbugliati per motivi di sicurezza, da quando l'ignavia dei governi aveva messo fine ai comunicati cifrati che così utili erano stati nelle prime cospirazioni contro la Spagna. L'idea che i militari lo ingannassero era una preoccupazione antica, che Montilla condivideva, e la cosa imbrogliò di più l'enigma del messaggio e aggravò l'ansia del generale. Allora mandò José Palacios a Santa Marta, con la scusa che si procurasse frutta e legumi freschi e qualche bottiglia di jerez secco e di birra chiara, che non si trovavano al mercato locale. Ma l'intento reale era che gli decifrasse il mistero. Fu molto semplice: Montilla voleva dire che il marito di Miranda Lyndsay era stato trasferito dal carcere di Honda a quello di Cartagena, e che l'indulto era questione di giorni. Il generale si sentì talmente defraudato dalla facilità dell'enigma, che non si rallegrò neppure del bene che aveva fatto alla sua salvatrice in Giamaica.

Il vescovo di Santa Marta gli fece sapere all'inizio di novembre, con un biglietto di suo pugno, che era lui con la sua mediazione apostolica ad aver definitivamente rappacificato gli animi nel vicino villaggio di La Ciénaga, dove la settimana prima avevano tentato una rivolta civile in appoggio a Riohacha. Il generale lo ringraziò lui pure di sua mano, e chiese a Montilla di fare lo stesso, ma non gli garbò il modo in cui il vescovo si era affrettato a mettersi in mostra.

I rapporti fra lui e monsignor Estévez non furono mai dei più fluidi. Sotto il suo mansueto sembiante di buon pastore, il vescovo era un politico appassionato, ma di scarsi lumi, contrario alla repubblica nel fondo del suo cuore, e contrario all'integrazione del continente, e a tutto quanto avesse a che vedere col pensiero politico del generale. Al Congresso Ammirabile, di cui fu vicepresidente, aveva inteso bene la sua autentica missione di intorpidire il potere di Sucre, e l'aveva svolta con più malizia che efficacia, sia nell'elezione dei dignitari sia nella missione che portarono a termine insieme per tentare una soluzione amichevole del conflitto col Venezuela. I coniugi Molinares, che erano al corrente di quelle discrepanze, non si stupirono affatto alla merenda delle quattro, quando il generale li accolse con una delle sue parabole profetiche:

«Cosa ne sarà dei nostri figli in un Paese dove le rivoluzioni finiscono grazie all'intervento di un vescovo?»

La signora Molinares gli replicò con un rimprovero affettuoso ma deciso:

«Anche se Sua Eccellenza dovesse aver ragione, non voglio saperlo» disse. «Noi siamo cattolici all'antica.»

Lui si riabilitò subito:

«Sicuramente molto più del signor vescovo, perché lui non ha portato la pace a La Ciénaga per amore di Dio, ma per tener uniti i suoi fedeli nella guerra contro Cartagena.»

«Anche qui siamo contro la tirannia di Cartagena» disse il signor Molinares.

«Lo so» disse lui. «Ogni colombiano è un paese nemico.»

Da Soledad, il generale aveva chiesto a Montilla di mandargli una nave leggera nel vicino porto di Sabanilla, per il suo progetto di espellere la bile mediante il mal di mare. Montilla aveva indugiato nel soddisfarlo perché don Joaquín de Mier, uno spagnolo repubblicano che era socio del commodoro Elbers, gli aveva promesso uno dei battelli a vapore che prestavano servizio occasionale sul fiume Magdalena. Visto che la cosa non fu possibile, Montilla mandò a metà di novembre un mercantile inglese che giunse senza previo avviso a Santa Marta. Non appena l'ebbe saputo, il generale comunicò che avrebbe approfittato della circostanza per lasciare il Paese. «Sono deciso ad andarmene in qualsiasi posto pur di non morire qui» disse.

Poi lo fece rabbrividire il presagio che Camille lo aspettava scrutando l'orizzonte da un balcone di fiori davanti al mare, e sospirò:

«In Giamaica mi vogliono bene.»

Istruì José Palacios affinché cominciasse a preparare i bagagli, e quella sera si intrattenne fino a molto tardi nel tentativo di trovare certe carte che voleva a ogni costo portare con sé. Si stancò talmente che dormì per tre ore. All'alba, già con gli occhi aperti, si rese conto di dove si trovava solo quando José Palacios gli recitò la sua litania.

«Ho sognato che ero a Santa Marta» disse lui. «Era una città pulitissima, con case bianche e tutte uguali, ma la montagna impediva di vedere il mare.»

«Allora non era Santa Marta» disse José Palacios. «Era Caracas.»

Il sogno del generale gli aveva rivelato che non sarebbero andati in Giamaica. Fernando era al porto fin da presto a sistemare i dettagli del viaggio, e al ritorno trovò lo zio che dettava a Wilson una lettera in cui chiedeva a Urdaneta un passaporto nuovo per lasciare il Paese, perché quello del governo deposto non era più valido. Quella fu l'unica spiegazione che diede per annullare il viaggio.

Comunque, tutti si mostrarono d'accordo che il vero motivo furono le notizie che ricevette quella mattina sulle operazioni di Riohacha, che non facevano che peggiorare le precedenti. La patria crollava a pezzi da un oceano all'altro, il fantasma della guerra civile si accaniva sulle sue rovine, e nulla infastidiva il generale quanto pensare al suo tornaconto in mezzo all'avversità. «Non c'è sacrificio che non siamo disposti a fare pur di salvar Riohacha» disse. Il dottor Gastel-

242

bondo, più preoccupato per le preoccupazioni dell'infermo che per le sue infermità irredimibili, era l'unico che sapeva parlargli con verità senza mortificarlo.

«Il mondo in rovina, e lei che si inquieta per Riohacha» gli disse. «Non abbiamo mai sognato un simile onore.»

La replica fu immediata:

«Da Riohacha dipende la sorte del mondo.»

Ci credeva davvero, e non riusciva a nascondere l'ansia che fosse già scaduto il termine previsto per prendere Maracaibo, essendo ancora più lontani che mai dalla vittoria. E a mano a mano che si avvicinava dicembre con i suoi pomeriggi di topazio, non solo temeva che si perdesse Riohacha, e forse tutta la costa, ma che il Venezuela preparasse una spedizione per radere al suolo anche le ultime vestigia delle sue illusioni.

Il tempo aveva cominciato a mutare fin dalla settimana precedente, e dove prima ci furono piogge di afflizione si aprirono un cielo diafano e notti di stelle. Il generale rimase estraneo alle meraviglie del mondo, talvolta pensieroso sull'amaca, talaltra giocando a carte senza preoccuparsi della sua sorte. Di lì a poco, mentre giocavano nella sala, una brezza di rose di mare strappò loro le carte dalle mani e fece schizzar via i chiavistelli delle finestre. La signora Molinares, esaltata dall'annuncio prematuro della stagione provvidenziale, esclamò: «È dicembre!». Wilson e José Laurencio Silva si affrettarono a chiudere le finestre per impedire che la brezza si portasse via la casa. Il generale fu l'unico a rimanere assorto nella sua idea fissa.

«Già dicembre, e siamo sempre allo stesso punto»

disse. «Non per nulla si dice che è meglio avere cattivi sergenti piuttosto che generali inutili.»

Continuò a giocare, e a metà della partita mise da parte le carte e disse a José Laurencio Silva che preparasse ogni cosa per mettersi in viaggio. Il colonnello Wilson, che il giorno prima aveva fatto sbarcare i suoi bagagli per la seconda volta, rimase perplesso.

«La nave è partita» disse.

Il generale lo sapeva. «Non era quella giusta» disse. «Bisogna andare a Riohacha, a vedere se riusciamo a far sì che i nostri illustri generali si decidano infine a vincere.» Prima di lasciare il tavolo si sentì obbligato a giustificarsi con i padroni di casa.

«Non è più neppure un bisogno della guerra» disse loro, «ma una questione di onore.»

Fu così che alle otto di mattina del primo dicembre si imbarcò sul brigantino *Manuel*, che il signor Joaquín de Mier mise a sua disposizione per qualsiasi cosa lui desiderasse: far un giro per espellere la bile, cambiar aria nella sua fabbrica di zucchero di San Pedro Alejandrino per riprendersi dai suoi molti mali e dalle sue pene innumeri, o continuar spedito per Riohacha dove tentare un'altra volta la redenzione delle Americhe. Il generale Mariano Montilla, che arrivò sul brigantino col generale José María Carreño, ottenne pure che il *Manuel* fosse scortato dalla fregata *Grampus*, degli Stati Uniti, che oltre a esser ben provvista di artiglieria aveva a bordo un buon chirurgo: il dottor Night. Tuttavia, quando Montilla vide lo stato di pietà in cui si trovava il generale, non volle lasciarsi guidare dal criterio unico del dottor Night, e consultò pure il suo medico locale.

«Non credo che sopporti nemmeno la traversata»

disse il dottor Gastelbondo. «Ma che parta: qualsiasi cosa è meglio piuttosto che vivere così.»

I canneti della Ciénaga Grande erano viscosi e caldi, ed esalavano vapori mortiferi, sicché se ne andarono in mare aperto approfittando dei primi alisei del nord, che quell'anno furono precoci e benigni. Il brigantino dalle vele quadrate, ben tenuto e con una cabina pronta per lui, era pulito e comodo, e aveva una maniera allegra di navigare.

Il generale si imbarcò di buon umore, e volle rimanere in coperta per vedere l'estuario del grande fiume Magdalena, il cui limo conferiva alle acque un color di cenere fino a molte leghe all'interno del mare. Si era messo un vecchio paio di pantaloni di panno, il berretto andino e una giubba dell'armata inglese che gli regalò il capitano della fregata, e il suo aspetto migliorava in pieno sole con la brezza malandrina. In suo onore, la ciurma della fregata catturò uno squalo gigante, nel cui ventre trovarono, fra parecchi altri pezzi di chincaglieria, degli speroni da cavaliere. Lui godeva di tutto con un giubilo da turista, finché non lo vinse la stanchezza e sprofondò nella sua anima. Allora fece a José Palacios segno di avvicinarsi, e gli confidò all'orecchio:

«A quest'ora, papà Molinares starà bruciando il materasso e seppellendo i cucchiai.»

Verso mezzogiorno passarono davanti alla Ciénaga Grande, una vasta distesa di acque torbide dove tutti gli uccelli del cielo si contendevano un banco di pesci dorati. Nell'ardente pianura di salnitro fra la palude e il mare, dove la luce era più trasparente e l'aria più pura, si trovavano i villaggi dei pescatori con i loro attrezzi esposti nei cortili ad asciugare, e più oltre il misterioso abitato di La Ciénaga, i cui fantasmi diurni avevano indotto a dubitare della loro scienza i discepoli di Humboldt. Dall'altra parte della Ciénaga Grande si levava la corona di geli eterni della Sierra Nevada. Il brigantino gaio, quasi volando a fior d'acqua nel silenzio delle vele, era così leggero e stabile che non aveva causato al generale il bramato sconvolgimento del corpo per espellere la bile. Tuttavia, più avanti passarono lungo un contrafforte della serra che si spingeva nel mare, e le acque divennero più aspre e si increspò la brezza. Il generale osservò quei mutamenti con crescente speranza, perché il mondo cominciò a girare insieme agli uccelli da preda che gli volavano in tondo sopra la testa, e un sudore gelido gli inzuppò la camicia e i suoi occhi si riempirono di lacrime. Montilla e Wilson dovettero reggerlo, perché era così leggero che una scossa del mare poteva farlo cadere fuori bordo. All'imbrunire, quando entrarono nel ristagno della baia di Santa Marta, non gli rimaneva più nulla da espellere nel corpo distrutto, ed era esausto sulla cuccetta del capitano, moribondo, ma con l'ebbrezza dei sogni avverati. Il generale Montilla si spaventò tanto per le sue condizioni, che prima di procedere allo sbarco lo fece visitare di nuovo dal dottor Night, e questi decise che lo portassero a terra su braccia intrecciate a seggiolino.

A parte il disinteresse tipico degli abitanti di Santa Marta per qualsiasi cosa avesse un che di ufficiale, altri motivi spiegavano perché ci fosse così poca gente in attesa dello sbarco. Santa Marta era stata una delle città più difficili da sedurre per la causa della repubblica. Anche una volta conclusa l'indipendenza con la battaglia di Bocayá, il viceré Sámano si rifugiò lì per attendere rinforzi dalla Spagna. Il generale stesso aveva tentato di liberarla più volte, e solo Montilla ci riuscì quando ormai la repubblica era instaurata. Al rancore dei realisti si aggiungeva l'animosità di tutti contro Cartagena, in quanto favorita dal potere centrale, e il generale lo fomentava senza saperlo con la sua passione per gli abitanti di quella città. Il motivo più forte, tuttavia, anche fra molti suoi seguaci, fu l'esecuzione sommaria dell'ammiraglio José Prudencio Padilla, che per colmo dei colmi era mulatto come il generale Piar. La virulenza era cresciuta con la presa del potere da parte di Urdaneta, presidente del consiglio di guerra che emise la sentenza di morte. Sicché le campane della cattedrale non risuonarono com'era previsto, e nessuno seppe spiegar perché, e le cannonate di saluto non vennero sparate nella fortezza del Morro perché la polvere fu trovata umida nell'arsenale. I soldati si erano dati da fare fino a poco prima affinché il generale non vedesse la scritta a carbone sul lato della cattedrale: "Viva José Prudencio". Le notifiche ufficiali del suo arrivo commossero appena i pochi che aspettavano nel porto. L'assenza di maggior spicco fu quella del vescovo Estévez, il primo e più insigne dei notificati principali.

Don Joaquín de Mier avrebbe ricordato sino alla fine dei suoi molti anni la creatura di terrore che sbarcarono sorreggendola nel sopore della prima sera, avvolta in una coperta di lana, con un berretto sopra l'altro tirati fin sulle sopracciglia, e con appena un soffio di vita. Tuttavia, quanto più ricordò furono la sua mano ardente, il suo fiato arduo, la prestanza sovrannaturale con cui abbandonò le mani che lo reggevano per salutarli tutti, uno per uno, con i loro titoli e i loro nomi completi, tenendosi a stento in piedi con l'aiuto dei suoi decani. Poi si lasciò mettere di peso nella berlina e crollò sul sedile, con la testa senza forze appoggiata alla spalliera, ma con gli occhi avidi attenti alla vita che passava per lui attraverso il finestrino per una sola volta e fino a mai più.

La fila di carrozze dovette solo attraversare il viale fino alla casa della dogana vecchia, che gli era riservata. Stavano per scoccare le otto, ed era mercoledì, ma c'era un'aria di sabato lungo il passeggio della baia per via delle prime brezze di dicembre. Le vie erano ampie e sporche, e le case di pietra con balconi coperti si erano meglio conservate di quelle del resto del paese. Intere famiglie avevano tirato fuori i mobili per sedersi sui marciapiedi, e talune badavano ai loro visitatori persino in mezzo alla via. La nuvola di lucciole tra gli alberi illuminava il viale del mare con un chiarore fosforescente più intenso di quello dei lampioni.

La casa della dogana vecchia era la più antica costruita nel paese, duecentonovantanove anni prima, ed era stata restaurata di recente. Al generale prepararono la camera da letto al secondo piano, con vista sulla baia, ma lui preferì rimanere quasi sempre nella sala principale dove c'erano gli unici anelli infissi nel muro per appendere l'amaca. Lì c'era pure il tavolo rustico di mogano lavorato, sul quale, sedici giorni dopo, sarebbe stato esposto nella camera ardente il suo corpo imbalsamato, con la giubba blu del suo rango senza gli otto bottoni d'oro puro che qualcuno gli avrebbe strappato via nella confusione del decesso.

Solo lui sembrava non credere di essere così vicino a quella sorte. Invece il dottor Alexandre Prosper Révérend, il medico francese che il generale Montilla chiamò di urgenza alle nove di sera, non ebbe bisogno di saggiargli il polso per rendersi conto che aveva cominciato a morire da anni. Dalla fiacchezza del collo, dalla contrazione del petto e dal giallore del viso pensò che la causa maggiore erano i polmoni guastati, e le sue visite dei giorni successivi l'avrebbero confermato. Nell'interrogatorio che gli fece loro due soli, metà in spagnolo, metà in francese, constatò che l'ammalato aveva una capacità magistrale nel tergiversare i sintomi e nel pervertire il dolore, e che il poco fiato lo consumava nello sforzo di non tossire né espettorare durante la visita. La diagnosi al primo colpo d'occhio gli fu confermata dall'esame clinico. Ma nel rapporto medico di quella sera, il primo dei trentatré che avrebbe reso noti nei quindici giorni successivi, attribuì importanza alle calamità del corpo quanto al tormento morale.

Il dottor Révérend aveva trentaquattro anni, ed era sicuro di sé, colto e ben vestito. Era arrivato sei anni prima, disincantato dalla restaurazione dei Borboni sul trono di Francia, e parlava e scriveva uno spagnolo corretto e fluido, ma il generale approfittò della prima occasione per dargli una prova del suo buon francese. Il dottore l'acchiappò al volo.

«Sua Eccellenza ha l'accento di Parigi» gli disse.

«Di rue Vivienne» disse lui, rianimandosi. «Come lo sa?»

«Mi vanto di indovinare persino l'incrocio di Parigi dov'è cresciuta una persona, solo dal suo accento» disse il medico. «Pur essendo nato e avendo vissuto fin da grandicello in un villaggio della Normandia.»

«Buoni formaggi ma cattivo vino» disse il generale.

«È forse il segreto della nostra buona salute» disse il medico.

Ottenne la sua fiducia premendo senza dolore sul lato puerile del suo cuore. Gli andò anche meglio, perché invece di prescrivergli nuove medicine gli diede di sua mano una cucchiaiata dello sciroppo che gli aveva preparato il dottor Gastelbondo per alleviargli la tosse, e una pillola calmante che prese senza resistenza tanto desiderava dormire. Continuarono a chiacchierare di un po' di tutto finché il sonnifero non gli fece effetto, e il medico uscì in punta di piedi dalla camera. Il generale Montilla lo accompagnò fino a casa sua con altri ufficiali, e si allarmò quando il dottore gli disse che pensava di dormire vestito nel caso che lo chiamassero di urgenza a qualsiasi ora.

Révérend e Night non si misero d'accordo durante i vari consulti che ebbero nel corso della settimana. Révérend era convinto che il generale avesse una lesione polmonare la cui origine era una bronchite trascurata. Dal colore della pelle e dalle febbri vespertine, il dottor Night era convinto che si trattava di paludismo cronico. Concordavano, tuttavia, sulla gravità delle sue condizioni. Chiamarono altri medici per risolvere la divergenza, ma i tre di Santa Marta, e altri della provincia, rifiutarono di raggiungerli senza fornire spiegazioni. Sicché i dottori Révérend e Night stabilirono una cura di compromesso a base di balsami pettorali e dosi di chinino per la malaria.

Le condizioni dell'ammalato erano peggiorate ancora di più nel fine settimana per via di un bicchiere di latte d'asina che bevve a suo rischio e pericolo di nascosto dai medici. Sua madre lo beveva tiepido con miele di api, e lo faceva bere a lui quando era molto piccolo per raddolcirgli la tosse. Ma quel sapore balsamico, associato in maniera così intima ai suoi ricordi più antichi, gli sconvolse la bile e gli guastò il corpo, e la sua prostrazione fu tale che il dottor Night anticipò il suo viaggio per mandargli uno specialista dalla Giamaica. Ne mandò due con ogni genere di farmaci, e con una rapidità incredibile per quei tempi, ma troppo tardi.

Eppure, lo stato d'animo del generale non corrispondeva alla sua prostrazione, perché agiva come se i mali che stavano ammazzandolo fossero stati solo disturbi banali. Passava la notte sveglio sull'amaca a contemplare i giri del faro nella fortezza del Morro, sopportando i dolori per non tradirsi con gemiti, senza scostare lo sguardo dallo splendore della baia che lui stesso aveva considerato la più bella del mondo.

«Mi fanno male gli occhi a forza di guardarla» diceva.

Durante la giornata, si sforzava per dimostrare la sua scrupolosità di altri periodi, e chiamava Ibarra, Wilson, Fernando, chi si trovava più vicino, per istruirlo sulle lettere che non aveva più la pazienza di dettare. Solo José Palacios ebbe il cuore abbastanza lucido per accorgersi che quelle urgenze erano viziate da postremità. Erano disposizioni sul destino dei suoi compagni, e anche di taluni che non si trovavano a Santa Marta. Dimenticò l'alterco col suo antico segretario, il generale José Santana, e gli procurò un posto nel servizio esterno affinché si godesse la sua vita di novello sposo. Quanto a José María Carreño, del cui buon cuore soleva far elogi meritati, lo avviò lungo la strada che con gli anni l'avrebbe portato a essere presidente incaricato del Venezuela. Chiese a Urdaneta lettere di benservito per Andrés Ibarra e per José Laurencio Silva, sicché potessero disporre almeno di uno stipendio regolare in avvenire. Silva riuscì a diventare generale in capo e segretario della guerra e della marina del suo Paese, e morì a ottantadue anni, con la vista rannuvolata dalle cataratte che tanto aveva temuto, e vivendo di una pensione di invalidità che ottenne dopo ardue pratiche per provare i suoi meriti di guerra con le sue numerose cicatrici.

Il generale tentò pure di convincere Pedro Briceño Méndez affinché ritornasse nella Nueva Granada a occupare il ministero della guerra, ma la fretta della storia non gliene diede il tempo. Al nipote Fernando fece un lascito testamentario per agevolargli una buona carriera nell'amministrazione pubblica. Al generale Diego Ibarra, che era stato il suo primo decano e una delle poche persone cui dava del tu e che gli davano del tu in privato e in pubblico, consigliò di trasferirsi in qualche luogo dove fosse più utile che in Venezuela. Anche al generale Justo Briceño, con cui era sempre in cattivi rapporti in quei giorni, avrebbe chiesto sul suo letto di morte l'ultimo favore della sua vita.

Forse i suoi ufficiali non immaginarono mai fino a che punto quella spartizione unificava i loro destini. Tutti avrebbero condiviso nel bene o nel male il resto delle loro vite, inclusa l'ironia storica di ritrovarsi insieme nel Venezuela, cinque anni dopo, battendosi al fianco del comandante Pedro Carujo in un'avventura militare a favore dell'idea bolivarista dell'integrazione.

Non erano più manovre politiche ma disposizioni

testamentarie a favore dei suoi orfani, e Wilson lo confermò infine in base a una dichiarazione sorprendente che il generale gli dettò in una lettera a Urdaneta: "L'impresa di Riohacha è perduta". Quello stesso pomeriggio il generale ricevette un biglietto del vescovo Estévez, l'imprescindibile, che gli chiedeva di intervenire con i suoi alti meriti dinanzi al governo centrale affinché Santa Marta e Riohacha venissero dichiarate dipartimenti, e in tal modo si ponesse termine alla discordia storica con Cartagena. Il generale fece un segno di sconforto a José Laurencio Silva quando questi finì di leggergli la lettera. «Tutte le idee che passano per la testa ai colombiani sono per dividere» gli disse. Più tardi, mentre sbrigava con Fernando la corrispondenza in ritardo, fu ancora più amaro.

«Non rispondergli neppure» gli disse. «Aspettino che io abbia un bel po' di palate di terra addosso per fare quello di cui hanno voglia.»

La sua ansia costante di mutare clima lo teneva sul bordo della demenza. Se il tempo era umido ne desiderava uno più asciutto, se era freddo lo desiderava più temperato, se era montano lo desiderava marino. Era questo a fomentargli l'inquietudine perpetua che aprissero la finestra affinché entrasse aria, che la richiudessero, che sistemassero la poltrona di spalle alla luce, e poi di nuovo di là, e sembrava trovar sollievo solo dondolandosi sull'amaca con le forze esigue che gli rimanevano.

I giorni di Santa Marta divennero così lugubri, che quando il generale riacquistò un po' di calma e ripeté il desiderio di recarsi nella casa di campagna del signor de Mier, il dottor Révérend fu il primo a incoraggiarlo, consapevole che quelli erano i sintomi ultimi di una prostrazione senza ritorno. Il giorno prima del viaggio scrisse a un amico: "Morirò al più tardi fra un paio di mesi". Fu una rivelazione per tutti, perché assai di rado nella sua vita, e ancora meno negli ultimi anni, lo si era udito accennare alla morte.

La Florida di San Pedro Alejandrino, a una lega da Santa Marta alle pendici della Sierra Nevada, era la villa di una raffineria di zucchero con un frantoio per far mascavato. Sulla berlina del signor de Mier, il generale fece il polveroso tragitto che il suo corpo senza di lui avrebbe fatto dieci giorni dopo in senso opposto, avvolto nella sua vecchia coperta degli altipiani su un carro trainato da buoi. Molto prima di vedere la casa sentì la brezza satura di melassa calda, e cedette alle insidie della solitudine.

«È l'odore di San Mateo» sospirò.

La fabbrica di zucchero di San Mateo, a ventiquattro leghe da Caracas, era il centro delle sue nostalgie. Lì fu orfano di padre a tre anni, orfano di madre a nove, e vedovo a venti. Si era sposato in Spagna con una bella ragazza dell'aristocrazia creola, sua parente, e la sua unica illusione di allora era di esser felice con lei mentre accresceva la sua immensa fortuna come signore di vite e di fazende nella fabbrica di zucchero di San Mateo. Non fu mai stabilito con certezza se la morte della moglie a otto mesi dalle nozze fosse stata causata da una febbre maligna o da un incidente domestico. Per lui fu la sua nascita storica, perché era stato un signorotto coloniale abbagliato dai piaceri mondani e senza un minimo di interesse per la politica, e a partire da allora si trasformò subito nell'uomo che fu per sempre. Mai più parlò di sua moglie morta, mai più la ricordò, mai più tentò di sostituirla. Quasi ogni notte della sua vita sognò la casa di San Mateo, e spesso sognava suo padre e sua madre e ognuno dei suoi fratelli, però mai lei, perché l'aveva sepolta in fondo a un oblio stagnante come un mezzo brutale per poter essere ancora vivo senza di lei. Le uniche cose che riuscirono a smuovere per un istante la sua memoria furono la melassa di San Pedro Alejandrino, l'indifferenza degli schiavi nei frantoi che non gli dedicarono neppure uno sguardo di pietà, gli alberi immensi intorno alla casa da poco dipinta di bianco per accoglierlo, l'altra fabbrica di zucchero della sua vita dove un destino inevitabile lo spingeva a morire.

«Si chiamava María Teresa Rodríguez del Toro y Alayza» disse d'improvviso.

Il signor de Mier era distratto.

«Chi è?» domandò.

«È stata mia moglie» disse lui, e reagì subito: «Ma lo dimentichi, per favore: è stato un protrarsi della mia infanzia».

Non disse altro.

La camera da letto che gli assegnarono gli causò un altro deliquio della memoria, sicché la esaminò con un'attenzione meticolosa, come se ogni oggetto gli sembrasse un disvelamento. Oltre al letto col baldacchino c'erano un cassettone di mogano, un comodino pure di mogano con un ripiano di marmo e una poltrona ricoperta di velluto rosso. Sulla parete accanto alla finestra c'era un orologio ottagonale dai numeri romani fermo sull'una e sette minuti.

«Siamo già stati qui» disse.

Più tardi, quando José Palacios ebbe caricato l'orologio e l'ebbe sistemato sull'ora reale, il generale si adagiò sull'amaca nel tentativo di dormire sia pure un minuto. Solo allora vide la Sierra Nevada dalla finestra, nitida e blu, come un quadro appeso, e smarrì la memoria in altre stanze di molte altre vite.

«Non mi ero mai sentito così vicino a casa mia» disse.

La prima notte a San Pedro Alejandrino dormì bene, e il giorno dopo sembrava essersi ripreso dai suoi dolori al punto che fece un giro nei frantoi, ammirò la buona razza dei bovi, assaggiò il miele, e stupì tutti con la sua esperienza sulle arti dello zuccherificio. Il generale Montilla, esterrefatto dinanzi a un simile mutamento, chiese a Révérend di dirgli la verità, e questi gli spiegò che il miglioramento immaginario del generale era frequente tra i moribondi. La fine era cosa di giorni, di ore, forse. Stordito dalla brutta notizia, Montilla diede un pugno contro la parete nuda, e si ferì la mano. Mai più, nel resto della sua vita, sarebbe stato lo stesso. Aveva spesso mentito al generale, sempre in buona fede e per motivi di politica spicciola. Da quel giorno gli mentì per carità, e istruì in tal senso quanti avevano accesso a lui.

Quella settimana arrivarono a Santa Marta otto ufficiali di alto rango espulsi dal Venezuela per attività contro il governo. Fra questi c'erano taluni dei grandi delle gesta liberatrici: Nicolás Silva, Trinidad Portocarrero, Julián Infante. Montilla chiese loro non solo di nascondere al generale moribondo le brutte notizie, ma che gli rimpinguassero quelle buone, in cerca di un sollievo per il più grave dei suoi molti mali. Gli altri si spinsero oltre, e gli fecero un rapporto così allettante della situazione del suo Paese, che riuscirono ad accendergli negli occhi il fulgore di altri giorni. Il generale riprese l'argomento di Riohacha, cancellato da

256

una settimana, e parlò di nuovo del Venezuela come di una possibilità imminente.

«Non avevamo mai avuto un'occasione migliore per riprendere la strada dritta» disse. E concluse con una convinzione irrefutabile: «Il giorno in cui rimetterò piede nella valle di Aragua, tutto il popolo venezuelano si solleverà a mio favore».

Un pomeriggio tracciò un nuovo piano militare in presenza degli ufficiali venuti a trovarlo, che gli prestarono l'aiuto del loro entusiasmo pietoso. Tuttavia, dovettero proseguire l'intera notte ascoltandolo annunciare in tono profetico come avrebbero ricostruito dalle origini e questa volta per sempre il vasto impero delle sue illusioni. Montilla fu l'unico che osò contrariare lo stupore di quanti credettero di ascoltare i vaneggiamenti di un pazzo.

«Attenti» disse loro, «si è creduta la stessa cosa a Casacoima.»

Nessuno aveva dimenticato il 4 luglio 1817, allorché il generale dovette passare la notte immerso nella laguna di Casacoima, insieme a uno sparuto gruppo di ufficiali, fra cui Briceño Méndez, per mettersi in salvo dalle truppe spagnole che furono sul punto di sorprenderli su un terreno aperto. Seminudo, rabbrividente di febbre, cominciò d'improvviso ad annunciare gridando, passo a passo, tutto quanto avrebbe fatto in futuro: la presa immediata di Angostura, la scalata delle Ande per liberare la Nueva Granada e più tardi il Venezuela, per fondare la Colombia, e infine la conquista degli immensi territori del Sud fino al Perù. «Allora scaleremo il Chimborazo e pianteremo sulle vette innevate il tricolore dell'America grande, unita e libera per i secoli dei secoli» concluse. Anche chi lo ascoltò allora pensò che avesse smarrito la ragione, e tuttavia fu una profezia avveratasi alla lettera, passo per passo, in meno di cinque anni.

Per disgrazia, quella di San Pedro Alejandrino fu solo la visione di una brutta veglia. I tormenti rinviati nella prima settimana si assieparono insieme in una raffica di annientamento totale. In quel momento, il generale era talmente rimpicciolito, che dovettero rimboccare oltre i polsini della camicia e tagliarono via un pollice ai pantaloni di panno. Non riusciva a dormire più di tre ore all'inizio della notte e il resto lo passava soffocato dalla tosse, o allucinato dal delirio, o disperato a causa del singhiozzo ricorrente che cominciò a Santa Marta e si fece sempre più tenace. Nel pomeriggio, mentre gli altri dormicchiavano, distraeva il dolore contemplando dalla finestra i picchi innevati della Sierra.

Aveva attraversato quattro volte l'Atlantico e percorso i territori liberati più di chiunque l'avrebbe mai più fatto, e non aveva mai dettato un testamento, cosa insolita per l'epoca. «Non ho nulla da lasciare a nessuno» diceva. Il generale Pedro Alcántara Herrán gliel'aveva suggerito a Santa Fe mentre preparava il viaggio, con la scusa che era una cautela normale per ogni viaggiatore, e lui gli aveva detto più sul serio che per scherzo che la morte non rientrava nei suoi progetti immediati. Comunque, a San Pedro Alejandrino fu lui a prendere l'iniziativa di dettare il brogliaccio delle sue ultime volontà e del suo ultimo proclama. Non si seppe mai se fu un gesto consapevole, o un passo falso del suo cuore tribolato.

Visto che Fernando era ammalato, cominciò a dettare a José Laurencio Silva una serie di note un po' scucite che esprimevano non tanto i suoi desideri quanto i suoi disinganni: l'America è ingovernabile, chi serve una rivoluzione ara nel mare, questo paese cadrà senza scampo in mano alla folla sfrenata per poi passare a piccoli tiranni quasi impercettibili di ogni colore e di ogni razza, e molti altri pensieri lugubri che già circolavano sparsi in lettere a diversi amici. Continuò a dettarle per parecchie ore, come in un momento di chiaroveggenza, interrompendosi appena per la crisi di tosse. José Laurencio Silva non riuscì a stargli dietro e ad Andrés Ibarra non fu possibile reggere a lungo lo sforzo di scrivere con la mano sinistra. Quando tutti gli amanuensi e i decani furono stanchi, rimase in piedi il tenente di cavalleria Nicolás Mariano de Paz, che trascrisse quanto dettato con rigore e in bella calligrafia fin dove gli bastò la carta. Ne chiese dell'altra, ma tardavano tanto a portargliela, che continuò a scrivere sulla parete fin quasi a riempirla. Il generale gliene fu così riconoscente, che gli regalò le due pistole da duello di amore del generale Lorenzo Cárcamo.

Fu sua ultima volontà che i suoi resti venissero portati in Venezuela, che i due libri appartenuti a Napoleone fossero conservati all'università di Caracas, che venissero dati ottomila pesos a José Palacios in riconoscimento dei suoi costanti servigi, che fossero bruciate le carte lasciate a Cartagena in custodia al signor Pavajeau, che fosse restituita al suo luogo di origine la medaglia con cui lo decorò il congresso della Bolivia, che si rendesse alla vedova del maresciallo Sucre la spada d'oro con incrostazioni di pietre preziose che il maresciallo gli aveva regalato, e che il resto dei suoi beni, incluse le miniere di Aroa, venisse spartito fra le sue due sorelle e i figli del fratello morto. Non c'era altro, perché da quegli stessi beni bisognava pagare debiti insoluti, grandi e piccoli, e fra questi i ventimila scudi da incubo ricorrente del professor Lancaster.

In mezzo alle clausole di rigore, aveva badato a includerne una eccezionale per ringraziare sir Robert Wilson della buona condotta e della fedeltà del figlio. Non era strana questa onoranza, ma lo era che non l'avesse fatta pure al generale O'Leary, che non sarebbe stato testimone della sua morte solo perché non riuscì ad arrivare in tempo da Cartagena, dove si trovava per suo ordine a disposizione del presidente Urdaneta.

Entrambi i nomi sarebbero stati vincolati per sempre a quello del generale. Wilson sarebbe stato in seguito incaricato d'affari della Gran Bretagna a Lima, e poi a Caracas, e avrebbe continuato a partecipare in prima linea alle faccende politiche e militari dei due paesi. O'Leary si sarebbe installato a Kingston, e in seguito a Santa Fe, dove fu console del suo paese per lungo tempo, e dove morì all'età di cinquantun anni, dopo aver raccolto in trentaquattro volumi una testimonianza colossale della sua vita insieme al generale delle Americhe. Il suo fu un crepuscolo tacito e fruttuoso, che lui ridusse a una frase: "Morto El Libertador, e distrutta la sua grande opera, mi ritirai in Giamaica, dove mi consacrai a sistemare le sue carte e a scrivere le mie memorie".

Dal giorno in cui il generale fece il suo testamento il medico esaurì con lui i palliativi della sua scienza: senapismi ai piedi, massaggi alla spina dorsale, impacchi lenitivi su tutto il corpo. Gli ridusse la stitichezza congenita con clisteri di effetto immediato ma devastante. Temendo una congestione cerebrale, lo sottopose a una cura di vescicanti per evacuare il catarro accumulato nella testa. Questa cura consisteva in un cataplasma di cantaride, insetto caustico che pestato e applicato sulla pelle produceva vesciche capaci di assorbire i farmaci. Il dottor Révérend applicò al generale moribondo cinque vescicanti sulla nuca e uno sul polpaccio. Un secolo e mezzo dopo, parecchi medici continuavano a pensare che la causa immediata della morte erano stati quei cataplasmi abrasivi, che provocarono un disordine urinario con minzioni involontarie, poi dolorose, e infine sanguinolente, finché la vescica non era rimasta secca e appiccicata alla pelvi, come il dottor Révérend constatò durante l'autopsia.

L'olfatto del generale era divenuto così sensibile che costringeva il medico e il farmacista Augusto Tomasín a tenersi a distanza per via del loro lezzo di linimenti. Allora più che mai faceva aspergere la camera con la sua acqua di colonia, e continuò a fare i bagni illusori, a radersi con le sue mani, a pulirsi i denti con un accanimento feroce, in un'impresa sovrannaturale di difendersi dall'immondizia della morte.

La seconda settimana di dicembre passò per Santa Marta il colonnello Luis Peru de Lacroix, un giovane veterano degli eserciti di Napoleone che era stato decano del generale fino a poco tempo addietro, e la prima cosa che fece dopo avergli fatto visita fu scrivere la lettera della verità a Manuela Sáenz. Non appena l'ebbe ricevuta, Manuela si mise in viaggio per Santa Marta, ma a Guaduas le annunciarono che ormai aveva tutta una vita di ritardo. La notizia la cancellò dal mondo. Si immerse nelle sue stesse ombre, senza più badare ad altro se non a due bauli di carte del generale, che riuscì a nascondere in un luogo sicuro a Santa Fe finché Daniel O'Leary non li recuperò parecchi anni dopo dietro sue istruzioni. Il generale Santander, in uno dei suoi primi atti di governo, la esiliò dal paese. Manuela si piegò alla sua sorte con una dignità inasprita, dapprima in Giamaica, e poi in un'erranza triste che sarebbe finita a Paita, un sordido porto del Pacifico dove si recavano a riposare le baleniere di tutti gli oceani. Lì intrattenne l'oblio con lavori a maglia, i sigari da carrettiere e le bestioline di pasta dolce che fabbricava e vendeva ai marinai finché glielo permise l'artrite alle mani. Il dottor Thorne, suo marito, lo assassinarono a coltellate in un sobborgo di Lima per rubargli quel poco che aveva addosso, e nel testamento lasciava a Manuela una somma pari alla dote che lei aveva portato il giorno del matrimonio, ma non le fu mai consegnata. Tre visite memorabili la consolarono del suo abbandono: quella del maestro Simón Rodríguez, con cui spartì le ceneri della gloria; quella di Giuseppe Garibaldi, che ritornava dalla lotta contro la dittatura di Rosas in Argentina, e quella del romanziere Herman Melville, che girava per le acque del mondo documentandosi per *Moby Dick*. Ormai anziana, invalida su un'amaca per una frattura del fianco, leggeva la sorte nelle carte e dava consigli di amore agli innamorati. Morì in un'epidemia di peste, all'età di cinquantanove anni, e la sua baracca venne incenerita dalla polizia sanitaria insieme alle preziose carte del generale, fra cui le loro lettere intime. Le uniche reliquie che le rimanevano di lui, secondo quanto disse a Peru de Lacroix, erano una ciocca di capelli, e un guanto.

L'atmosfera che Peru de Lacroix trovò a La Florida di San Pedro Alejandrino era ormai il disordine della morte. La casa andava alla deriva. Gli ufficiali dormivano a qualsiasi ora in cui li cogliesse il sonno, ed erano così irritabili che il cauto José Laurencio Silva si spinse fino a sguainare la spada per affrontare le suppliche di silenzio del dottor Révérend. A Fernanda Barriga non bastavano sforzi e buon umore per soddisfare tante richieste di cibo nelle ore meno previste. I più demoralizzati giocavano a carte giorno e notte, senza preoccuparsi del fatto che tutto quello che dicevano a grida lo udiva il moribondo nella camera accanto. Un pomeriggio, mentre il generale giaceva nel sopore della febbre, qualcuno sulla terrazza urlava a squarciagola contro l'abuso di pretendere dodici pesos e ventitré centavos per mezza dozzina di assi, duecentoventicinque chiodi, seicento borchie normali, cinquanta di quelle dorate, dieci braccia di mussola, dieci braccia di nastro di Manila e sei braccia di nastro nero. Era una litania urlante che zittì le altre voci e finì per occupare tutto lo spazio della fazenda. Il dottor Révérend era nella camera da letto a cambiare le bende alla mano fratturata del generale Montilla, ed entrambi capirono che pure l'ammalato, nella lucidità del dormiveglia, badava a quei conti. Montilla si affacciò alla finestra, e gridò a piena voce:

«State zitti, cazzo!»

Il generale intervenne senza aprire gli occhi.

«Lasciateli in pace» disse. «Dopo tutto ormai non ci sono conti che io non possa ascoltare.»

Solo José Palacios sapeva che il generale non aveva bisogno di ascoltare null'altro per capire che i conti gridati erano dei duecentocinquantatré pesos, sette scudi e tre quarti di una colletta pubblica per il suo funerale, fatta dal municipio fra alcuni privati e i fondi del mattatoio e del carcere, e che gli elenchi erano quelli dei materiali per fabbricare la bara e addobbare il catafal co. José Palacios, per ordine di Montilla, si incaricò fin da allora di impedire che chiunque entrasse nell'alcova, qualsiasi fosse il suo grado, titolo o dignità, e lui stesso si impose un regime così drastico nella sorveglianza dell'infermo, che ben poco si distingueva dalla sua stessa morte.

«Se mi avessero dato un potere così, fin dall'inizio, quest'uomo avrebbe vissuto cent'anni» disse.

Fernanda Barriga volle entrare.

«Con tutto quello che gli sono piaciute le donne a questo povero orfano» disse, «non può morire senza neppure una al suo capezzale, sia pure vecchia e brutta, e inutile quanto me.»

Non glielo permisero. Sicché si sedette accanto alla finestra, tentando di santificare con responsori i deliri pagani del moribondo. Lì rimase protetta dalla carità pubblica, immersa in un lutto eterno, fino all'età di centun anni.

Fu lei a coprire di fiori il tragitto e a guidare i canti allorché il prete del vicino villaggio di Mamatoco comparve col viatico nella prima sera del mercoledì. Lo precedeva una duplice fila di indiane scalze con zimarre di tela grezza e corone di astromelia, che gli illuminavano il tragitto con lumini a olio e cantavano inni funebri nella loro lingua. Attraversarono il sentiero che Fernanda stava tappezzando di petali davanti a loro, e fu un momento così rabbrividente, che nessuno osò fermarli. Il generale si raddrizzò sul letto quando li sentì entrare nell'alcova, si coprì gli occhi col braccio per non adirarsi, e li fece uscire con un grido:

«Portate via quelle luminarie, che sembra già una processione di anime.»

Nel tentativo che il malumore della casa non finisse per uccidere il sentenziato, Fernando portò una compagnia di suonatori di Mamatoco, che suonò senza tregua per un giorno intero sotto i tamarindi del cortile. Fu più volte ripetuta *La Trinitaria*, la sua controdanza preferita, che era divenuta popolare perché lui stesso distribuiva in altri periodi le copie della partitura ovunque andasse.

Gli schiavi fecero fermare i frantoi e contemplarono a lungo il generale fra i rampicanti della finestra. Era avvolto in un lenzuolo bianco, più smagrito e cinerognolo che dopo la morte, e muoveva al ritmo la testa irta delle radici dei capelli che cominciano a ricrescergli. Al termine di ogni pezzo applaudiva con la decenza convenzionale appresa all'Opéra di Parigi.

A mezzogiorno, sollevato dalla musica bevve una tazza di brodo e mangiò pasta di fecola ai sagū e pollo lesso. Poi chiese uno specchio a mano per guardarsi sull'amaca, e disse: «Con questi occhi non muoio». La speranza quasi perduta che il dottor Révérend compisse un miracolo rinacque ancora in tutti. Ma quando più sembrava migliorato, l'infermo confuse il generale Sardá con uno dei trentotto ufficiali che Santander aveva fatto fucilare in una giornata e senza previo processo dopo la battaglia di Boyacá. Più tardi ebbe una ricaduta improvvisa da cui non si riprese più, e gridò con quel poco che gli rimaneva di voce che portassero i musicanti lontano dalla casa, dove non avrebbero turbato la pace della sua agonia. Quando ebbe riacquistato la calma ordinò a Wilson di redigere una lettera per il generale Justo Briceño, chiedendogli come un omaggio quasi postumo che si riconciliasse col generale Urdaneta per salvare il paese dagli orrori dell'anarchia.

L'unica parte che gli dettò testualmente fu il primo rigo: "Negli ultimi momenti della mia vita le scrivo questa lettera".

La sera chiacchierò fino a molto tardi con Fernando, e per la prima volta gli diede consigli sull'avvenire. L'idea di scrivere insieme le memorie era ferma al progetto, ma il nipote aveva vissuto abbastanza al suo fianco per tentar di scriverle come un semplice esercizio del cuore, affinché i suoi figli avessero un'idea di quegli anni di glorie e disdette. «O'Leary scriverà qualcosa se persevererà nel suo intento» disse il generale. «Ma sarà diverso.» Fernando aveva allora ventisei anni, e sarebbe vissuto fino agli ottantotto senza scrivere null'altro che qualche pagina scucita, perché il destino gli riserbò l'immensa fortuna di perdere la memoria.

José Palacios era rimasto nella camera da letto mentre il generale dettava il suo testamento. Né lui né altri dissero una parola durante la stesura che fu rivestita da una solennità sacramentale. Ma la sera, durante la cerimonia del bagno emolliente, supplicò il generale affinché mutasse le sue volontà.

«Siamo sempre stati poveri e non ci è mancato nulla» gli disse.

«Il fatto è diverso» gli disse il generale. «Siamo sempre stati ricchi e tutto ci è mancato.»

Entrambi gli estremi erano veri. José Palacios era entrato molto giovane al suo servizio, per disposizione della madre del generale, che era la sua padrona, e non fu emancipato in maniera consueta. Rimase fluttuante in un limbo civile, in cui mai gli venne assegnato uno stipendio, né gli fu definito uno stato, ma i suoi bisogni personali facevano parte dei bisogni privati del generale. Si identificò con lui persino nel modo di vestire e di mangiare, ed esagerò la sua sobrietà. Il generale non era disposto a lasciarlo alla deriva senza un grado militare né una pensione di invalidità, e a un'età in cui non ce l'avrebbe più fatta a ricominciare a vivere. Sicché non c'era alternativa: la pensione di ottomila pesos era non solo irrevocabile ma irrinunciabile.

«È giusto» concluse il generale.

José Palacios replicò asciutto:

«È giusto che moriamo insieme.»

Infatti fu così, perché usò male il suo denaro come il generale usava il proprio. Alla morte di quest'ultimo rimase a Cartagena de Indias alla mercé della carità pubblica, provò l'alcol per soffocare i ricordi e cedette alle sue compiacenze. Morì all'età di settantasei anni, rivoltandosi nel fango per i tormenti del delirium tremens, in un antro di mendicanti dimessi dall'esercito liberatore.

Il generale si svegliò così male il 10 dicembre, che chiamarono di urgenza il vescovo Estévez, qualora avesse voluto confessarsi. Il vescovo accorse subito, e fu tale l'importanza che attribuì all'incontro che si vestì da pontefice. Ma fu a porte chiuse e senza testimoni, per ordine del generale, e durò solo quattordici minuti. Non si seppe mai una sola parola di quanto si dissero. Il vescovo uscì di fretta e sconvolto, salì sulla sua carrozza senza accomiatarsi, e non officiò ai funerali malgrado le molte richieste che gli fecero, né assisté alla sepoltura. Il generale si ritrovò in condizioni così grame, che non riuscì ad alzarsi da solo dall'amaca, e il medico dovette sollevarlo fra le braccia, come un neonato, e lo fece sedere sul letto appoggiato ai guanciali affinché non lo soffocasse la tosse. Quando infine recuperò il fiato fece uscire tutti per parlare da solo col suo medico.

«Non mi immaginavo che questa stronzata fosse così grave da far pensare all'olio santo» gli disse. «Io, che non ho la gioia di credere nella vita dell'altro mondo.»

«Non si tratta di questo» disse Révérend. «È noto che sistemare le faccende della coscienza infonde all'ammalato uno stato d'animo che facilita molto l'incombenza del medico.»

Il generale non prestò attenzione alla maestria della risposta, perché lo fece rabbrividire la rivelazione accecante che la folle corsa fra i suoi mali e i suoi sogni arrivava in quel momento alla meta finale. Il resto erano tenebre.

«Cazzo» sospirò. «Come farò a uscire da questo labirinto?»

Esaminò il locale con la chiaroveggenza delle sue insonnie, e per la prima volta vide la verità: l'ultimo letto prestato, la toeletta di pietà il cui fosco specchio di pazienza non l'avrebbe più ripetuto, il bacile di porcellana scrostata con l'acqua e l'asciugamano e il sapone per altre mani, la fretta senza cuore dell'orologio ottagonale sfrenato verso l'appuntamento ineluttabile del 17 dicembre all'una e sette minuti del suo pomeriggio ultimo. Allora incrociò le braccia sul petto e cominciò a udire le voci raggianti degli schiavi che cantavano il salve delle sei nei frantoi, e vide dalla finestra il diamante di Venere nel cielo che se ne andava per sempre, le nevi eterne, il rampicante le cui nuove campanule gialle non avrebbe visto fiorire il sabato successivo nella casa sbarrata dal lutto, gli ultimi fulgori della vita che mai più, per i secoli dei secoli, si sarebbe ripetuta.

Ringraziamenti

Per molti anni ho ascoltato Álvaro Mutis parlare del suo progetto di scrivere sull'ultimo viaggio di Simón Bolívar lungo il fiume Magdalena. Quando ha pubblicato *El Ultimo Rostro*, che era l'anticipazione di un frammento del libro, mi è sembrato un racconto così maturo, e lo stile e il tono così depurati, che mi sono preparato per leggerlo completo di lì a poco. Tuttavia, due anni dopo ho avuto l'impressione che l'avesse sospinto nell'oblio, come succede a molti scrittori anche con i sogni più amati, e solo allora ho osato chiedergli che mi permettesse di scriverne. È stata un'artigliata a colpo sicuro dopo un'attesa di dieci anni. Sicché il mio primo ringraziamento è per lui.

Più che le glorie del personaggio mi interessava allora il fiume Magdalena, che avevo cominciato a conoscere da bambino, viaggiando dalla costa caraibica, dove ho avuto la fortuna di nascere, fino alla città di Bogotá, lontana e fosca, dove mi sono sentito più forestiero che in nessun'altra fin dalla prima volta. Negli anni in cui ero studente l'ho percorso undici volte in un senso e nell'altro, su quei battelli a vapore che provenivano dai cantieri del Mississippi condannati alla nostalgia, e con una vocazione mitica cui nessuno scrittore avrebbe potuto resistere.

Quanto al resto, le basi storiche mi preoccupavano po-

271

co, perché l'ultimo viaggio lungo il fiume è il periodo meno documentato della vita di Bolívar. In quei momenti scrisse solo tre o quattro lettere – un uomo che ne avrà dettate oltre diecimila – e nessuno dei suoi accompagnatori ha lasciato ricordi scritti di quei quattordici giorni sventurati. Tuttavia, fin dal primo capitolo ho dovuto svolgere qualche ricerca occasionale sul suo modo di vivere, e quelle ricerche mi hanno condotto ad altre, e poi ad altre e altre ancora, fino a non poterne più. Per due lunghi anni sono sprofondato nelle sabbie mobili di una documentazione torrenziale, contraddittoria e spesso incerta, dai trentaquattro tomi di Daniel Florencio O'Leary fino ai ritagli dei giornali più inattesi. La mia mancanza assoluta di esperienza e di metodo nell'indagine storica ha reso ancora più ardue le mie giornate.

Questo libro non sarebbe stato possibile senza l'aiuto di quanti hanno esplorato quei territori prima di me, nel corso di un secolo e mezzo, e mi hanno reso più facile la temerarietà letteraria di raccontare una vita con una documentazione tirannica, senza rinunciare alle leggi illecite del romanzo. Ma i miei ringraziamenti vanno soprattutto e specialmente a un gruppo di amici, vecchi e nuovi, che si sono fatti carico come di una faccenda personale e di grande importanza non solo dei miei dubbi più gravi – come il reale pensiero politico di Bolívar con tutte le sue contraddizioni evidenti – ma anche di quelli più banali – come il suo numero di scarpa. Tuttavia, nulla devo apprezzare quanto l'indulgenza di chi non si troverà in questa lista di ringraziamenti per un'abominevole dimenticanza.

Lo storico colombiano Eugenio Gutiérrez Celys, in risposta a un questionario di parecchie pagine, ha elaborato per me un archivio di schede che non solo mi ha arricchito di dati sorprendenti – molti dei quali recuperati dalla stampa colombiana del XIX secolo – ma che mi ha fornito i primi lumi per un metodo di ricerca e di riordino delle informazioni. Inoltre, il suo libro *Bolívar Día a Día*, scritto a quattro mani con lo storico Fabio Puyo, è stato una mappa di navigazione che nel corso della scrittura mi ha permesso di muovermi a mio agio lungo tutte le età del personaggio. Lo stesso Fabio Puyo ha avuto la virtù di acquietare le mie angosce con documenti analgesici che mi leggeva per telefono da Parigi, o che mi mandava urgentemente per telex o per telefax, come se fossero stati medicine per la vita o la morte. Lo storico colombiano Gustavo Vargas, professore all'Universidad Autónoma de México, si è tenuto a disposizione del mio telefono per chiarirmi dubbi grandi e piccoli, soprattutto quelli in rapporto con le idee politiche dell'epoca. Lo storico bolivariano Vinicio Romero Martínez mi ha aiutato da Caracas con notizie che mi sembravano impossibili sulle abitudini private di Bolívar – soprattutto sul suo parlare grossolano – e sul carattere e sul destino del suo seguito, e con una revisione implacabile dei dati storici nell'ultima stesura. A lui devo l'avvertenza provvidenziale secondo cui a Bolívar non fu possibile mangiare manghi col diletto infantile che io gli avevo attribuito, per il semplice motivo che mancavano ancora parecchi anni prima che il mango arrivasse nelle Americhe.

Jorge Eduardo Ritter, ambasciatore del Panama in Colombia e poi cancelliere del suo Paese, ha fatto diversi voli urgenti solo per portarmi qualche suo libro introvabile. Don Francisco de Abrisqueta, di Bogotá, è stato una guida caparbia nell'intricata e vasta bibliografia bolivariana. L'ex presidente Belisario Betancur mi ha chiarito dubbi vari durante tutto un anno di consultazioni telefoniche, e ha stabilito per me che certi versi citati a memoria da Bolívar erano del poeta ecuadoriano José Joaquín Olmedo. Con Francisco Pividal ho avuto all'Avana le lente conversazioni preliminari che mi hanno permesso di farmi un'idea chiara del libro che dovevo scrivere. Roberto Cadavid (Argos), il linguista più noto e più sollecito della Colombia, mi ha fatto la cortesia di indagare sul senso e sull'età di certi regionalismi. Dietro mia richiesta, il geografo Gladstone Oliva e l'astronomo Jorge Pérez Doval, del-

273

l'Accademia delle Scienze di Cuba, hanno fatto l'inventario delle notti di luna piena nei primi trent'anni del secolo scorso.

Il mio vecchio amico Aníbal Noguera Mendoza – dalla sua ambasciata della Colombia a Port-au-Prince – mi ha spedito copie di sue carte personali, col permesso generoso di servirmene in tutta libertà, sebbene fossero appunti e abbozzi di uno studio che lui sta scrivendo sullo stesso argomento. Inoltre, nella prima versione del manoscritto ha scoperto una mezza dozzina di errori mortali e di anacronismi suicidi che avrebbero sparso dubbi sul rigore di questo romanzo.

Infine, Antonio Bolívar Goyanes – parente alla lontana del protagonista e forse l'ultimo tipografo secondo i bei modi antichi che sia rimasto in Messico – ha avuto la bontà di rivedere con me il manoscritto, in una caccia millimetrica a controsensi, ripetizioni, incongruenze, strafalcioni ed errori, in un vaglio rigoroso del linguaggio e dell'ortografia, sino a raggiungere la settima versione. È stato così che abbiamo colto sul fatto un militare che vinceva battaglie prima di nascere, una vedova che se n'era andata in Europa col suo amato sposo, e un pranzo intimo fra Sucre e Bolívar a Bogotá, mentre uno di loro si trovava a Caracas e l'altro a Quito. Tuttavia, non sono molto sicuro di dover ringraziare per questi due ultimi aiuti, perché mi sembra che simili scempiaggini avrebbero versato qualche goccia di umorismo involontario – e forse augurabile – sull'orrore di questo libro.

G.G.M.
Città del Messico, gennaio 1989

Breve cronologia di Simón Bolívar
(Compilata da Vinicio Romero Martínez)

1783   24 luglio: nascita di Simón Bolívar.

1786   19 gennaio: morte di Juan Vicente Bolívar, padre di Simón.

1792   6 luglio: morte di donna María de la Concepción Palacios y Blanco, madre di Bolívar.

1795   23 luglio: Bolívar abbandona la casa dello zio. Inizia un lungo processo, e viene trasferito a casa del suo maestro Simón Rodríguez. In ottobre ritorna a casa dello zio Carlos.

1797   Cospirazione di Gual e di España nel Venezuela. Bolívar entra nella milizia come cadetto, nella valle di Aragua.

1797-1798   Andrés Bello gli impartisce lezioni di grammatica e di geografia. Sempre in questo periodo, studia fisica e matematica, a casa sua, nell'accademia fondata da padre Francisco de Andújar.

1799   19 gennaio: si reca in Spagna, facendo scalo in Messico e a Cuba. A Veracruz scrive la sua prima lettera.

1799-1800   A Madrid entra in contatto col saggio Marqués de Ustáriz, il suo autentico maestro intellettuale.

1801   Tra marzo e dicembre studia francese a Bilbao.

1802	12 febbraio: ad Amiens ammira Napoleone Bonaparte. Si innamora di Parigi.
	26 maggio: si sposa con María Teresa Rodríguez del Toro, a Madrid.
	12 luglio: arriva in Venezuela con la moglie. Si occupa delle sue proprietà.
1803	22 gennaio: María Teresa muore a Caracas.
	23 ottobre: è di nuovo in Spagna.
1804	2 dicembre: assiste a Parigi all'incoronazione di Napoleone.
1805	15 agosto: giuramento sul Monte Sacro, a Roma.
	27 dicembre: si inizia alla massoneria di rito scozzese, a Parigi.
	Nel gennaio del 1806 raggiunge il grado di maestro.
1807	1° gennaio: sbarca a Charleston (Stati Uniti). Visita numerose città di questo Paese, e in giugno ritorna a Caracas.
1810	18 aprile: confinato nella sua fazenda di Aragua; per questo motivo non prende parte agli eventi del 19 aprile, primo giorno della rivoluzione venezuelana.
	9 giugno: parte in missione diplomatica per Londra. Qui conosce Francisco de Miranda.
	5 dicembre: ritorna da Londra. Cinque giorni dopo, anche Miranda arriva a Caracas e prende alloggio in casa di Simón Bolívar.
1811	2 marzo: si riunisce il primo Congresso del Venezuela.
	4 luglio: discorso di Bolívar alla Sociedad Patriótica.
	5 luglio: dichiarazione dell'indipendenza del Venezuela.
	23 luglio: Bolívar si batte agli ordini di Miranda, a Valencia. È la sua prima esperienza di guerra.
1812	26 marzo: terremoto a Caracas.
	6 luglio: il colonnello Simón Bolívar perde il ca-

stello di Puerto Cabello, per via di un tradimento.

30 luglio: insieme ad altri ufficiali imprigiona Miranda per sottoporlo a un processo militare, credendolo traditore per aver firmato la capitolazione. Manuel María Casas sottrae dalle loro mani l'illustre prigioniero e lo consegna agli spagnoli.

1° settembre: arriva a Curaçao, esiliato per la prima volta.

15 dicembre: lancia il Manifesto di Cartagena nella Nueva Granada.

24 dicembre: con l'occupazione di Tenerife Bolívar inizia la campagna del fiume Magdalena, che spazzerà i realisti da tutta la regione.

1813   28 febbraio: battaglia di Cúcuta.

1°marzo: occupa San Antonio del Táchira.

12 marzo: brigadiere della Nueva Granada.

14 maggio: a Cúcuta inizia la Campagna Ammirabile.

23 maggio: acclamato come Libertador a Mérida.

15 giugno: a Trujillo, proclama la guerra a morte.

6 agosto: entrata trionfale a Caracas. Fine della Campagna Ammirabile.

14 ottobre: il Consiglio di Caracas, in assemblea pubblica, acclama Bolívar come capitano generale e Libertador.

5 dicembre: battaglia di Araure.

1814   8 febbraio: ordina l'esecuzione di prigionieri a La Guayra.

12 febbraio: battaglia di La Victoria.

28 febbraio: battaglia di San Mateo.

28 maggio: prima battaglia di Carabobo.

7 luglio: circa ventimila abitanti di Caracas, col Libertador in testa, iniziano l'emigrazione a oriente.

4 settembre: Ribas e Piar, che hanno proscritto Bolívar e Mariño, ordinano di arrestarli a Carúpano.

7 settembre: Bolívar lancia il suo Manifesto di Carúpano e, senza badare all'ordine di arresto, si imbarca il giorno dopo per Cartagena.

27 novembre: il governo della Nueva Granada lo promuove generale in capo, con l'incarico di riconquistare lo stato di Cundinamarca. Inizia la campagna, fino alla capitolazione di Bogotá.

12 dicembre: costituisce il governo a Bogotá.

1815 10 maggio: nel suo tentativo di liberare il Venezuela, entrandovi da Cartagena, si scontra con la seria opposizione delle autorità locali e decide di imbarcarsi per la Giamaica, in esilio volontario.

6 settembre: pubblica la nota Lettera dalla Giamaica.

24 dicembre: sbarca a Los Cayos, a Haiti, dove incontra il suo amico Luis Brión, marinaio di Curaçao. A Haiti si riunisce col presidente Pétion, che gli fornirà preziosa collaborazione.

1816 31 marzo: parte da Haiti la cosiddetta spedizione di Los Cayos. Lo accompagna Luis Brión.

2 giugno: a Carúpano decreta la libertà degli schiavi.

1817 9 febbraio: Bolívar e Bermúdez si riconciliano e si abbracciano sul ponte sopra il fiume Neveri (Barcelona).

11 aprile: battaglia di San Félix, sferrata da Piar. Si ottengono la liberazione di Angostura, il dominio del fiume Orinoco e la stabilizzazione definitiva della repubblica (III Repubblica).

8 maggio: si riunisce a Cariaco un congresso che era stato convocato dal canonico José Cortés Madariaga. Questo piccolo congresso di Cariaco finì in un fallimento, sebbene due suoi decreti siano ancora in vigore: le sette stelle della bandiera nazionale e il nome di Estado Nueva Esparta (Stato Nuova Sparta) per l'isola Margarita.

12 maggio: Piar è promosso generale in capo.

19 giugno: scrive a Piar in tono conciliante: "Generale, preferisco una battaglia con gli spagnoli piuttosto che queste beghe fra patrioti".

4 luglio: nella laguna di Casacoima, con l'acqua fino alla gola, nascosto per sfuggire a un'imboscata realista, si mette a elucubrare dinanzi ai suoi attoniti ufficiali, predicendo tutto quanto avrebbe fatto, dalla conquista di Angostura fino alla liberazione del Perù.

16 ottobre: fucilazione del generale Piar, ad Angostura.
Il consiglio di guerra fu presieduto da Luis Brión.

1818   30 gennaio: nella masseria di Cañafístula, nell'Apure, incontra per la prima volta Páez, caudillo delle pianure venezuelane.
12 febbraio: sconfigge Morillo a Calabozo.
27 giugno: fonda ad Angostura il servizio postale dell'Orinoco.

1819   15 febbraio: riunisce il Congresso di Angostura. Pronuncia il celebre discorso che prende il nome da quel luogo. Viene eletto presidente del Venezuela. Subito intraprende la campagna per la liberazione della Nueva Granada.
7 agosto: battaglia di Boyacá.
17 dicembre: Bolívar crea la repubblica della Colombia, divisa in tre dipartimenti: Venezuela, Cundinamarca e Quito. Il congresso lo elegge presidente della Colombia.

1820   11 gennaio: è a San Juan de Payara, nell'Apure.
5 marzo: è a Bogotá.
19 aprile: festeggia a San Cristóbal i dieci anni dall'inizio della rivoluzione.
27 novembre: incontra Pablo Morillo, a Santa Ana, Trujillo. Il giorno prima ha ratificato l'armistizio e il trattato di regolamentazione della guerra.

279

1821   5 gennaio: è a Bogotá, a pianificare la campagna del sud, che affiderà a Sucre.

14 febbraio: si congratula con Rafael Urdaneta che ha proclamato indipendente Maracaibo, pur esprimendo il timore che la Spagna lo consideri un gesto di malafede, ai danni dell'armistizio.

17 aprile: in un proclama annuncia la rottura dell'armistizio e l'avvio di una "guerra santa": «Si lotterà per disarmare l'avversario, non per distruggerlo».

28 aprile: riprendono le ostilità.

27 giugno: Bolívar sconfigge La Torre a Carabobo. Sebbene non sia stata l'ultima battaglia, a Carabobo si cementa l'indipendenza del Venezuela.

1822   7 aprile: battaglia di Bomboná.

24 maggio: battaglia di Pichincha.

16 giugno: conosce a Quito Manuelita Sáenz, mentre fa la sua entrata trionfale nella città accanto a Sucre.

11 luglio: Bolívar arriva a Guayaquil. Due giorni dopo la dichiara annessa alla Colombia.

26/27 luglio: incontro fra Bolívar e San Martín a Guayaquil.

13 ottobre: scrive *Mi delirio sobre el Chimborazo*, a Loja, vicino a Cuenca, nell'Ecuador.

1823   1° marzo: Riva Agüero, presidente del Perú, chiede al Libertador quattromila soldati e l'aiuto della Colombia per ottenere l'indipendenza del suo paese. Bolívar invia il primo contingente di tremila uomini il 17 marzo, e il 12 aprile altri tremila.

14 maggio: il Congresso del Perù pubblica un decreto in cui chiama il Libertador a porre fine alla guerra civile.

1° settembre: Bolívar arriva a Lima. Il Congresso lo autorizza a battersi contro Riva Agüero, ribellatosi a favore degli spagnoli.

1824   1° gennaio: arriva ammalato a Pitivilca.

12 gennaio: decreta la pena capitale per chi sottrae al tesoro pubblico più di dieci pesos.

19 gennaio: bella lettera al suo maestro Simón Rodríguez: "Lei ha formato il mio cuore per la libertà, per la giustizia, per tutto quanto è grande, per tutto quanto è bello".

10 febbraio: il Congresso del Perù lo nomina dittatore, affinché salvi la repubblica in rovina.

6 agosto: battaglia di Junín.

5 dicembre: Bolívar libera Lima.

7 dicembre: convoca il Congresso di Panama.

9 dicembre: vittoria di Sucre ad Ayacucho. Tutta l'America spagnola è libera.

1825 L'Inghilterra riconosce l'indipendenza dei nuovi stati americani.

12 febbraio: il Congresso del Perù, in segno di gratitudine, decreta onori al Libertador: una medaglia, una statua equestre, un milione di pesos per lui e un altro milione per l'esercito liberatore. Bolívar rifiuta il denaro offertogli dal Congresso e accetta quello per i suoi soldati.

18 febbraio: il Congresso del Perù non accetta le sue dimissioni dalla presidenza.

6 agosto: un'assemblea riunita a Chuquisaca, nell'Alto Perù, decide la creazione della repubblica della Bolivia.

26 ottobre: Bolívar al Cerro de Potosí.

25 dicembre: ordina con decreto scritto a Chuquisaca di piantare un milione di alberi, «dove ce ne sia più bisogno».

1826 25 maggio: da Lima comunica a Sucre che il Perù ha riconosciuto la repubblica della Bolivia. Del pari, gli invia lo schema della costituzione boliviana.

22 giugno: si riunisce il Congresso di Panama.

16 dicembre: arriva a Maracaibo da dove propone ai venezuelani di convocare la grande convenzione.

31 dicembre: arriva a Puerto Cabello in cerca di Páez.

1827 1° gennaio: decreta l'amnistia per i responsabili della Cosiata. Ratifica a Páez il grado di comandante superiore del Venezuela. Da Puerto Cabello scrive a Páez: "Io non posso dividere la repubblica; ma me lo auguro per il bene del Venezuela e così si farà nell'assemblea generale se il Venezuela lo vuole".

4 gennaio: a Naguanagua, vicino a Valencia, incontra Páez e gli offre il suo appoggio. Prima, durante il Congresso di Bogotá, gli aveva detto che aveva «il diritto di opporsi all'ingiustizia con la giustizia, e all'abuso della forza con la disobbedienza». La cosa è sgradita a Santander, che alimenta il suo scontento nei confronti del Libertador.

12 gennaio: arriva con Páez a Caracas, fra gli applausi della popolazione.

5 febbraio: da Caracas invia al Congresso di Bogotá nuove dimissioni dalla presidenza, con una drammatica spiegazione di motivi che lo induce a concludere: "Con tali sentimenti mi dimetto una, mille e milioni di volte dalla presidenza della repubblica...".

16 marzo: rompe definitivamente con Santander: "Non mi scriva più, perché non intendo risponderle né chiamarla amico".

6 giugno: il Congresso della Colombia respinge le dimissioni di Bolívar e gli ingiunge di recarsi a Bogotá per il giuramento.

5 luglio: parte da Caracas per Bogotá. Non sarebbe più ritornato nella sua città natale.

10 settembre: arriva a Bogotá e presta giuramento come presidente della repubblica, affrontando una feroce opposizione politica.

11 settembre: lettera a Tomás de Heres: "Ieri sono

entrato in questa capitale e sono già in possesso della presidenza. Era indispensabile: si evitano molti mali in cambio di infinite difficoltà".

1828 10 aprile: è a Bucaramanga mentre si tiene la Convenzione di Ocaña, durante la quale vengono chiaramente definiti i partiti bolivarista e santanderista. Bolívar protesta dinanzi alla Convenzione per «i ringraziamenti resi al generale Padilla, per i suoi attentati commessi a Cartagena».
9 giugno: parte da Bucaramanga con l'idea di recarsi in Venezuela. Aveva l'intenzione di stabilirsi nella villa Anauco, del marchese del Toro.
11 giugno: si scioglie la Convenzione di Ocaña.
24 giugno: mutati i piani, ritorna a Bogotá, dove viene acclamato.
15 luglio: in un proclama fatto a Valencia, Páez definisce Bolívar: «il genio singolare del XIX secolo... colui che per diciott'anni è passato di sacrificio in sacrificio per la vostra felicità, ha fatto il massimo che si poteva pretendere dal suo cuore: il comando supremo che mille volte ha rifiutato, ma che nelle attuali circostanze della repubblica è costretto ad assumere».
27 agosto: decreto organico della dittatura, imposta per via delle rivalità della Convenzione di Ocaña. Bolívar elimina la vicepresidenza, sicché Santander rimane escluso dal governo. Il Libertador gli offre l'ambasciata della Colombia negli Stati Uniti. Santander accetta, ma rinvia il viaggio per qualche tempo. È possibile che l'eliminazione della carica di Santander abbia influito sull'attentato contro Bolívar.
21 settembre: Páez riconosce Bolívar come comandante supremo e giura dinanzi all'arcivescovo Ramón Ignacio Méndez, dinanzi a una folla assiepata nella piazza centrale di Caracas: «... e prometto sotto giuramento di obbedire, conservare e mettere

in atto i decreti che emanerà come leggi della repubblica. Il cielo, testimone del mio giuramento, premierà la fedeltà con cui terrò fede alla mia promessa».

25 settembre: a Bogotá tentano di assassinare Bolívar. Lo salva Manuelita Sáenz. Santander è fra gli implicati. Urdaneta, giudice al processo, lo condanna a morte. Bolívar commuta la pena di morte in quella dell'esilio.

1829 1° gennaio: è a Purificación. La sua presenza nell'Ecuador è necessaria per via dei conflitti col Perù, che ha occupato militarmente Guayaquil.

21 luglio: la Colombia recupera Guayaquil. La popolazione accoglie trionfalmente il Libertador.

13 settembre: scrive a O'Leary: "Sappiamo tutti che la riunione della Nueva Granada e del Venezuela esiste unicamente connessa alla mia autorità, la quale prima o poi verrà a mancare, quando lo vorranno la Provvidenza o gli uomini...".

13 settembre: lettera a Páez: "Ho reso pubblica una circolare in cui tutti i cittadini e tutte le corporazioni sono invitati a esprimere in modo formale e solenne le loro opinioni. Ora Lei può porgere legalmente istanza affinché la gente dica quello che vuole. È giunto il momento in cui il Venezuela dovrà pronunciarsi senza badare ad altro se non al bene generale. Se si adottano misure radicali per dire quanto veramente si desidera, le riforme saranno perfette e lo spirito pubblico si concretizzerà...".

20 ottobre: ritorna a Quito.

29 ottobre: parte per Bogotá.

5 dicembre: da Popayán scrive a Juan José Flores: "Probabilmente sarà il generale Sucre il mio successore, ed è anche probabile che noi tutti lo sosterremo; quanto a me offro di farlo con l'anima e col cuore".

15 dicembre: comunica a Páez che non accetterà più la presidenza della repubblica, e che se il Congresso eleggesse Páez come presidente della Colombia, gli giurerebbe sul suo onore di servire col maggior piacere i suoi ordini.

18 dicembre: disapprova categoricamente il progetto monarchico per la Colombia.

1830   15 gennaio: è di nuovo a Parigi.

20 gennaio: si riunisce il Congresso della Colombia. Messaggio di Bolívar. Presenta le sue dimissioni dalla presidenza.

27 gennaio: richiede il permesso del Congresso per recarsi in Venezuela. Il Congresso della Colombia glielo rifiuta.

1° marzo: consegna il potere a Domingo Caycedo, presidente del consiglio del governo, e si ritira a Fucha.

27 aprile: in un messaggio al Congresso Ammirabile reitera la sua decisione di non voler più essere presidente.

4 maggio: Joaquín Mosquera viene eletto presidente della Colombia.

8 maggio: Bolívar parte da Bogotá per la sua ultima meta.

4 giugno: Sucre viene assassinato a Berruecos. Bolívar ne viene messo al corrente il 1° luglio ai piedi del Cerro de la Popa, e si commuove profondamente.

5 settembre: Urdaneta si prende carico del governo della Colombia, per via dell'evidente mancanza di autorità pubblica. A Bogotá, a Cartagena e in altre città della Nueva Granada si fanno manifestazioni e pronunciamenti a favore del Libertador affinché ritorni al potere. Nel frattempo, Urdaneta lo aspetta.

18 settembre: informato degli eventi che hanno portato Urdaneta a capo del governo, si offre co-

me cittadino e come soldato per difendere l'integrità della repubblica, e annuncia che marcerà su Bogotá alla testa di duemila uomini per sostenere il governo esistente; rifiuta in parte la richiesta di farsi carico del potere, aggiungendo che verrebbe considerato un usurpatore, ma lascia aperta la possibilità che alle prossime elezioni «... la legittimità mi ricopra con la sua ombra o che ci sia un nuovo presidente....»; infine, chiede ai suoi compatrioti di riunirsi intorno al governo di Urdaneta.

2 ottobre: è a Turbaco.

15 ottobre: è a Soledad.

8 novembre: è a Barranquilla.

1° dicembre: arriva prostrato a Santa Marta.

6 dicembre: si reca alla villa di San Pedro Alejandrino, proprietà dello spagnolo don Joaquín de Mier.

10 dicembre: detta il testamento e l'ultimo proclama. Dinanzi all'insistenza del medico affinché si confessi e riceva i sacramenti, Bolívar dice: «Ma cos'è mai?... Sto così male da parlarmi di testamento e di confessarmi?... Come farò a uscire da questo labirinto!».

17 dicembre: muore nella villa di San Pedro Alejandrino, circondato da pochissimi amici.

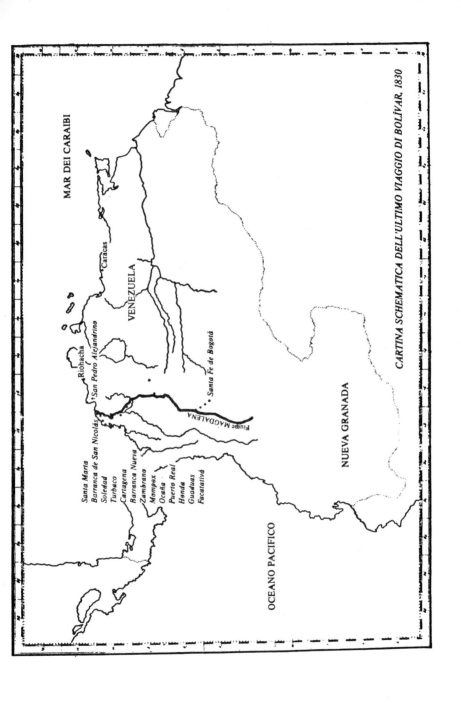

MAR DEI CARAIBI

Caracas

VENEZUELA

Riohacha
San Pedro Alejandrino
Santa Fe de Bogotá

Santa Marta
Barranca de San Nicolás
Soledad
Turbaco
Cartagena
Barranca Nueva
Zambrano
Mompax
Ocaña
Puerto Real
Honda
Guaduas
Facatativá

Fiume MAGDALENA

NUEVA GRANADA

OCEANO PACIFICO

CARTINA SCHEMATICA DELL'ULTIMO VIAGGIO DI BOLÍVAR, 1830

QUESTO VOLUME È STATO IMPRESSO NEL MESE DI OTTOBRE 1989
PRESSO ARNOLDO MONDADORI EDITORE S.P.A.
STABILIMENTO NUOVA STAMPA MONDADORI - CLES (TN)

STAMPATO IN ITALIA - PRINTED IN ITALY